Werner Gerl

Haberfeldtreiber

Krimi aus dem Berchtesgadener Land

Allitera Verlag

März 2018
Allitera Verlag
Ein Verlag der Buch&media GmbH, München

Umschlaggestaltung: Franziska Gumpp, Augsburg
ISBN print 978-3-96233-024-8
ISBN epub 978-3-96233-025-5
ISBN pdf 978-3-96233-026-2
Printed in Europe

1

Manch einer träumt vom hemmungslosen Liebesspiel mit berühmten Frauen oder davon, im Weltmeisterschaftsfinale das entscheidende Tor zu schießen. Manfred Bogler aber träumte von Rinderfilet. Den passionierten Metzger holten seine fleischlichen Gelüste im Schlaf ein und er grunzte zufrieden auf, als ihm eine ganze Familienportion der Delikatesse serviert wurde. Allein dieser Duft! Der Saft aller grünen Weiden Argentiniens schien in dem Fleisch zu stecken. Verführerisch schimmerte die rötliche Bratensauce, die schon kleine Pfützen auf dem Tellerboden bildete.

Bogler griff gierig zu, verschmähte das Silberbesteck, seine Hände, genauer gesagt seine kräftigen Metzgerpranken, waren ihm Messer und Gabel genug. So griff er sich die ersten Stücke und verschlang sie, ohne groß zu kauen, schließlich war das Fleisch von einer Zartheit, der nichts Irdisches mehr anhaftete. Diese Weichheit, dieser butterige Geschmack war eigentlich für die Götter bestimmt. Rinderfilet, das wahre Ambrosia. Selbst im Traum hatte Bogler das Gefühl, den Mount Everest des Geschmacks zu erklimmen.

Doch plötzlich spürte er etwas Hartes, Knochiges, was bei Filet unmöglich war. Sogar bei dem Abfall, den er oft als Filet verkaufte, gab es keine Knochen. Ja, das Fleisch fühlte sich an wie ein Brett und es roch auch noch holzig. Manfred Bogler leckte daran und spürte etwas an seine Zähne schlagen. Er schleckte weiter wie an einer Waffel mit Erdbeereis, als ihm ein jäher Schmerz in die Zunge schoss. Ein fieser Spreißel. Im Rinderfilet? Durch den Schmerz unsanft vom erträumten Schlaraffenland in die Wirklichkeit geholt, riss er die Augen auf und erblickte den Grund für seinen holzigen Geschmack. Ein klassischer Dreschflegel baumelte vor seiner Nase.

Bogler entfuhr ein lauter Schrei. Wie vom tollwütigen Affen

gebissen, setzte er sich auf und drückte sich ängstlich an die Rückwand seines Betts. Nur spärlich fiel das Mondlicht durch die Ritzen des Rollos, aber nicht spärlich genug, um nicht zu erkennen, wer sich mitten in der Nacht in sein Schlafzimmer geschlichen hatte. Drei schwarze Gestalten, schwärzer als die Seele eines Massenmörders. Sie trugen Hüte und schwere dunkle Mäntel, ihre Gesichter waren rußbeschmiert. Und jeder war mit einem Dreschflegel aus Hartholz bewaffnet. Vor diesem Moment fürchtete sich Bogler, seit sie ihr Treiben in der Region begonnen hatten. Wie hatte er im *Fuchsbau*, seiner Stammkneipe, geprahlt, er würde die schwarzen Teufel mit seinen blanken Fäusten in die Hölle zurückschicken, wo sie hingehörten. Wie hatte er sich auf die Brust geklopft, er hätte vor nichts und niemandem Schiss. Und nun fühlte er sich wie ein kleines Würstchen aus seiner Theke. Aber nicht mal wie eine Regensburger, sondern nur wie eine Mini-Wiener.

»Tu dir keinen Zwang an, schleck ruhig weiter«, sagte eine kräftige, aber verzerrte Stimme. Höhnisches Gelächter erklang. »Wir haben den Flegel extra für dich gewaschen. In der Odelgrube.« Wieder wurde Bogler ausgelacht.

»Damit's zu dir Saubären passt«, kam es aus der Richtung der drei Gestalten. Dieser Tonfall war jedoch anders: heller, feiner, weicher. Wahrscheinlich sprach nun eine Frau.

»Schmeckt wie das Chili, das du neulich bei der Feier vom Berngruber ausgeteilt hast«, meinte der dritte Schwarze. »Chili con Carne mit Fleisch hast du immer gesagt.«

»Das war ja auch mit Fleisch«, rechtfertigte sich Bogler mit brüchiger Stimme. Sein Herz war in der Lendengegend angekommen und machte keinerlei Anstalten, an seine alte Stelle zurückzukehren.

»Aber con Carne heißt schon mit Fleisch, du Vollpfosten!«

»Die Frage ist außerdem, was für ein Fleisch da drin war.«

»Hackfleisch gemischt, ich schwörs euch!«, rechtfertigte sich der Metzger, immer noch an die harte Rückwand seines Betts gepresst, dass kein Haar dazwischen gepasst hätte.

»Und was hast du da durch den Fleischwolf gedreht: ein paar Kanalratten? Die haben gerade Jagdsaison, oder?« Die drei Schwarzen lachten wieder höhnisch auf.

»Dem Brunner seine Promenadenmischung ist seitdem auch verschollen. Der sagt, du hättest dem Köter eine Kugel zwischen die Augen gepflanzt und ihn danach waidmännisch zerlegt und weiterverarbeitet. Chili con Carne chinesische Art«, sprach der Schwarze mit der kräftigen Stimme.

»Das sind Lügen. Der Bingo ist mir nicht vor die Flinte gelaufen, sondern vors Auto. Und ich hab ihn nicht verwurstet, sondern vergraben. Richtiggehend bestattet.« Bogler hatte sich wieder etwas gefangen, wurde selbstsicherer.

»Und wo bitteschön?«, fragte der Schwarze wieder.

»Im Wald«, beteuerte der Metzger.

»Im Wald!«, lachte der zweite Schwarze mit der höheren Stimme höhnisch auf. »Für einen Jäger hast du ein seltsames Verständnis von Wald. Oder nennst du die Papiertonne vom Kindergarten Wald?«

»Das Papier war aber doch mal Wald«, Bogler begann wieder zu stammeln.

»Sag mal, möchtest du uns verarschen?«, donnerte der erste im schwarzen Mantel und ließ den Flegel knapp neben Bogler niedersausen. Genauer gesagt auf das verwaiste Kopfkissen von dessen Frau.

»Nein, nein«, wimmerte der Metzger. »Das würde ich mir nie trauen. Was wollts ihr denn bloß von mir?«

»Der Bogler schändet Viecher und verkauft Gammelfleisch«, hob der Wortführer laut an. »Is des wahr?«

»Ja! Wahr is!«, antworteten die anderen beiden. Bogler wusste, wer das Trio war: Haberfeldtreiber.

»Nachad treibts zua!« Auf diese jahrhundertealte Formel folgte ein ohrenbetäubender Lärm aus einer Blechratsche und zwei Flegel schlugen auf das Bett ein, ein Signal für Bogler aufzustehen. Der Metzger trug einen kurzen Star-Wars-Schlafanzug mit Darth Vader-Motiv am Eingriff.

»Schauts hi, der hat die dunkle Macht in der Unterhosn«, frotzelte einer der Haberer.
»Fragt sich bloß, ob vorn oder hinten.«
»Hauts endlich ab!«, schimpfte Bogler verärgert. Während sie die dunkle Treppe hinuntergingen, nahmen die drei Haberfeldtreiber den Metzger in die Mitte, damit er ihnen nicht ausbüxen konnte. Währenddessen erinnerten sie ihn an seine markigen Worte im *Fuchsbau*.
»Geh weiter, Bogler, du wolltest uns doch mit deinen Klodeckeln herwatschen, dass wir dreimal aufhüpfen«, triezte ihn ein Haberer. »Hast schlecht gegessen heute?«
»Hast etwa dein eigenes Hirschgulasch probiert?«
»Geh, ich hab das doch nicht ernst gemeint«, beteuerte Bogler. »Was kann ich machen, damit ihr mich in Ruhe lassts?«
»Nichts. Du kannst bloß was machen, damit wir dich in Zukunft in Ruhe lassen«, lautete die süffisante Antwort.
»Wo ist eigentlich meine Frau?«
»Die geht dir jetzt erst ab. Soso. Die Martina ist in Sicherheit, keine Angst«, beruhigte man ihn. Tatsächlich war Boglers Frau in die nächtliche Aktion eingeweiht. Aus gutem Grunde hatte sie zugestimmt und die Haberer sogar hereingelassen.
An der Haustür angekommen, packten ihn zwei der Haberer an den Armen, welche sie wie im Polizeigriff ein wenig nach hinten drehten, sodass der Metzger keinen Millimeter ein noch aus konnte. Sie dirigierten ihn zu einem Alpen-Goldregen in seinem Vorgarten. Er stand in voller Pracht, an grünen Stängeln hingen sattgelbe Blütenblätter herab, die selbst in der Nacht leuchteten.
»Wir wollen das Vergnügen ja nicht alleine genießen. Auch deine Nachbarschaft soll erfahren, was du für ein Mistkerl bist«, donnerte der Wortführer. Daraufhin setzte die blecherne Ratsche wieder ein.

»Liebe Leut, hörts mir zu,
und ich lass euch dann in Ruh.
Der Bogler handelt, das ist wahr,

mit Dreck von Amsel, Drossel, Fink und Star.
Und des Schwein, wie er hier steht,
lügt dreist, das sei Topqualität.
Sein Hirschgulasch ist Fleischverschnitt
zum Wild gibt's Maden, Würmer mit!
Im Pfarrheim nach der Ostermesse
gab es die Delikatesse.
Erst lobten wir, es schmeckt uns toll,
dann war das Pfarrheim leer, die Klos warn voll.
Bogler, du bist ein echter Hammel,
dein Fleisch ist der reinste Gammel.
Die Zeiten, sagst du, die sei'n schwierig:
Dabei bist du Sau nur geldgierig.
Bogler, aus ist nun der Spaß,
dein Fleisch gehört in ein Giftfass!
Is des wahr?«
»Ja! Wahr is!!«, antworteten die anderen beiden Haberfeldtreiber.
»Nachad treibts zua!«

Wiederum machte der eine Haberer mit seiner Blechratsche einen Höllenlärm, während der andere Bogler mit dem Dreschflegel in Schach hielt, indem er ein ums andere Mal das harte Holz knapp an dessen Kopf vorbeisausen ließ. Der Metzger beschwor die Haberer, endlich aufzuhören, fand jedoch kein Gehör. Dagegen wurden die Nachbarn allmählich wach. Nahezu zeitgleich öffneten sich zwei Fenster.

»Zefix, gebts Ruhe da unten, ich muss schlafen, damit ich morgen in der Arbeit fit bin«, rief der Bretzinger Wiggerl von gegenüber.

»Geh, du bist doch bloß Beamter. Ihr schlafts eh den ganzen Tag. Ich sag immer, es stimmt nicht, dass die Beamten nicht streiken dürfen, die können gar nicht streiken, weil um die Arbeit niederzulegen, musst du sie erst einmal aufgenommen haben.« Diese Widerworte kamen vom Fenster darüber, genauer gesagt von der

84-jähigen Klara Meinhard. Die schlimmste Tratschn der ganzen Stadt war für ihr Mundwerk gefürchtet.

»Rutsch mir den Buckel runter! Ich ruf die Polizei, wenn nicht gleich Ruhe ist«, entgegnete Wiggerl Bretzinger.

»Die ist doch scho da«, warf Klara Meinhard ein und wandte sich den Haberern zu. »Verdreschts den Sauhund, der hat's nötig. Ich war damals auch im Pfarrheim und hab seinen verwurmten Hirschen gegessen. Drei Tage lang bin ich flachgelegen.«

»Dann hast wenigstens mal dein Schandmaul gehalten«, schrie Bogler hinauf, erntete aber nur eine Flut an Unflätigkeiten, unter welchen sich eindeutig Beschreibungen eines bestimmten Schlachtviehs mit Ringelschwänzchen hervortaten

»Wir haben aber noch einen Punkt, Bogler«, hob der Wortführer an.

»Bei der eig'nen Frau vermisst er Würze,
drum rennt er flott nach jeder Schürze.
Der Anna hast du unters T-Shirt g'langt
und a g'scheite Watsch'n g'fangt.
Sarah mit ihren 19 Jahren,
mit der wolltest du dich paaren!
Und wie's deine Gehilfin hasst,
wenn du ihr an den Hintern fasst!
Bogler, lass deine Pratzen von den Frauen,
sonst werden wir dich in Stücke hauen!
Is des wahr?«

»Ja! Wahr is!!«, antworteten die anderen beiden Haberfeldtreiber rituell.

»Nachad treibts zua!«

Diesmal blieb es nicht bei der lärmenden Musik. Bedrohlich schwenkte ein Haberer seinen Dreschflegel vor Boglers Nase.

»Willst nochmal lecken? Wenn nicht, dann gib langsam Gas. Du hast drei Sekunden Vorsprung«, warnte der zweite Haberer den Metzger. Dieser begriff schnell und rannte los. Früher wurden die von den Haberern ausgesuchten Dörfler nach der öffentlichen

Standpauke mit Peitschen, Ruten oder eben Dreschflegeln durch das Haferfeld getrieben. In der Kleinstadt Obernstall jagten ihn die modernen Haberer durch die nächtlichen Straßen.

Bogler, normalerweise so sportlich wie ein Faultier im Winterschlaf, lief um sein Leben und schaffte gefühlt die Olympianorm in den Sprintdisziplinen. Das war auch nötig, denn zwei der Haberer waren dicht hinter ihm. Bedrohlich schlugen sie die Flegel auf die Straße, dass es hallte. Und sie kamen näher. Bogler war stark übergewichtig, sein Bauch hätte ein fettes Wammerl hergegeben. Aber von einem Metzger erwartete man schließlich auch, dass er nicht wie Kate Moss oder ein anderer Catwalk-Hungerhaken aussah. In diesem Moment allerdings bereute Bogler, dass er als Mitternachtsbrotzeit noch zwei Paar Wiener und die Reste von der Milzwurst verdrückt hatte. Auf jeden Fall hörte Bogler ihr bedrohliches Johlen und spürte den Atem der Haberer in seinem Nacken und den Windzug der Dreschflegel. Und er merkte, wie ihm allmählich die Puste ausging. Wollte er keine Herzattacke erleiden, blieb ihm nichts anderes übrig, als stehenzubleiben und Schläge einzustecken.

Gerade als er seinen Lauf verlangsamte, vernahm er jedoch ein schönes Geräusch. Noch nie war ihm die Polizei, die ihm schon zweimal den Führerschein wegen enormer Überschreitung der Promillegrenze gezwickt hatte, so willkommen wie in diesem Moment. Sofort blieb er stehen und keuchte sich die Lunge aus dem Leib. ›So, und euch Banditen werden sie jetzt gleich fangen‹, dachte er sich und drehte sich um. Von den Haberern war jedoch nichts mehr zu sehen. Wie Geister in der Nacht waren sie verschwunden.

2

Der Anruf kam früher als erwartet. Oder befürchtet. Und das auch noch in einer unpassenden Minute, da er gerade auf dem Klo einer Autobahnraststätte saß. Hier hatten die Wände sprichwörtlich Ohren. Doch dieses heikle Gespräch durfte niemand belauschen.

Der personalisierte Klingelton hatte ihm sofort verraten, wer sich auf seinem Handy meldete, obwohl dies noch in seiner Jeans steckte. »Money« von *Pink Floyd*, das schien ihm das passende Stück für seinen Geschäftspartner zu sein. Dieser hatte ihn am Tag zuvor noch zusammengefaltet wie eine leere Brotzeittüte. Sicher, er hatte einen Fehler gemacht, aber wer war schon perfekt? Der solle den ersten Stein werfen. Das hatte er ihm gestern gesagt, worauf sein Kumpel geantwortet hatte, er würde am liebsten einen ganzen Granitblock nach ihm werfen.

»Und? Hast du was herausgefunden? Weiß er es?«, fragte er flüsternd.

»Noch nicht, aber das ist nur eine Frage der Zeit. Er ahnt etwas«, brummte sein Partner.

»Dann sind wir am Arsch«, fluchte der Angerufene, der sich daraufhin dieselben Vorwürfe wie am Vortag anhören musste, bis es ihm schließlich zu dumm wurde. »Mann, halt endlich die Klappe! Leg 'ne andere Platte auf! Dein Geseiere geht mir total auf den Sack!«

Die Reaktion auf den kleinen Wutausbruch kam allerdings nicht durch das Handy.

»Hey Mann, geh zum Telefonieren in dein Auto, ich muss mal!« Ein weiterer Gast der Raststätte hämmerte nämlich just in diesem Moment mit der flachen Hand an die Toilettentür.

»Dann zwick die Arschbacken zusammen, ich bin noch nicht fertig«, brüllte er zurück und flüsterte dann in sein Handy. »Und was machen wir jetzt?«

»Ich sehe da nur eine Möglichkeit«, sagte sein Geschäftspartner trocken und entschlossen.

»Du meinst wirklich …« Er schluckte. Panik überfiel ihn, er begann zu zittern.

»Ja, genau das meine ich. Und es muss bald sein. Am besten heute oder morgen.«

»Aber ich kann nicht«, flehte er seinen Partner an. »Kannst du das nicht für uns zwei erledigen?«

»Mitgefangen, mitgehangen. Ich freue mich auch nicht auf den Job.« Grußlos beendete der Anrufer das Telefonat.

Er starrte auf sein Display und nahm gar nicht wahr, dass der wütende Besucher noch einmal gegen die Toilettentür schlug, dann aber in einer anderen Kabine verschwand, die eben frei geworden war. Nein, um ihn herum versank die Welt wie hinter einer undurchdringlichen Nebelwand. Er musste einen Menschen töten. Es gab keinen anderen Ausweg. Und alles war seine Schuld.

Im Herzen des Berchtesgadener Lands, einer pittoresken Gegend, in der die Alpen langsam erwachsen werden, liegt die schnucklige Kleinstadt Obernstall. Ihre natürliche Grenze ist auf der einen Seite das Gebirge, genauer gesagt der Vogelspitz des Lattengebirges und die Reiteralm, die sich Deutsche und Österreicher friedlich teilen. Auf der anderen Seite fließt der schmale, aber wilde Schwarzbach. Wenn man ihn überquert, kommt man auf die B21, die wahlweise nach Schneizlreuth oder Bad Reichenhall führt.

Zum Einkaufen muss allerdings niemand mehr in die alte Salzmetropole fahren, da in den letzten Jahren üppig gebaut wurde. Auf dem Hochplateau über der Altstadt sind Super- und Drogeriemärkte, Ableger von Großbäckereien und Discounter aller Art aus dem Boden geschossen wie die Schwammerl im Herbst nach einem warmen Regen. Es ist also ein Gewerbegebiet entstanden, das in ganz Deutschland hätte stehen können – wenn man vom Bergpanorama absieht. Insofern war Obernstall eine ganz normale Kleinstadt, in der sich graue Einkaufsquader und schmucklose Häuschen für Münchner im Vorruhestand fanden, aber natürlich auch die prächtigen alten Bauernhäuser mit Lüftlmalerei und schweren Holzbalkonen, die von Begonien und Geranien überquollen.

Kaum jemand würde diesen beschaulichen, vom Massen- und Kurtourismus wenig beleckten Ort kennen, wäre dort nicht ein alter Brauch schlagkräftig wieder zum Leben erweckt worden, und zwar der der Haberer, dieser rußgeschwärzten Hüter der öffentlichen Moral, die in Bayern im Laufe des 19. Jahrhunderts allmählich verschwunden sind.

Der neueste Streich des schwarzen Haberer-Trios bestimmte tags darauf auch das Tischgespräch im *Hopfenbräu*, einer traditionellen Wirtschaft, die den besten Mittagstisch weit und breit bot. Gingen in München Banker mit Bankern essen, Juristen mit Juristen und ITler mit ITlern – vermutlich, weil sie die einzigen waren, die *überhaupt* mit ihnen essen gehen wollten – saßen in Kleinstädten dagegen Banker und Journalisten, Buchhalter und Elektriker an einem Tisch. Der kleine aber feine *Hopfenbräu* servierte sein Mittagsgericht allerdings nur auf Vorbestellung. Spontan gab es dort bestenfalls einen Witz auf Kosten des unkundigen Gastes. Der Wirt mit der sprichwörtlichen Bierruhe hatte immer einen Spruch auf den Lippen. »Gehst zum Metzger, die haben so viele Leberkassemmeln, dass sie's verkaufen müssen«, lautete einer seiner Standardsätze, wenn jemand ohne Reservierung bei ihm essen wollte.

An diesem Dienstag gab es Rinderbraten. Das weiche Fleisch war erst geschmort und dann gebraten worden, damit es möglichst viel an Saft behielt. Zauberhaft wurden die Scheiben garniert: Blumenkohl mit Butter und Semmelbröseln und gedünstete Cocktailtomaten. Dazu wurden als Beilagen hausgemachte Spätzle und Paprikagemüse gereicht.

Fritz Biber zählte zu den Stammkunden, obwohl er selbst Wirt war. Allerdings öffnete er sein Lokal, den *Fuchsbau*, erst um 18 Uhr. Für sich selbst kochte er ungern, das war ihm zu mühselig und auch zu einsam. Biber war ein geselliger Mensch, der mit jedem sofort ins Gespräch kam und über alles reden konnte. Für manche

Gäste musste er sein rhetorisches Niveau ein wenig senken, was ihm selten schwer fiel. Aber mit ihm, dem Weitgereisten, der vermutlich mehr echte Freunde in Amerika hatte als George W. Bush, konnte man auch über Musical-Produktionen, die Lyrik der Weimarer Republik oder die Geschichte des Berchtesgadener Landes sprechen. Kaum einer wusste mehr über Obernstall in der Nazi-Zeit als der Wirt.

Zuhause zu kochen, kam für ihn nicht in Frage. Und da er niemanden hatte, der ihm mit seinem täglichen Braten den Gaumen kitzelte, blieb ihm nur eins übrig: zur Konkurrenz zu gehen. Denn Hunger hatte Biber immer. Früher konnte er problemlos zwei Hauptgerichte und ebenso viele Nachspeisen verdrücken, mittlerweile begnügte er sich mit Portionen, wie sie jeder durchschnittliche Obernstaller auf dem Teller hatte. Dafür konnte er den Gürtel um zwei Löcher enger schnallen. Essen ohne Völlern, das war etwas, was er erst lernen musste. Seine Rolle als Wortführer der Haberer dagegen fiel ihm in den Schoß. Sie entsprach seinem Naturell, dafür musste er nicht üben.

Fritz Biber freute sich jeden Tag auf den Mittagstisch im *Hopfenbräu*. Aber am Tag nach einer gelungenen Haberer-Nacht wäre auch ein Stück trockenes Brot oder – noch schlimmer – ein Teller vergammeltes Hirschgulasch vom Bogler-Metzger ein Festmahl für ihn gewesen, so gespannt war er auf die Kommentare der Gäste, die nicht ahnten, dass der Anführer der Bande unter ihnen saß.

»Da hat's nicht den Falschen erwischt«, lautete der Tenor. Denn der Metzger Manfred Bogler war bei den meisten so beliebt wie eine Fliege im Bierkrug.

»Bisher hat's noch jeder verdient, ein bisserl aufgemischt zu werden«, meinte der Lokalredakteur des *Berchtesgadener Anzeigers*. Er war ein untersetzter Mann, der schon als Student eine Lichtung auf dem Kopf hatte und der unscheinbar wirkte, aber von nicht zu unterschätzender Schläue war. Bislang hatte er immer positiv über die Haberern geschrieben, was von seinem Berchtesgadener Vorgesetzten geduldet worden war. Denn diese Form der Selbstjustiz genoss in der Bevölkerung enorme Sympathie. Endlich sorgte ein furchtloses Trio für Anstand, Ordnung und Gerechtigkeit. In früheren Zeiten suchte das Gericht der Haberfeldtreiber häufig Menschen aus, die gegen die engstirnige bäuerliche Moral verstoßen hatten, Mädchen etwa, die mit der Liebe nicht bis zur Ehe warten wollten. Die Haberer reloaded dagegen straften Leute, die sich gewaltige ökologische oder soziale Schweinereien leisteten und damit durchkamen. Die Spezlwirtschaft lebte auch im Berchtesgadener Land. Gott straft am Jüngsten Tag, die Justiz nie, die Haberer sofort, lautete ein geflügeltes Wort in Obernstall.

»Traurig sind wahrscheinlich bloß die Apotheker, weil's jetzt weniger Magen- und Darmmittel verkaufen«, witzelte Fritz Biber.

»Und die Katzen, weil weniger Fleisch für sie abfällt«, warf der Journalist ein.

Gerätselt wurde sogleich wieder, wer sich hinter den drei Haberern verbarg. Die Aussagen der bisherigen Opfer waren widersprüchlich. Diese übertrieben und beschrieben das Trio als wandelnde Schränke mit Riesenkräften, die sie für eine eigene Reihe bei den Marvel-Superhelden qualifiziert hätten, um selbst nicht als gedemütigter Schwächling dazustehen. Einig war man sich lediglich in der Zusammensetzung: Zwei Männer und eine Frau würden das Haberer-Trio bilden.

Seltsam kam es vielen vor, dass die Stimmen nicht erkannt worden waren, schließlich war Obernstall eine Kleinstadt, in der zwar nicht jeder jeden kannte, aber wenigstens einen des Trios hätte man doch identifizieren müssen. Zumal die Haberer über Insiderwissen verfügten. So kursierte das Gerücht, das Trio sei von auswärts und würde von einem Einheimischen bezahlt, der sich an bestimmten Leuten rächen wollte. Jeden Tag geisterte ein anderer Name durch die Stammtische, doch kein Verdacht erhärtete sich.

»Stimmt. Letzte Woche haben meine Hunde die komplette Ladung Weißwürscht vom Bogler bekommen. Und die haben einen Obstler danach gebraucht. Das Glump war ein Verstoß gegen die Genfer Konvention«, stellte ein weiterer *Hopfenbräu*-Stammgast fest.

»Eher gegen die Senfer Konvention«, scherzte der Journalist.

»Meine Herren, ich finde die ganze Angelegenheit überhaupt nicht lustig.« Manfred Lupolenz drehte sich kurz zum Stammtisch um. Er saß meist allein und nahm normalerweise wortlos sein Mahl ein. Freunde hatte er keine und da er der Boss seines medizinischen Bio-Labors war, legte seine Belegschaft wenig Wert auf ein gemeinsames Mittagessen. An diesem Tag saß allerdings Jo Deister, einer seiner Chemiker, mit ihm am Tisch.

»Diese Haberer sind Anarchisten, die gehören hinter Gitter«, wetterte Lupolenz.

»Du hast doch bloß Angst, dass sie dich auch mal packen und dir die letzten Fransen von deiner Plattn wegklopfen«, gab der Wirt zurück, als er gerade mit einem Tablett voller dampfender Teller aus der Küche kam. Lupolenz hatte ähnlich wie der Journalist einen sehr breiten Scheitel.

»Wer weiß, was du alles in deiner Firma treibst. Dein Labor ist die reinste Giftküche«, spitzte ihn der Betreiber einer Boutique am Marktplatz an, wohl wissend, dass Lupolenz ein engagierter Öko war und sogar für die ÖDP im Stadtrat saß.

»Ich entsorge meine Abfälle vorschriftsmäßig«, ereiferte sich Lupolenz, der einen Kopf wie eine überreife Fleischtomate bekam. »Auch privat lasse ich mir nichts zuschulden kommen. Ich trenne meinen Müll, kaufe ausschließlich Bio-Produkte und …«

»… und du schaust sogar in die Mülltonnen von den anderen, dass ja keine Heringsbüchse drin liegt«, unterbrach ihn Biber. »In München nennt man Leute, die in fremden Abfalltonnen herumstochern, Penner.«

Bibers Spruch sorgte für allgemeine Erheiterung.

»Genau. Deswegen werden dich die Haberer auch noch packen und verdreschen. Allerdings mit Flegeln ohne schädliche Lacke und mit Bio-Siegel«, frotzelte der Journalist.

»Jaja, macht euch nur lustig über mich. Aber wenn diese Anarchisten gefasst sind, dann lache ich. Wissen Sie nämlich, was ich tue?« Lupolenz blickte streng zu dem Stammtisch hinüber.

»Nein, aber ich kanns kaum erwarten, es zu erfahren«, sagte Biber mit einem gespielten Seufzer.

»Ich engagiere einen Privatdetektiv, der diese Gauner aufspürt. Die Polizei ist ja unfähig«, ereiferte sich Lupolenz. Der Geschäftsmann erntete einiges an Spott und Gelächter für diese törichte Idee, die allerdings nicht lange Gesprächsthema blieb. Dann ging die Tür auf und eine in jeder Beziehung gewichtige Person kam herein: die Bürgermeisterin.

Simone Badhauser war ein gestandenes Weibsbild. Sie besaß nicht eben Modelmaße, war aber eine elegante Erscheinung und wusste sich zu kleiden, egal ob klassisch-chic oder bodenständig-bayerisch. Seit ein paar Jahren musste sie das Haar rötlich blond nachfärben lassen, weil es zu sehr ergraut war. Rhetorik zählte nicht zu ihren Stärken, die einfachen Worte und Formulierungen waren ihr Ding. Deshalb galt sie als bürgernah und authentisch – man mochte sie. Sie war ein bisschen die »Mama Bavaria« von Obernstall und hatte für jeden ein Lächeln und ein offenes Ohr. Selbstverständlich war sie Mitglied in der Partei, die in Bayern bis zum Ende aller Tage die Regierung stellen wird und zu deren natürlichen Feinden die Sozialdemokraten gehörten. Die Grünen nicht, da sie es nicht in den Stadtrat geschafft hatte. Aber der ÖDP-ler Lupolenz. Dieser war jedoch ein dauernörgelnder Sonderling, der von keinem wirklich ernst genommen wurde, den sie aber – im Gegensatz zum Gros ihrer Fraktion – respektierte. Ihr imponierte, dass er kein Maulheld war und ökologisches Bewusstsein nicht nur predigte, sondern umsetzte, ja lebte. So wurde er von vielen als »Vollkorn-Stadtrat« und »Fröscheschlepper« verspottet, von ihr nicht.

»Frau Bürgermeisterin hat sich für den Wahlkampf 2028 gerüstet, habe ich gehört, und schon ein paar Stimmen gefangen«, spottete Biber. Er war Fraktionsführer der Sozialdemokraten, die ein Schattendasein in Obernstall führten: Zu übermächtig war die Konkurrenz der Stadt-Land-Union, der CSU und der nicht weniger konservativen Freien Wähler. Beim letzten Wahlkampf schoss der rote Genosse gegen die Amtsinhaberin aus allen Rohren, was seiner Partei das schlechteste Ergebnis aller Zeiten eingebracht hatte. Seither ließ er jedoch keine Gelegenheit aus, ihr in der Öffentlichkeit in die Parade zu fahren und gegen sie zu sticheln.

Tatsächlich kam Simone Badhauser von einem Termin im Kindergarten, wo ein neues Gebäude eingeweiht worden war.

»Bei der Konkurrenz muss ich mir um die Wähler von morgen, übermorgen und überübermorgen keine Sorgen machen«, gab die Bürgermeisterin zurück und setzte sich demonstrativ ihrem ehemaligen Herausforderer gegenüber. Das Tischgespräch wechselte schnell von den Haberern zu lokalpolitischen Themen. Zum Gaudium der anderen Gäste kam es dabei zu kleineren Scharmützeln zwischen Biber und Badhauser.

Um kurz vor 1 Uhr begann der allgemeine Aufbruch. In Obernstall gab es noch die klassische bayerische Siesta, die mit dem Mittagsläuten der Kirchenglocken begann und eine geschlagene Stunde dauerte. Manfred Lupolenz wetterte noch einmal gegen die anarchistischen Haberfeldtreiber, erntete aber nur ein paar belustigte Kommentare. Als Biber zu seinem Wagen ging, einem himmelblauen VW Touran, rief ihm plötzlich die Bürgermeisterin nach.

»Herr Biber, noch eine Frage wegen der Stadtratssitzung heute Abend.«

Der Wirt drehte sich um und schlenderte auf sie zu.

»Frau Bürgermeister, wenn es um das Neubaugebiet geht, garantiere ich Ihnen, dass ich nicht einknicke!«, rief Biber so laut, dass man es bis ins Nachbardorf hören konnte.

»Einknicken«, flüsterte Badhauser, als Biber bei ihr war. »Wer spricht denn von einknicken. Ich setze auf deine Standfestigkeit.«

»Bin jederzeit bereit«, grinste der Wirt.

»Ich muss meinem Mann mal wieder einen Krug schenken.« Dann lächelte sie frivol und zwinkerte ihm zu.

Die blutroten Lettern leuchteten bis ans Ende der Straße. »Haberer« stand an der Südmauer von Manfred Boglers Haus, darunter befand sich ein schwarzer Dreschflegel. Wie bei jedem Opfer hatte sich das Trio mit einem Graffito verewigt, mit Hilfe einer Schablone war das Kainsmal an die Wand gesprüht worden, damit auch jeder wusste, dass der Bewohner ein paar dunkle Flecken auf der Seele hatte.

Ohne Blaulicht fuhren die Wachtmeister Sibylle Schwinghammer und Klaas Frevert vor. Sie parkten, stiegen in aller Ruhe aus, setzten sich die Mützen auf und schlenderten zum Haus. Allerdings erübrigte sich das Klingeln, da Bogler sofort herauskam. Offensichtlich hatte er die Polizisten bereits erwartet. Er trug noch seine Arbeitskleidung, da er gerade beim Wursten gewesen war. Wäre er mit diesem Oberteil in einen Käfig hungriger Kampfhunde gestiegen, er wäre binnen Nanosekunden zerfleischt worden.

Immerhin wischte er sich die Hände an den Hosen ab, bevor er den Polizisten seine Rechte reichte. Befremdet nahm sie Klaas Frevert an. Das Nordlicht, dessen Wiege auf dem platten Land unweit von Emden gestanden hatte, war noch nicht ganz in der bayerischen Provinz angekommen. Er fremdelte. Und dies deutlich mehr als die Obernstaller Bürger. Die Zeiten, in denen der »Saupreiß« eine Hassfigur darstellte, waren längst vorbei, die Sprachbarrieren aber blieben bestehen. Frevert musste erst lernen, dass eine »Fotzen« im Bairischen ein Schlag auf die Wange war und kein Vulgärausdruck. So hatte er auch mühsam erkennen müssen, dass »dagneisen« lediglich »verstehen« bedeutete und nichts mit der Gesteinsart Gneis zu tun hatte oder dass »bratzeln« nichts mit dem Braten in der Pfanne zu tun hatte, sondern »übers Ohr hauen« bedeutete. Auch andere Feinheiten, wie die Tatsache, dass die Füße bei den Bayern bis zu den Hüften gingen, wurden ihm im Laufe seiner Enkulturation klar, mit dem Urbairischen aber stand er noch immer auf Kriegsfuß. Vereinfacht gesagt: Zwar verhielten sich die Obernstaller gegenüber einem zugereisten Polizisten nicht unhöflicher als zu einem eingeborenen, sie machten aber auch keinerlei dialektale Zugeständnisse. Deshalb versuchte der fremdelnde Frevert, seine Unsicherheit mit einer etwas anbiedernden Freundlichkeit aufzuwiegen.

Sibylle Schwinghammer dagegen blickte Bogler und seine Wurstfinger schief an und verzog die Mundwinkel. Sie war aus München strafversetzt worden, hatte sich aber in der Provinz schnell zurecht gefunden, was allerdings daran lag, dass sie ihre Münchner Wohnung nicht aufgegeben und in Obernstall nur ein Zimmer bei Biber im ersten Stock angemietet hatte. Die taffe Polizistin hatte sich sowohl bei Kollegen als auch bei den Einheimischen schnell Respekt verschafft.

»Wir wollen noch einmal den Tatort inspizieren«, sagte die Polizeimeisterin und wies Frevert an, das Graffito zu fotografieren. »Und wir müssen mit Ihnen über Ihre Anzeige reden.«

»Ja, wieso denn?«, fragte der Metzger überrascht.

»Sie erheben schwerwiegende Vorwürfe, denen wir noch einmal nachgehen wollen«, erklärte Schwinghammer emotionslos. Unter dem Arm hatte sie eine Mappe mit dem Anzeigeprotokoll vom Vortag, das sie nun herauszog. »So. Sie erstatten Anzeige wegen Entführung. Wer wurde denn entführt?«

»Ich natürlich, wer denn sonst?« Der Metzger fuhr sich mit seinen fleischigen Fingern durch die Haare.

»Aber Sie sind doch hier«, entgegnete die Polizistin stirnrunzelnd.

»Ja freilich bin ich da. Wo soll ich denn sonst sein? Aufm Mond?« Sibylle Schwinghammer warf Bogler einen scharfen Blick zu.

»Aber wohin wurden Sie denn verschleppt?«, fragte diesmal Frevert.

»Vom Schlafzimmer in den Garten«, gab der Metzger etwas kleinlaut zu.

»Vom Schlafzimmer in den Garten?«, wiederholte die Polizeimeisterin und blickte Bogler abschätzig an. »Und das nennen Sie eine Entführung? Ich würde das als unfreiwillige Hausführung bezeichnen. Und das ist kein Straftatbestand.«

»Dann streichen wir halt die Entführung«, winkte Bogler ab.

»Gut. Als nächsten Tatbestand haben wir Einbruch. Wie sind die Delinquenten in das Haus gekommen? Lassen Sie uns die Tür mal inspizieren, ob wir Einbruchspuren finden.« Schwinghammer deutete ihrem Kollegen an, sich kundig zu machen, doch Bogler hielt ihn auf.

»Ja, das ist jetzt ein bisserl blöd.« Der Metzger druckste herum, als müsste er gestehen, seit kurzem inkontinent zu sein. »Es ist nämlich so, dass meine Frau ihnen vielleicht möglicherweise ein kleines bisserl aufgemacht hat.«

»Ihre Frau? Vielleicht? Möglicherweise?« Schwinghammer und Frevert blickten Bogler gleichermaßen überrascht an. »Wieso das denn?«

»Weil … ja, weil … ich Ihnen das nicht sagen muss.«

»Weil er jedem Rock nachläuft, der nicht bis drei aufm Baum droben ist, der gamsige Hund!«, wetterte Klara Meinhard, die alte Ratschn aus der Nachbarschaft. Sie kam gerade vom Einkauf nach Hause und schleppte eine Ledertasche mit jeder Menge Whiskas-Dosen und Bergbauernmilch.

»Ist doch nicht strafbar, oder?«, verteidigte sich Bogler.

»Nein, aber der Tatbestand des Einbruchs ist nicht mehr haltbar«, stellte Frevert trocken fest.

»Dann streichen S' das halt auch!«, sagte der Metzger patzig.

»Dann bleibt noch Körperverletzung. Wo wurden sie denn getroffen? Können wir Ihre Wunden oder Hämatome sehen?« Sibylle Schwinghammer hob die Augenbrauen.

Wieder druckste Bogler herum. »Naja, Wunden. Ich habe mir einen Schiefing eingezogen.«

»Einen was?«, fragte Frevert erstaunt.

»Einen kleinen Holzsplitter«, erklärte Schwinghammer, die zwar wie die meisten Münchner selbst kaum Bairisch sprach, aber alles verstand. »Und wo?«

»In der Zunge«, erklärte Bogler verschämt.

»Das klingt nach einer guten Geschichte«, lachte Frevert.

»Wie ist das passiert?«, fragte die Polizistin unterkühlt nach.

»Ich habe an einem Dreschflegel geleckt, den ich für ein Rinderfilet gehalten habe.« Bogler blickte verlegen zu Boden und bohrte mit dem rechten Zeigefinger tief in sein Ohr hinein.

»Dass man Sie da nicht gleich ins Unfallkrankenhaus nach Murnau geflogen hat?« Zum ersten Mal lachte auch die bisher so distanzierte und strenge Sibylle Schwinghammer auf.

»Was kommt bei Ihnen denn ins Rinderfilet? Buche oder Eiche rustikal?« Auch Frevert konnte bei der Geschichte nicht mehr ernst bleiben.

»Hey, verarschen kann ich mich selbst!«, gab Bogler beleidigt zurück. »Ich habe halt geträumt.«

»Der Kerl träumt von den heißen Weißwürsten am Tag und in der Nacht, der alte Sauschinder!« Klara Meinhard gesellte sich zu dem Trio. Sie stellte ihre Einkaufstasche ab und blickte den Metzger streng an.

»Wollen Sie die Anzeige wegen Körperverletzung wirklich aufrechterhalten?«, fragte Schwinghammer ernst nach.

»Nein, streichen Sie's!« Bogler wurde immer kleinlauter.

»Dann bleibt noch die Anzeige wegen Verleumdung.«

»Jawohl, die Behauptungen der Haberer entsprechen gar nie nicht der Wahrheit.«

Frevert amüsierte sich über diese typisch bayerische doppelte Verneinung, behielt seinen Spaß aber für sich. Er hatte den Eindruck, der Metzger sei genug veräppelt worden.

»Alles stimmt«, widersprach die resolute Nachbarin. Klara Meinhard riss die Augen weit auf und hob ihren knochigen Zeigefinger drohend in die Höhe. »Und es ist noch viel schlimmer. Der hat einen Hirschen zu Gulasch verarbeitet, der zu Zeiten vom Kronprinzen Luitpold geschossen worden ist. Da war sogar das Geweih wurmstichig!«

»Schmarrn«, wehrte der Metzger ab. »Tiefgefroren hält das Fleisch jahrelang.«

»Wenn das Vieh ein Möbelstück gewesen wäre, dann hättest du's als Antiquität verkaufen können!«, wetterte die Nachbarin weiter.

»Herr Bogler, wenn wir wegen Verleumdung ermitteln, dann müssen wir natürlich prüfen, ob die Vorwürfe stimmen. Und dazu müssen wir das Gesundheitsamt einschalten. Ferner müssen Sie damit rechnen, dass die einzelnen Punkte auch publik werden«, warnte Schwinghammer.

Bogler verzog die Mundwinkel. Am liebsten hätte er laut losgeschrien oder in eine Schweinehälfte geboxt, um seiner Wut freien Lauf zu lassen. Stattdessen sagte er zum wiederholten Mal seinen Satz, man solle diesen Punkt in der Anzeige streichen.

»Dich holt nochmal der Teufel!«, drohte Klara Meinhard, packte ihre Einkaufstasche und zog weiter.

»Ja, aber erst, wenn er mit dir fertig ist!«, schrie ihr Bogler nach.

»Dann bleibt noch der Tatbestand der Sachbeschädigung«, fuhr die Polizeimeisterin im Protokoll fort. »Was ist denn alles kaputt?«

»Die Mauer!« Bogler deutete auf die Front seines Hauses.

»Die ganze Mauer? Die schaut für mich noch recht stabil aus«, wandte Schwinghammer ein.

»Ja freilich, aber die ist beschmiert worden.«

»Das ist alles?«, fragte Frevert nach und zog die Augenbrauen hoch. »Holen Sie dafür den Maler?«

»Schmarrn, da weißle ich selbst drüber!«, winkte Bogler ab.

»Auf wie viel würden Sie dann den Sachschaden beziffern?« Schwinghammer schlug wieder den kühlen Geschäftston an.

»Ja mei, so um die 10 Euro kostet die Farbe.«

»Und dafür beanspruchen Sie zweimal die Polizei? Für einen Bagatellschaden von 10 Euro? Glauben Sie, dass wir nichts Besseres zu tun haben?« Schwinghammer ging den Metzger scharf an.

»Logisch: Parksünder aufschreiben und unbescholtene Bürger blasen lassen, das könnt ihr!« Aus Bogler brach der ganze Ärger, der ganze Unmut über den nächtlichen Überfall und die damit einhergehende Demütigung heraus.

»Herr Bogler, Sie sind nah an der Beamtenbeleidigung. Mäßigen Sie Ihren Ton!«, forderte Schwinghammer scharf.

»Ist ja gut …« Bogler ruderte zurück und strich sich mit seinen Wurstfingern durch die Haare.

»Was machen wir jetzt mit der Anzeige? Wegen 10 Euro werden wir keine Großfahndung starten, das werden Sie wohl verstehen!«

»Wissen S' was, lassen wir's einfach bleiben.«

»Sie nehmen die komplette Anzeige zurück?«

Bogler bejahte und unterschrieb das nötige Formular.

»Wollts noch eine Leberkassemmel?«, fragte der Metzger zum Abschied, aber die beiden Polizisten beteuerten, keinen Hunger zu haben. Dann setzten sie sich wieder in ihren Wagen und fuhren zur Wache.

»Der Biber sagt immer, dem Bogler sein Leberkäs ist göttlich, weil nur der Herrgott weiß, was da wirklich drin ist.« Schwinghammer grinste ihrem Kollegen an, welcher kurz auflachte, dann aber ernst wurde.

»Weißt du, was mir aufgefallen ist? Von den vier Opfern dieser Haberer haben drei ihre Anzeige wieder zurückgenommen«, stellte Frevert fest. »Die haben alle die Hosen gestrichen voll.«

»Genau, nur der Bauunternehmer hat sie wegen Hausfriedensbruchs angezeigt, was ja nicht unbedingt ein Schwerverbrechen ist.«

»Diese Haberer, das sind schon ... Wie würdet ihr Bayern sagen? Hundlinge?«

»Ich glaube, der Ausdruck passt«, pflichtete Schwinghammer bei. ›Da haben andere schon gröbere Ausdrücke für uns benutzt‹, dachte sich die Polizistin und lächelte in sich hinein. Wieder hatte sie es geschafft, dass die kleine Strafaktion nicht weiter verfolgt würde. Es wäre ihrer Karriere auch nicht gerade förderlich gewesen, wenn man entdecken würde, dass sie nachts mit rußverschmiertem Gesicht in fremde Häuser eindrang, um ein paar Schweinehunde zurechtzuweisen.

3

Es war Waschtag. Also lagen die Socken und Unterhosen ausgebreitet auf dem giftgrünen Badvorleger, der definitiv noch in D-Mark bezahlt worden war, man hätte aber auch die Rentenmark als mögliche Währung in Betracht ziehen können. Mit Kleinkram wollte Fritz Biber nicht den Wäscheständer belasten, dauerte auch viel zu lang. Und am Boden wurde alles irgendwann trocken.

Der *Fuchsbau* war eine Männerwirtschaft – in beiden Stockwerken. In der Kneipe selbst dominierte das biertrinkende Geschlecht, wenngleich sich der Frauenanteil in den letzten Monaten deutlich erhöht hatte. Nicht ganz unschuldig daran war Bibers Untermieterin: Sibylle Schwinghammer brachte Stimmung in die Bude. Berührungsängste gegenüber der Polizistin begegnete sie mit ihrem burschikosen Charme. Sie konnte es mit den Frauen aus Obernstall und scharte bald eine kleine Gruppe um sich, die sich selbstverständlich in ihrem Stammlokal traf.

Außerdem half sie Fritz Biber, sein Lokal auf Vordermann zu bringen. Dass man Frittierfett gelegentlich austauschen musste, war dem Wirt bislang nicht geläufig gewesen. Auch seine Speisekarte hatte nicht unbedingt femininen Ansprüchen genügt: Sie bestand aus zwei laminierten Seiten, bei denen das Plastik aussah, als hätten sich diverse Nagetiere daran gütlich getan. Ansonsten legte Biber viel Wert auf Qualität. Allein sein Sortiment an Whisky war legendär. Er war zwei Wochen durch Irland und Schottland getourt, besuchte eine Destille nach der anderen, verköstigte so viel hochwertigen Schnaps, dass seine Leber nach einer Trockenlegung japste, sein Gaumen aber nach immer mehr. Schließlich brachte er kistenweise besten Whisky in das Berchtesgadener Land, den er in diesem Leben nicht mehr würde ausschenken können.

Während sich das untere Stockwerk des Hauses durch Sibylle Schwinghammer veränderte und gewissermaßen frauenfreundlicher wurde, ließ sich Biber bei der Männerwirtschaft in den Privaträumen nicht dreinreden. Der Dauer-Single liebte seine eigene Ordnung, seine Schrullen im Haushalt wie das Ausbreiten der Unterwäsche und Socken auf dem Badvorleger. Die Untermieterin hielt sich bewusst zurück, kümmerte sich lediglich um ihr Zimmer und nicht um Bibers Räume. Nur das Bad kam öfter als früher mit Putzmitteln in Berührung.

Ansonsten ergänzten sich die beiden ungleichen Menschen perfekt. Was ihr Liebesleben anbelangte, wusste jeder um das Geheimnis des anderen und behielt es für sich, ja, man verschaffte sich gegenseitig Deckung. Fritz Bibers letzte feste Freundin war bereits so lang her, dass die meisten seiner Gäste sie für ein bloßes Gerücht hielten. Er selbst hatte nach einer zweijährigen Liaison mit einer champagnersüchtigen österreichischen Raubkatze keine Lust mehr, sich zu binden – zu tief saß der Stachel der Enttäuschung. Andererseits kam er aber auch zu der Einsicht, dass er nicht der Mann war, der Frauen auf Händen trug. Davon bekam er Kreuzschmerzen. Er liebte seine Unabhängigkeit und seine Eigenarten. So hatte er prinzipiell in jedem Zimmer zwei Aschenbecher, von denen mindestens einer vor Kippen überquoll. Biber bezeichnete das als »Aktionskunst«, Schwinghammer als Memento mori. Ferner schnitt der Wirt seine Zehennägel nicht, sondern riss sie mit den Fingern ab, ohne die Abfallprodukte sofort zu entsorgen.

Viele Frauen hätte das wahnsinnig gemacht, Sibylle Schwinghammer nicht. Sie nahm Biber, wie er war. Ein etwas verschrobener Langzeit-Single, der allerdings nicht mönchisch lebte. Wenn die Kneipenparty bis in die Puppen dauerte, blieb eine solche auch immer mal wieder übrig. Ihm genügte einmal in der Woche eine heiße Nacht, die oft erst begann, wenn bei den rechtschaffenen Bürger der Wecker klingelte. Seit einem Jahr jedoch war er für solche Ausschweifungen nicht mehr so empfänglich, was in Kleinstädten zwangsläufig die Gerüchteküche brodeln lässt. Biber habe einen Unfall gehabt, infolgedessen sein männlichstes Teil keine Aufrichtarbeiten mehr erledigen könne, hieß es, andere witzelten, ihm sei das Viagra ausgegangen, die Mehrheit dichtete ihm jedoch Affären mit so ziemlich jedem weiblichen Wesen des Berchtesgadener Landes an. Und wenn die ausgingen, kam der Rest der Spezies dran.

Die Gerüchteküche wieder erkalten zu lassen und im Idealfall zu schließen, half ihm Sibylle Schwinghammer: Sie stellte ihm Charlotte Geith vor, eine ihrer attraktiven Münchner Bekanntschaften, einen rothaarigen Feger mit rauchiger Stimme und vollen Lippen. Diese Femme fatale konnte jeden Mann um den Finger wickeln konnte, genauer gesagt sie hätte können. Denn daran hatte sie kein Interesse. Sie tauchte einmal in der Woche in Bibers Unterkunft auf und blieb über Nacht. Allerdings nicht bei dem Wirt, für den sie zwar nach außen hin die willkommene exotische Freundin mimte, sondern bei der Polizistin, deren eigentliche Freundin sie war.

So blieb Bibers geheime Affäre mit der drallen Bürgermeisterin das, was sie bleiben sollte: eben geheim. Und damit auch wirklich niemand dieser Amour fou auf die Spuren kam, ließen beide in der Öffentlichkeit keine Gelegenheit aus, sich mit Dreck zu beschmeißen oder zumindest kleinere Spitzen loszulassen – Merkel und Gysi waren ein Liebespaar dagegen. Der Ober-Sozi und die schwarze Bürgermeisterin: Das Märchen hatte begonnen, wie es zu einem Wirt und der Tochter eines Braumeisters passte: bei einer Schnapsverkostung. Im Rahmen eines Stadtratsausflugs zur *Brennerei Grassl* in Berchtesgaden vergaß man schließlich die Zeit und auch das Maß an Alkohol, das sich bei der Verkostung von Enzian, Meisterwurz und *Bergbrenner-Gin* angesammelt hatte. So landeten die beiden erst zu einem Absacker im *Fuchsbau* und dann im Bett. Dass dieses seit vier Monaten nicht mehr frisch bezogen worden war, bemerkte Simone Badhauser erst am nächsten Morgen, als sich ein Zehennagel in ihr Gesäß bohrte. Das war natürlich nicht die größte Überraschung. Sie hatte den ersten Filmriss ihres Lebens und schämte sich zunächst in Grund und Boden für ihr Verhalten, machte sich schwerste Vorwürfe. Ja, sie, die gerade erst ihre silberne Hochzeit gefeiert hatte, auf der sie noch eine inbrünstige Rede, ja fast schon Predigt über Treue, Ehre und Monogamie gehalten hatte, eine Rede, die selbst mancher im Vatikan noch für übertrieben gehalten hätte.

Doch die Schuldgefühle wichen im Laufe des Tages einer Beschwingtheit, wie sie die Bürgermeisterin seit Jahren nicht mehr erlebt hatte. Ihr Mann war ein behäbiger Bayer, der seine Freizeit bevorzugt an der Werkbank verbrachte oder mit seiner Sammlung an Bierkrügen, seinem größten Stolz. Abgesehen natürlich von den beiden Kindern, die jedoch auch schon ausgeflogen waren und in Nürnberg beziehungsweise Köln studierten.

So war die alkoholschwangere Nacht mit Biber ein Jungbrunnen für sie, zumal das eheliche Liebesleben so prickelnd wie abgestandenes Leitungswasser war und bisweilen einer Anästhesie gleichkam. Ihr schlechtes Gewissen, das sich nach jedem Seitensprung meldete, wenngleich auch immer leiser und leiser, konnte sie jedoch immer wieder beschwichtigen, indem sie ihrem Mann tags darauf einen seltenen Bierkrug schenkte – als Zeichen ihrer unverbrüchlichen Liebe und Hingabe. Wenn sie gegenüber Fritz Biber eine Andeutung machte, dass ihr Mann etwas für seine Sammlung bekam, hieß das, sie wolle mal wieder eine »heiße Nacht« erleben.

Er schmunzelte über die heutige Andeutung seiner Geliebten. Manchmal schien ihm die ganze Affäre so verrückt, so surreal, dass er sich fragte, ob er sich nicht alles einfach einbildete. Doch dann kam wieder eine solche »heiße Nacht« und er wusste, wie real die Küsse und die Leidenschaft waren, die beide füreinander entwickelt hatten. Von Liebe wollte er nicht reden, aber von Lust und zumindest Zuneigung. Natürlich reizte ihn nach wie vor das Spiel. In der Öffentlichkeit zoffte und derbleckte man sich nach Strich und Faden, dann ging man klammheimlich miteinander ins Bett. Es war wie mit seiner Rolle als Anführer der Haberer: Er führte eine Doppelexistenz und freute sich darüber, dass die Welt um ihn herum nichts davon ahnte.

Biber saß nach dem Mittagessen im *Hopfenbräu* allein in seiner Kneipe, trank seinen dritten Espresso und rauchte seine zehnte

Zigarette. Er las ausführlich die *Süddeutsche Zeitung*. Der bayerische Ministerpräsident hatte sich mal wieder eine verbale Blutgrätsche erlaubt, beteuerte aber, er habe alles anders gemeint und sei missverstanden worden. Im Raum München waren Blüten von 20-Euro-Scheinen aufgetaucht. Nachdem 50- und 100-Euro-Scheine häufig getestet und Falschgeld aussortiert wurde, gingen die Fälscher offensichtlich zu kleineren Scheinen über, so das LKA. Und der demokratische Kollateralschaden, der sich im Jahr 2017 amerikanischer Präsident nannte, drohte wieder einmal einem Land, es von der Weltkarte zu eliminieren.

Fritz schüttelte nur den Kopf. Er faltete die Zeitung zusammen, legte sie auf den Tresen und dachte wieder über sich und seine Situation nach.

Die Androhung von Lupolenz, einen Detektiv zu engagieren, beunruhigte ihn. Ein solcher Privatschnüffler konnte gefährlich sein. Ihn konnte man nicht kontrollieren, im Gegensatz zu den Untersuchungen bei der Polizei, die Sibylle Schwinghammer leitete. Ja, ein Detektiv konnte das Trio im schlimmsten Fall demaskieren. Am besten würde man eine kleine Pause einlegen, die Dreschflegel erst einmal einmotten, bis sich der Rauch gelegt hatte. Fritz Biber spielte gern mit dem Feuer, aber er wollte sich nicht verbrennen.

Es donnerte. Karl »Charlie« Strohball war sich sicher, dass bald ein Blitz einschlagen würde. Dabei war der Himmel, abgesehen von ein paar Wolkenfetzen und Kondensstreifen der Flugzeuge, strahlend blau. Das Gewitter hatte sich nicht am Himmel, sondern in Charlie Strohball zusammengebraut und würde sich nun gleich in einem Schlag auf das Dach des metallicblauen Golfs entladen.

Wie immer gegen 7 Uhr abends war der Parkplatz von *Sportsfun*, der größten Muckibude von Obernstall, übervoll, zumal man ihn sich auch noch mit einem der preiswerten Supermärkte, die Regale durch Schachteln ersetzen, teilen musste. Strohball hatte sich zwei Stunden lang verausgabt. Laufband, Geräte und zum Schluss noch ein ausgedehntes Prügeltraining am Sandsack. Der ehemalige

Boxer konnte nach einem schweren Autounfall zwar nicht mehr in den Ring steigen, aber er drosch mit Vorliebe weiterhin auf alles ein, was nicht vor Schmerzen aufschrie.

Strohball fühlte sich nach dem Training erschöpft, aber frei im Kopf. Allerdings nicht allzu lange. Als er seinen Schlüssel am Empfang abgab, summte er noch freudig »Mein Teil« von *Rammstein* vor sich hin und freute sich auf den Doppelburger in Übergröße, den ihm seine Frau Lisa versprochen hatte. Dazu einen Berg Bratkartoffeln und höllisch-scharfe Chilisoße und der Abend war perfekt. Bestens gelaunt ging Strohball so aus dem Sportstudio ins Freie und hatte dann aber das Gefühl, ein Pferd würde ihn treten. Zwischen seinem Doppelburger, auf den er einen unbeschreiblichen Heißhunger entwickelt hatte, und ihm hatte sich ein metallicblauer Golf gestellt. Aus dessen offenen Fenstern wummerten die Technobässe, dass der Asphalt im Rhythmus vibrierte. Drei junge Leute saßen innen, ein Mädchen im schwarzen Netz-T-Shirt, das auf einem gewaltigen Batzen Kaugummi kaute, und zwei Jungs mit Baseball-Kappen im Fond. Nur der Fahrersitz war leer.

»Könnt ihr bitte euren Wagen wegfahren, ihr versperrt mir nämlich den Weg«, bat Strohball noch freundlich und deutete mit dem Kopf auf seinen roten Audi A6 in der Parkbucht dahinter.

Von dem Girlie kam keine Reaktion. Kein Wunder, der Mund war mit einer Familienportion *Hubba Bubba* verstopft, von den Baseball-Kappen murmelte einer ein paar Worte, die jedoch wegen der Musik nicht zu verstehen waren. Also lehnte sich Strohball an das Fenster, griff zum Autoradio und drehte dem Elektrosound den Saft ab. Daraufhin wiederholte er seine Bitte, allerdings klang sie nicht mehr so höflich. Das Mädchen schrillte kurz auf und drehte den Beat noch lauter als vorher, während einer der Kappenträger nuschelte, dass Klaus – offensichtlich der Fahrer – etwas einkaufen sei und dass es sich nur noch um Stunden handeln könne.

Strohball atmete tief ein, ging zu seinem Wagen, entriegelte ihn und legte die schwere Sporttasche in den Kofferraum. Dann drehte er sich um und drosch dreimal auf das Dach des Golfs ein, dass im Inneren ein apokalyptischer Donner über das Trio hereinbrach. Das Mädchen kreischte hysterisch und überschüttete Strohball mit Beschimpfungen. Die beiden Baseball-Kappen stiegen aus und bauten sich vor dem ehemaligen Boxer auf.

Beide waren kerndlgefüttert, wie man in Bayern sagt, stämmige Burschen, die an den Armen eine beachtliche Muskelmasse entwickelt hatten. Im Gesicht sprießten jedoch noch ein paar Pickel über dem Flaumbart. Strohball dagegen war 1,87 Meter groß, an seinem stacheligen Zweitagebart hätte man Parmesan reiben können. Am deutlichsten sah man ihm seine Boxervergangenheit an seiner platten, da mehrfach gebrochenen Nase an. Seine Arme waren übersät mit teilweise bereits verblassten, regelrecht ausgewaschenen Tattoos. Zwar war sein Bizeps nicht viel voluminöser als der der Baseball-Kappen, aber offensichtlich hart wie Granit.

»Hast du ein Problem, Mann?«, sagte die rote Baseball-Kappe und kam Strohball so nahe, dass er dessen Atem riechen konnte.

»Nein, aber du Flitzpiepe hast ein Problem. Eigentlich zwei. Meine linke und meine rechte Faust.«

»Alter, tu dir nicht weh und geh heim zu deiner Schlampe«, entgegnete die blaue Baseball-Kappe provozierend. Bei einem Gewitter kommt der Blitz vor dem Donner, bei Strohball war es umgekehrt. Doch dafür schlug Strohballs Blitz umso stärker ein. Es klingelte zweimal und die beiden Baseball-Kappen lagen auf dem Boden. Daraufhin fasste der Ex-Boxer durch das offene Fenster, diesmal aber nicht um die Musik leiser zu stellen, nein, er packte den Ganghebel und legte mit einem kräftigen Ruck den Leergang ein, begleitet von wüstem Geschrei des Mädchens. Dann ging Strohball hinter den Golf und schob ihn an, sodass sich der Wagen in Bewegung setzte. Langsam rollte dieser voran, beschleunigte jedoch ein wenig, da der Parkplatz leicht abschüssig war. Das Mädchen kreischte nun noch lauter, da der Golf auf einen Laternenmast zurollte. Zu ihrem Glück kam Klaus, der Fahrer, gerade aus dem Discounter. Als er sah, wie sein heiliger Golf auf einen

Crash zusteuerte, ließ er die Tüte mit den *Red Bull*-Dosen fallen und sprintete auf seinen Wagen zu. In letzter Sekunde konnte er den Golf stoppen und eine Delle verhindern, er blieb jedoch zwischen Mast und Auto eingeklemmt.

Seelenruhig stieg Charlie Strohball in seinen Audi, ließ ihn kurz aufheulen, setzte rückwärts zurück, allerdings so vorsichtig, dass er keinem der Baseball-Kappen ein Scheibchen wegfuhr, gab dann Gas und freute sich auf seinen wohlverdienten Doppelburger. Er war seinem Ruf als schlagkräftigster Mann von ganz Obernstall gerecht geworden. Das war ein Grund für die beiden anderen Haberer gewesen, ihn als drittes Mitglied aufzunehmen.

Fritz Biber schenkte sich im *Fuchsbau* einen *Averna* ein und prostete einem der letzten verbleibenden Stammgäste zu. An diesem Dienstag blieb deren Zahl überschaubar. Schon den ganzen Abend war wenig los gewesen. Biber selbst war gegen 22 Uhr nach Ende der Stadtratssitzung gekommen, um seine Vertretung abzulösen. Zu diesem frühen Zeitpunkt besetzten die üblichen Verdächtigen nur einen Tisch und ein paar Stühle am Tresen.

Charlotte Geith, die rassige Tarnfreundin aus München, war später noch dazugestoßen, hatte ein wenig mit dem Wirt geflirtet und sich gegen Mitternacht zurückgezogen. »Um schon mal das Bett vorzuwärmen«, wie sie allen mitteilte. Das tat sie auch – allerdings nicht Bibers Bett, sondern Sibylle Schwinghammers.

Um diese Zeit schaute Strohball auf einen Schlummertrunk vorbei, nachdem seine Frau Lisa zu Bett gegangen war. Biber zog seinen Kumpel zur Seite. Er raunte ihm zu, dass Lupolenz einen Detektiv anheuern wolle, um die Haberer ausfindig zu machen.

»Mir egal wie eine Wurst«, knurrte der Ex-Boxer. »Dem Hampelmann polier ich seine Pappnase, dass sie ihm zum Hinterkopf rausschaut.«

Biber aber, schließlich Anführer und Gründer der Haberer, schüttelte den Kopf. »Wir sollten eine kleine Pause einlegen.«

»Was? Ausgerechnet jetzt? Der Meiser-Bauer, diese Kanalratte, hat den Rest seiner Gülle in den Almbach abgelassen. Dem Typen gehört dermaßen der Baum geschüttelt, dass …«

»Leiser, Charlie! Wir sind nicht allein. Der Meiser läuft uns nicht davon. Aber wir legen eine Pause ein. Für unbestimmte Zeit. Das mit dem Detektiv ist zu heiß.«

»Weißt du was, Fritz, wenn du so viel Schiss hast, dann knall ich einfach dem Lupolenz eine vor den Latz, dann wird er sichs nochmal überlegen, ob er so einen Schnüffler engagiert.« Strohball kniff die Augen zusammen, seine Nasenlöcher weiteten sich. Im Vergleich zu seiner wilden Jugend war er schon deutlich ruhiger und gesetzter geworden, aber die Sicherungen brannten bei ihm noch deutlich schneller durch als beim durchschnittlichen Oberbayern.

»Das lass mal bleiben«, entgegnete Biber. »Wir halten jetzt mal alle die Füße still.«

Giftig schaute Strohball seinen Kumpel an. Dann zischte er sein Weißbier weg, legte 3 Euro auf den Tresen und stampfte missmutig davon. Charly Strohball hatte einen Dickschädel, der bisweilen nicht durch die Stubentür passte. Er reagierte oft allergisch, wenn man ihm etwas vorschreiben wollte. Biber traute ihm, konnte ihn aber auch nicht kontrollieren. Allerdings hoffte er, dass Strohball keinen Unsinn machte.

Wenig später klatschte Biber in die Hände und gab den letzten Nachtfaltern im *Fuchsbau* zu verstehen, dass sie austrinken sollten. Gegen 1 Uhr verschwand der letzte Gast und Biber sperrte die vordere Tür zu, um dafür den Privateingang über dem Carport zu entriegeln. Es dauerte nicht allzu lange, bis sich die Tür öffnete und leise Sohlen die Treppe hinaufhuschten. Trotzdem knarzten die alten Holzbohlen. Fritz Biber lag bereits ausgezogen in seinem Bett. Er lächelte in erotischer Vorfreude, die bereits zur nötigen Metamorphose geführt hatte.

»Ich glaube, als Ausgleich für diese Nacht musst du deinem Hermann einen ganzen Maßkrug kaufen«, sagte er mit einem Grinsen, als Simone zur Tür hereinkam.

»Bist du so ausgehungert?« Simone trat ans Bett heran und zog sich die geblümte Trachtenjacke aus.

Biber stand wortlos auf und half Simone, sich auch der restlichen Kleider zu entledigen. Die Antwort gab er ihr im Bett. Und das, wie angekündigt, öfter als sonst.

Manfred Lupolenz war ein disziplinierter Mensch, konservativ und traditionsbewusst. Für ihn waren Anstand und Moral keine Worthülsen. Wie hatte er sich an diesem Abend wieder über die Laxheit der anderen Stadträte geärgert, wie ihre verkommenen Projekte lautstark angegriffen, bis man ihn ignorierte und ihm keine Redeerlaubnis mehr erteilte. Beim Hinausgehen würdigte er sie keines Blickes und erwiderte ihre Grüße nicht, auch die Bürgermeisterin missachtete er.

Zuhause saß er noch bis 11 Uhr über seinen Geschäftsbüchern, als ihm die Augen allmählich zufielen. Dann ging er ins Bett und schlief den Schlaf der Gerechten. Doch mitten in der Nacht weckte ihn ein Geräusch. Ein Klopfen und Kratzen. Lupolenz richtete sich im Bett auf. Er konnte die Geräusche nicht genau einordnen, doch sie kamen immer wieder. ›Die Haberer‹, durchzuckte es ihn. Sie hatten seine Tiraden gehört und seine Drohungen vernommen. Mit einem Schlag war Lupolenz wach. Er holte tief Luft, stand auf, schlüpfte in seine Filzpantoffeln und zog sich seinen Hausanzug an. Die sonderbaren Geräusche ertönten weiterhin.

So leise wie möglich schlich er in das Erdgeschoss zu seinem Waffenschrank. Als Sportschütze durfte er Schusswaffen benutzen. Den Schlüssel dazu trug er immer um den Hals, auch wenn er schlief. Vorsichtig sperrte er auf und nahm ein Gewehr zur Hand. Wenn er die Haberer, diese Lumpen, mit seinem Kleinkaliber erlegte, konnte er sich das Geld für den Detektiv sparen. Angespannt, aber hochzentriert ging er zur Haustür. Die Geräusche wurden immer lauter, je näher er der Haustür kam. Lupolenz presste seine Kieferknochen aufeinander. Dann sah er einen Schatten am Fenster vorbeihuschen.

›Da seids also‹, dachte sich Lupolenz. ›Euch erwische ich, euch Anarchisten.‹ Sein Herz schlug heftig und schnell, als er vorsichtig und leise die Tür öffnete, um dann blitzschnell ins Freie zu treten und sich nach rechts zu drehen, wo er einen der Haberer vermutete. Er hielt die Waffe ins Dunkle, in die Richtung, wo er eben noch Geräusche vernommen hatte. Doch dort war niemand. Alles, was er sah, war das übliche Zeichen der Haberer an seine Hauswand gesprüht.

»Drecksbande!«, fluchte er. »Wo seid ihr?«

»Hier.« Hinter ihm ertönte eine heisere Stimme.

4

Ein Sägewerk, ein gigantisches Sägewerk vernahm Simone Badhauser, als sie sich allmählich aus Morpheus' Armen löste und wach wurde. Dann begriff sie, dass sie keine Holzarbeiten hörte, sondern das gewaltige Schnarchen ihres Geliebten. Sofort öffnete sie die Augen und zuckte zusammen. Fritz Bibers Liebesnest war bereits sonnendurchflutet. Das bedeutete, sie war eingeschlafen, dabei stahl sie sich sonst spätestens um 4 Uhr aus dem Haus, um ungesehen heimzukommen. Doch just um diese Zeit regte sich in Biber zum vierten Mal in dieser heißen Sommernacht die Lust, wogegen die Bürgermeisterin nichts einzuwenden hatte.

Wie von der Kreuzotter gebissen, sprang sie aus dem Bett und schlüpfte in ihre Kleidung. Biber grunzte laut auf und drehte sich um. Es war bereits Viertel nach sechs, eine Uhrzeit, zu der bereits jede Menge Obernstaller auf waren und sie dabei ertappen konnten, wie sie aus dem Haus ihres politischen Feindes schlich. Wer sollte dabei nichts Übles denken? Zumal in dieser Kleinstadt jeder die Bürgermeisterin kannte. Dazu kam, dass sie ihr Auto nicht direkt vor dem *Fuchsbau* geparkt hatte, sondern vor dem Altersheim, das sich auf der anderen Seite eines kleinen Hügels befand. Denn dort lebte ihre Tante Agnes und so konnte Simone Badhauser bei neugierigen Fragen immer behaupten, sie hätte sich um ihre völlig verkalkte Verwandte gekümmert.

Behände eilte sie die knarzende Treppe hinunter, während sie sich noch die Strickjacke zuknöpfte. Dann schlug sie den Kragen hoch, dass der oberste Knopf an der Nasenspitze anstand. Vorsichtig öffnete sie die Hintertür und schaute sich um. Niemand war zu sehen. Leise schloss sie die Tür und wollte gerade loshuschen, als Schorsch Eberl aus dem Nachbargrundstück kam und sie entgeistert anstarrte. Er war der Zeitungsausträger und als solcher von 5 bis 7 Uhr morgens in Obernstall unterwegs. Allerdings war er nicht die hellste Kerze am Christbaum, wie jeder im Ort wusste.

»Frau Bürgermeister, guten Morgen – was machen Sie denn hier?«, fragte der Schorsch, der für jedes Wort gefühlt eine Minute brauchte.

»I-ich, äh«, stotterte Simone Badhauser und merkte, wie sie rot anlief. Sie fühlte sich ertappt und sah sich im ersten Moment außerstande, sich mit einer Notlüge aus der Situation zu winden.

»Haben Sie hier geschlafen?« Der Zeitungsausträger schaute die Bürgermeisterin weiterhin mit offenem Mund an.

»Wo denkst du hin?«, donnerte es plötzlich hinter Simone Badhauser. Fritz Biber war durch die knarzenden Treppen wach geworden. Schnell hatte er sich in seine Jeans geschmissen und ein T-Shirt übergeworfen und war ihr gefolgt. »Wir treffen uns zum Frühsport. Und zwar trainieren wir für den 8. Miesbacher Stadtrat-Marathon. Dafür gibt's einen Pokal so groß wie den von der Champions League. Den wollen wir heuer unbedingt nach Obernstall holen. Aber das ist streng heim. Hast du mich verstanden, Schorsch?«

»Ja freilich«, nickte der Eberl. »Ich sag keinem nie nicht was.« Dann grüßte er etwas devot und machte sich auf, seine Zeitungen weiter auszutragen, blieb jedoch plötzlich stehen und sagte halb zu sich, halb zu den beiden Lokalpolitikern. »Heute ist aber echt ein komischer Tag. Jetzt der Fritz Biber und die Bürgermeisterin beim Frühsport. Und vorher der Lupolenz, der vor seiner Haustür schläft. Naja, man hat schon Pferdl kotzen gesehen.« Dann ging er endlich weiter.

Simone blickte ihren Geliebten kurz an, warf ihm einen Luftkuss zu und machte sich dann schnell auf zu ihrem Auto in der Hoffnung, dass ihr Mann noch im Bett lag. Biber dagegen war schlagartig hellwach. Lupolenz schlief vor seiner Haustür? Was hatte das zu bedeuten? Mit einer düsteren Vorahnung stieg er in sein Auto und fuhr los.

Das Haus von Lupolenz befand sich am Ende des Friebewegs, einer

Seitenstraße, die mittlerweile von zahlreichen Neubauten gesäumt war. Das Gebäude aus der Nachkriegszeit war von hohen Hecken umgeben, ein Schutz vor allzu neugierigen Blicken. Nur vom gusseisernen Gartentor aus konnte man die Eingangstür sehen. Nervös fuhr Biber direkt vor das Haus, wo die Zeitung noch sichtbar im Briefkasten steckte.

»Scheiße«, fluchte er laut, als er den Motor abstellte und auf das Gebäude blickte. Über der Haustür leuchtete das Zeichen der Haberer, der rot-schwarze Schriftzug, auf dem die Silhouette eines Haberers mit Dreschflegel zu sehen war. Schnell stieg Biber aus und sprang kurzerhand über das Eingangstor.

Vom Auto aus konnte man tatsächlich den Eindruck gewinnen, Lupolenz würde schlafen, da er mit dem Rücken zur Straße friedlich da lag. Doch kaum kam Biber ein paar Schritte näher, sah er, dass sich um Nase und Mund des ÖDP-Stadtrats eine Blutpfütze gebildet hatte, die in der Morgensonne bereits zu trocknen begann. Aus seinem kantigen Gesicht war jede Farbe gewichen. Kein Zweifel, Lupolenz war ermordet worden, den Striemen und Blutergüssen im Gesicht zu Folge erschlagen. Biber war schockiert, riss sich dann aber am Riemen. Er durfte möglichst nicht gesehen werden.

›Charlie, du Arschloch! Was hast du gemacht!‹ Biber fluchte innerlich und überlegte, was zu tun sei. Die Polizei rufen? Die würde jede Menge Fragen stellen, auch, wie er dazu kam, so früh zum Opfer zu fahren. Im schlimmsten Fall würde also auch noch seine Affäre publik. Nein, er musste wieder verschwinden und Strohball zur Rede stellen. Doch als er sich umdrehte und sich zu seinem Auto bewegen wollte, kam ein Mann aus dem gegenüberliegenden Haus.

»Ja servus! Das ist ja der Biber Fritz! Was machstn du beim Lupolenz?«, fragte Luis Arlberger, ein Drucker, der hin und wieder im *Fuchsbau* auf eine Halbe auftauchte. »Politischer Frühschoppen, ha? Will er wieder eine Bio-Gasanlage bauen, unser Super-Öko.«

»Der baut nichts mehr«, brummte Biber. Nun war alles zu spät.

Der Tatort war mit rotweißem Plastikband weiträumig abgesperrt, um die Zufahrt auf Reifenspuren zu untersuchen, sogar noch das letzte Stückchen Straße. Zum Leidwesen von Fritz Biber, dessen Auto dadurch eingesperrt war. Die Meute an Schaulustigen, die von den Obernstaller Polizisten zurückgehalten wurde, konnte so das Gefährt ihres Stadtrats sehen. Biber war klar, dass nun die Spekulationen wild ins Kraut schießen würden, schließlich waren er und Lupolenz keine dicken Freunde gewesen.

Noch größere Sorgen bereitete Fritz Biber aber Charlie Strohball. Seine Befürchtung, sein Kumpel könnte der Mörder von Lupolenz sein, verstärkte sich, als er Strohball auf dem Handy nicht erreichte, dafür allerdings dessen Frau Lisa auf dem Festnetzanschluss.

»Was habt ihr denn gestern wieder angestellt?«, fragte sie Biber vorwurfsvoll.

»Wie? Was? Charlie war noch auf einen Absacker bei mir und ist kurz nach Mitternacht abgehauen«, verteidigte sich Biber.

»Von wegen! Um 3 Uhr ist er heimgetorkelt. Voll wie 'ne Amsel. Aber das war ja nicht das Schlimmste …«

Biber schwante Übles.

»Sein ganzes T-Shirt war zerrissen und blutig. Hat er sich wieder mit jemandem geprügelt?« Lisa Strohball war offensichtlich stinksauer. Sie hatte die Raufereien ihres Mannes satt, auch wenn diese nur noch sehr selten vorkamen.

»Ich weiß von nichts«, beteuerte Biber. »Und was hat der Charlie selbst gesagt?«

»Nichts. Der ist nicht wach zu kriegen und schläft seinen Rausch aus, dass man ihn bis ins Nachbardorf schnarchen hört. Der kriegt eine Woche Hausarrest, ich sag's dir!« Dann legte Lisa wütend auf. Biber musste so schnell wie möglich nach Hammer fahren, einem kleinen Luftkurort zwischen Inzell und Siegsdorf. Dort wohnte sein Kumpel auf einem alten Bauernhof am Ortsrand. Biber saß auf glühenden Kohlen, aber Oberkommissar Weinrich wollte ihn nicht gehen lassen, er bestand auf einer persönlichen Vernehmung. Den Hinweis, er, Biber, habe der örtlichen Polizei bereits alles mitgeteilt, war dem leitenden Kommissar nicht einmal ein müdes Lächeln wert.

»Von nun an übernehme ich.« Mit diesen Worten hatte sich Oberkommissar Weinrich in die kriminalpolizeiliche Untersuchung eingeführt und die Schutzpolizisten zum Verlassen des Tatorts aufgefordert. »Sie vernichten nur Spuren. Halten Sie lieber die Bauern auf Abstand, nicht dass wir hier noch Gummistiefelabdrücke haben.« Der Oberkommissar deutete auf die Meute an Schaulustigen und machte den Schutzpolizisten mit einer Kopfbewegung klar, dass sie sich zu trollen hatten. Sibylle Schwinghammers Einwand, sie hätten den Tatort bereits umfassend untersucht und Zeugen befragt, quittierte er lediglich mit einem abschätzigen Blick.

Eine halbe Stunde später winkte er Sibylle zu sich.

»Polizeimeisterin Schwinghammer, der Fall scheint klar. Das Opfer wurde mit einem stumpfen Gegenstand aus Holz erschlagen. Wir haben an der Schläfe Splitter und Fasern gefunden. Das Zeichen an der Wand deuten wir als Schuldbekenntnis. Diese Haberer haben Lupolenz ermordet, nachdem er ihnen gestern öffentlich gedroht hatte, wie mir berichtet wurde.«

»Herr Kommissar, die Haberer waren bislang nicht gewalttätig, sondern …«, wandte Sibylle ein, wurde aber sofort unterbrochen.

»Wenn der Kuchen spricht, haben die Krümel zu schweigen. Sie tun fortan nur, was ich Ihnen sage, nicht was Ihnen Ihr Dorfpolizisteninstinkt sagt. Verstanden?«

Sibylle kochte innerlich vor Wut, nickte aber untertänig. Was bildete sich dieser dahergelaufene Traunsteiner Kriminaler ein? Er gab den Sonnenkönig und behandelte alle wie Lakaien, denen noch Pferdemist und Hühnerdreck an den Schuhen klebte.

»Ich will alles über diese Haberer wissen. Sie besorgen mir sofort alle Akten, die Sie angelegt haben.« Weinrich wandte sich nach seinem Befehl sofort zum Gehen.

»Aber He…«, hob Sibylle an, konnte aber ihren Satz wieder nicht vollenden.

»Auf Wiedersehen, Sie sollten schon wieder zurück sein.«

Der Polizeimeisterin schnürte es die Kehle zu. Die Akten über die Haberer hatte sie geführt und sie hatte es dabei nicht immer ganz genau genommen. Mit einigen Beweisstücken war sie sogar sehr freizügig umgegangen. Schließlich hatte sie die Untersuchungen geleitet und bestimmte Hinweise, die meist auf Nachlässigkeiten von Strohball zurückzuführen waren, unter den Tisch fallen lassen. Genau genommen hatte sie sich der Fälschung und Unterschlagung von Beweismaterial schuldig gemacht. Würde Weinrich die Akten unter die Lupe nehmen, könnte alles auffliegen. Sie wäre geliefert und würde unehrenhaft entlassen werden. Und wenn es blöd ging, hätte sie noch eine Mordanklage am Hals.

Mit einem mulmigen Gefühl ging sie zu ihrem Wagen. Ihr Blick streifte Fritz Biber, der ebenso besorgt aussah. Just in diesem Moment winkte Weinrich den Wirt zu sich.

Der Oberkommissar hatte ausgewaschene, hellblaue Augen, eine wächserne Haut, aber ein wie in Granit gemeißeltes Gesicht. Er besaß hängende Lefzen, die Biber ein wenig an die Bundeskanzlerin erinnerten, ansonsten hatte Weinrich aber keine Ähnlichkeit mit der Mutti der Nation. Ganz im Gegenteil, er wirkte kompromisslos, herrisch, ein einsamer Jäger, der sein Wild nicht mehr aus den Augen ließ, wenn er einmal Witterung aufgenommen hatte. Und dieses Wild war jetzt Fritz Biber.

Biber erzählte dem Oberkommissar von dem Zeitungsausträger und dessen seltsamer Bemerkung. »Und deshalb sind Sie sofort in aller Herrgottsfrüh hierhergefahren?« Weinrich blickte den Zeugen mit gehobenen Augenbrauen zweifelnd an.

»Na, ich kenne zum einen den Zeitungsausträger. Ein sehr schlichtes Gemüt. Manche sagen, er wäre aus einem Teebeutel geklont worden. Zum anderen kenne ich den Lupolenz. Ein penibler Korinthenkacker, der so viel Frohsinn versprüht wie ein Rosenkranz. Schauen S', wenn jemand seine Schnürbandl nicht exakt gleichmäßig lang gebunden hatte, war das für ihn schon ein Zeichen von Anarchie. Der Lupolenz würde niemals vor der Haustür schlafen und schon gleich dreimal nicht besoffen, weil er nämlich keinen einzigen Tropfen Alkohol trinkt. Der hat nicht mal Hustentropfen geschluckt.«

»Und wie standen Sie zu dem Opfer?«

»Neutral. Er war gelegentlich bei mir im Lokal. Extra für ihn haben wir Bionade ins Sortiment aufgenommen. Als Stadtrat haben wir teils zusammengearbeitet, teils nicht.« Das war natürlich nur die halbe Wahrheit, denn Lupolenz war ein streitbarer Charakter, der sich mit jedem über kurz oder lang bis aufs Blut gezofft hatte, was Biber hier nur zu gern verschwieg. Erst in der letzten Stadtratssitzung waren sie gehörig aneinandergeraten, da Lupolenz mit aller Macht das neue Gewerbegebiet verhindern wollte, was wiederum eines der Lieblingsprojekte von Biber war.

»Eins kommt mir seltsam vor«, hob Weinrich an und blickte Biber durchdringend an. »Wieso steht ein Wirt um kurz nach 6 Uhr vor seiner Haustür? Sie sind doch sicherlich berufsbedingt spät ins Bett gegangen.«

»Aber ich bin liebesbedingt früh aufgestanden. Reicht Ihnen das?«

»Wenn Sie mir Name und Telefonnummer der Frau mitteilen, ja.«

»Selbstverständlich, ich habe doch vor der Polizei keine Geheimnisse«, entgegnete Biber und nannte Weinrich den Namen seiner Geliebten. Allerdings den seiner offiziellen Geliebten – Charlotte Geith.

5

Fritz Biber hatte es sicherheitshalber noch einmal auf Charlie Strohballs Handy versucht, doch es erklang nur die blecherne Stimme der Mailbox, was freilich daran liegen mochte, dass Hammer manchmal in einem Funkloch versank. Doch auch auf dem Festnetz meldete sich nur der Anrufbeantworter. Normalerweise zählte Rasen nicht zu Bibers Lastern, von denen er auch so genug hatte, doch in dieser Situation konnte er nicht mehr hinter den Schnecken hertuckern und er überholte alles, was nicht das Gaspedal durchdrückte. Die bereits in sattem Grün stehenden Felder sausten nur so an ihm vorbei.

Was, wenn Strohball wirklich Lupolenz erschlagen hatte? Dann hatte er einen Mörder zum Freund … und auch er selbst war geliefert. Er würde als Haberfeldtreiber enttarnt, womöglich sogar als Mittäter verurteilt. Seine ganze Existenz war im Eimer. Dabei hatte er so viel investiert, so viel Zeit, so viel Engagement, so viel Herzblut. »Verdammt«, grunzte Biber. Aufgewachsen war er in Passau als Sohn wohlhabender Eltern, die Eventgastronomie in größerem Stil betrieben. Doch kaum war der Sohn in das Geschäft eingestiegen, platzten die Geschäfte wie ein Ballon, in den man eine Nadel sticht. Ein Scheidungskrieg der Eltern folgte sowie ein Offenbarungseid des mithaftenden Sprösslings.

Biber sagte daraufhin Niederbayern Ade und ging für längere Zeit nach Amerika, wo er ein spannendes, aber unstetes Leben führte. Er wechselte die Jobs, die Wohnorte und auch die Frauen Nach einigen Jahren holte ihn ein alter Schulfreund nach Obernstall, der für einen Apfel und ein Ei ein altes Haus gekauft hatte. Dort befand sich die seit geraumer Zeit leer stehende Kneipe *Fuchsbau*. Biber, allmählich seiner alten Schulden ledig, reizte die Aufgabe, ein totes Lokal zum Leben zu erwecken. Außerdem zog es ihn nach Deutschland zurück.

Allerdings verbrachte er die ersten Jahre mehr oder weniger auf gepackten Koffern. Obernstall und der *Fuchsbau* schienen ihm nichts als eine Durchgangsstation. Mit der Zeit wuchsen ihm seine Gäste ans Herz und er übernahm Verantwortung. Als er schließlich von zahlreichen Leuten bedrängt wurde, für den Stadtrat zu kandidieren, wusste er, dass er angekommen war. Er hatte eine zweite Heimat gefunden. Das Provinzstädtchen am Fuße der Alpen war sein neues Zuhause geworden. Und kein Konkurs, kein Scheidungskrieg würden ihn mehr von hier wegbringen. Und nun stand seine Existenz auf dem Spiel. Alles, was er sich aufgebaut hatte, drohte einzustürzen.

Dementsprechend nervös fuhr Biber in Strohballs Innenhof ein. Der Ex-Boxer bewohnte einen alten, heruntergekommenen Bauernhof, auf dem die letzte Sau längst geschlachtet worden war. Das Wohngebäude teilte sich Charly Strohball mit zwei anderen Parteien, die Stallungen aber gehörten ihm. Deshalb bewahrten die Haberer dort ihre Utensilien auf: die Dreschflegel, die Ratschen, die schwarzen Gewänder.

Biber läutete Sturm bei Strohball, doch nichts rührte sich. Daraufhin ging der Wirt mit großen Schritten zu dem alten Stadl und öffnete ihn mit seinem Zweitschlüssel. Es roch muffig in dem alten Verschlag, wo Strohball seine größeren, aber relativ wertlosen Antiquitäten aufhob, darunter eine Kutsche aus dem 18. Jahrhundert und sogar einen Tender aus der Zeit der Frühindustrialisierung.

Staubkörner tänzelten in den Lichtfächern, die durch die alten Bretter fielen. Schnell durchschritt Biber den Lagerraum. Strohball hatte in einer Ecke eine kleine Nische zusammengezimmert, die nicht einsehbar war. Dort befand sich ein uralter Bauernschrank, in dem die Habseligkeiten des Rächer-Trios lagerten. Fast zitternd öffnete Biber die Schranktür, so stark war seine Angst.

Dann überfiel ihn lähmendes Entsetzen: An einem der Dreschflegel klebte Blut.

»Was zum Teufel machst du hier?«, donnerte eine bekannte Stimme hinter ihm.

Sibylle Schwinghammer haderte mit sich, als sie ihren Computer hochfuhr. Sollte sie die Akten zu den bisherigen Haberer-Fällen noch nachträglich bearbeiten? Dies konnte eindeutig nachvollzogen werden, da jede Veränderung mit Datum und Uhrzeit gespeichert wurde. Weinrich könnte sie so der Manipulation bezichtigen, ein schwerer Vorwurf, der nicht leicht auszuräumen wäre.

Sie konnte dem Traunsteiner Oberkommissar aber auch die Akten auf einen Stick ziehen und überreichen. Diese waren lückenhaft und schlampig erstellt worden. Allerdings würde das Weinrich nur in seiner Meinung bestärken, dass er es mit unfähigen Dorfbullen zu tun hatte, die bestenfalls zum Ausfüllen von Strafzetteln taugten.

Sicherheitshalber ging die Polizeimeisterin die verschiedenen Fälle noch einmal durch. Das erste Opfer war der Lerringer Schorsch gewesen, ein grober Landwirt, der seine polnischen Saisonarbeiter misshandelt und finanziell nach Strich und Faden beschissen hatte. So hatte er ihnen nach Gutdünken ein paar 100 Euro vom Lohn abgezogen, weil sie angeblich etwas kaputt gemacht hatten. Als er einen Schweinestall angezündet hatte, um die Versicherungsprämie zu kassieren, war das Fass der Empörung übergelaufen. Die Tiere waren auf grauenhafte Weise verendet, ihre Todesschreie konnte man kilometerweit vernehmen. Doch hatte der Lerringer-Bauer sich so schlau angestellt, dass ihm die Polizei nichts hatte nachweisen können.

Da traten die Haberer zum ersten Mal auf den Plan, richteten den Bauern in der Nacht aus und trieben ihn durchs Haferfeld, nicht ohne dem Namen ihrer Flegel alle Ehre zu erweisen und ihn gehörig zu verdreschen. Der Vorfall war halbwegs dokumentiert, freilich fehlten Fotos von Lerringers zahlreichen blauen Flecken. Die Ausführungen lasen sich eher so, als würde es sich um einen Lausbubenstreich handeln.

In der Liste der Opfer folgte mit Bonifazius Kramer ein Kfz-Mechaniker, der es in seiner kleinen Privatwerkstatt mit Altöl und anderem Sondermüll nicht so genau nahm. Nachdem er seinen

Dreck allerdings in einem nahegelegenen Biotop abgeladen hatte, trieben hunderte toter Fische bäuchlings auf dem öligen Wasser. Das Maß war voll: Diese Tat musste gerächt werden. So bekam der Mechaniker seine Spezialbehandlung und jeder im Ort wusste daraufhin, wer für die Schweinerei im Biotop verantwortlich war. Ähnlich wie beim letzten Opfer, dem Gammelfleischmetzger Manfred Bogler, schaffte es Sibylle Schwinghammer auch in diesen beiden Fällen, dass der Großbauer sowie der Mechaniker ihre Anzeige zurückzogen. Somit gab es offiziell keine weiteren Untersuchungen, welche die Polizei hätte anstellen müssen.

Anders sah es bei Hermann Brenninger aus, einem korrupten Bauunternehmer. Er war der Prototyp des Großkopferten, der sich in seiner selbstherrlichen Art für unantastbar hielt und meinte, er könne alles und jeden kaufen. Der CSU-Stadtrat hatte zahlreiche Feinde, doch es war nicht leicht, ihm in die Parade zu fahren, denn er war mächtig und hatte parteiintern mehr Einfluss als die Bürgermeisterin, die außerhalb der Stadtgrenzen nichts zu melden hatte. Brenninger aber war auch mit der halben Landtagsfraktion per Du.

In der Bevölkerung Obernstalls hatte sich auf jeden Fall eine Menge an Ärger und ohnmächtiger Wut aufgestaut, zu schamlos drückte Brenninger seine Vorhaben im Bauausschuss durch, zu offensichtlich nutzte er seine Stellung, um sich bei Ausschreibungen die Filetstücke unter den Nagel zu reißen. Doch auch er hatte es einmal übertrieben.

Er hatte ein altes abbruchreifes Mietshaus gekauft, ohne sich vorab mit allen Parteien über den Auszug und die Modalitäten verständigt zu haben. Alle stimmten seinem durchaus großzügigen Angebot zu. Alle außer einem. Der Lindner Max war ein schräger Vogel, was nicht zuletzt auf seinen Drogenkonsum zurückzuführen war. Von dem einen oder anderen Gift hatte er einfach zu viel erwischt. Sein Gerede war oft so wirr wie seine geschneckelten Haare. Doch er war ein renitenter Geist. Durch kein Geld dieser Welt wollte er sich aus seinen vier Wänden vertreiben lassen. Was der Geldbeutel Brenningers nicht schaffte, gelang drei muskulösen Weißrussen. Nach deren Sonderbehandlung konnte der Lindner Max zwar noch jede Menge Joints rauchen, aber keine feste Nahrung mehr zu sich nehmen. Natürlich bedauerte Brenninger heuchlerisch nach außen hin die abgefeimte Gewalttat, doch jeder wusste, dass er der Auftraggeber war.

Damit war der Kriegsgrund für die Haberer gegeben. Doch an Brenninger kamen sie schwer heran. Ein Hausbesuch wie bei den anderen Kandidaten konnte ausgeschlossen werden, denn seine Villa war mit einer aufwändigen Alarmanlage ausgestattet, sowie mit einem Dobermann, für den man eigentlich einen Waffenschein bräuchte.

Also hatten ihm die Haberer nach dem Maifest aufgelauert. Dort hatte sich Brenninger wie jedes Jahr gepflegt volllaufen lassen, nachdem seine Frau Irmgard den Heimweg angetreten hatte. Als er mit rund zehn Halben im massigen Leib zu seinem S-Klasse-Mercedes gewackelt war, sah er sich plötzlich von drei finsteren Gestalten umringt. Die Blechratsche erklang und ein Dreschflegel sauste knapp an Brenningers Kopf vorbei. Da sich auf dem Friesplatz, der zentralen Parkfläche in Obernstall, noch mehrere Besucher des Maifests tummelten, war die Aktion gefährlich, jedoch auch besonders publikumswirksam.

Kaum hatten die Haberer mit ihrem Aussingen von Brenningers Sünden begonnen, kamen die ersten Leute näher. Strohball hielt sie mit seinem Dreschflegel auf Distanz, allerdings konnten sie jedes Wort des Anführers verstehen, ihn jedoch nicht identifizieren, da Biber und Schwinghammer einen Stimmverzerrer benutzten. Vor rund zehn begeisterten Zuhörern wurde Brenninger der Prozess gemacht.

Der Baulöwe war natürlich völlig uneinsichtig und wurde, besoffen, wie er war, auch aggressiv. Als es um den Auftrag für die Weißrussen ging, drehte er durch und griff die Polizistin an. Mit einer blitzschnellen Drehung konnte sie die Attacke abwehren und den Stadtrat zu Boden werfen, wo er eine verdiente Tracht Prügel erhielt. Zu ihrem Leidwesen hatte er sie jedoch im Gesicht gekratzt und ihr ein paar Haare ausgerissen. Diese hatte Brenninger behalten und am nächsten Tag bei der Polizei abgegeben. Freilich nicht bei Sibylle Schwinghammer, die sich krankschreiben ließ, da ihre Kratzspuren im Gesicht zu auffällig waren.

Bei den Asservaten lag also ein objektiver Beweis für Schwinghammers Mittäterschaft. Hinzu kam, dass auch ihre Abschürfungen damals nicht ganz unbemerkt blieben. Zwar konnte sich Schwinghammer ein paar Tage in ihrem Zimmer verstecken, doch musste sie zum Arzt. Wie es der Teufel wollte, hob ein VW Golf mit deutlich erhöhter Geschwindigkeit einen Radfahrer aus dem Sattel, als sie gerade zur Praxis ging. Die Polizistin musste helfen und bis zum Eintreffen ihrer Kollegen vor Ort bleiben. Dabei wurde sie nicht nur von Passanten, sondern auch von Harald Wedler fotografiert, weshalb sie sich am nächsten Tag mit deutlich sichtbaren Kratzspuren im Lokalteil des *Berchtesgadener Anzeigers* fand. Mit der Zeitung von heute wird der Fisch von morgen eingewickelt, sagt man so schön, um die langfristige Bedeutungslosigkeit von Artikeln zu betonen, allerdings war der verletzte Radfahrer der Sohn von Hermann Lohinger, dem Inhaber des *Hopfenbräus*. Und in dessen Wirtschaft hing seither der Artikel mitsamt Foto und Datum. Sollte Weinrich also aus irgendwelchen Gründen stutzig werden und nicht nur die digitalen Akten durchsehen, sondern auch die wenigen vorhanden Beweismittel genauer unter die Lupe nehmen, konnte er Schwinghammer überführen.

Mit einem mulmigen Gefühl im Bauch zog die Polizistin den USB-Stick ab und machte sich auf den Weg. Natürlich bereitete ihr nicht nur Weinrich Sorgen. Wer wollte den Haberern diesen Mord in die Schuhe schieben? Was konnte sie tun, um die wahren Täter zu überführen oder wenigstens die Haberer zu entlasten? Als sie den Wagen angelassen hatte und unterwegs zum Tatort war, kam ihr eine Idee. Kurzentschlossen drückte sie die Bremse ihres Autos und wendete. Sie musste zu Bogler, sofort, bevor dieser einen wichtigen Beweis vernichtete.

6

Hast du ein Rad ab?« Charlie Strohball war stinkwütend. Seine Augen funkelten, er schnaubte wie ein wilder Stier.

»Dann klär mich bitte auf. Wo warst du gestern, nachdem du den *Fuchsbau* verlassen hast?«, fragte Biber seinen Kumpel direkt.

»Hey, spiel dich nicht als Bulle auf. Ich hab auf jeden Fall nicht den Lupolenz zerlegt. Und was ich ansonsten getrieben habe, geht dich einen Scheiß an.« Der ehemalige Boxer ging zum Bauernschrank und verschloss ihn.

»Das geht mich sehr wohl etwas an! Wir werden verdächtigt. Der Kommissar aus Traunstein hat die Haberer auf dem Kieker«, entgegnete Biber bestimmt.

Strohball schüttelte missmutig den Kopf. Dann griff er in seine Hosentasche, holte eine Schachtel *West* heraus und zündete sich eine Kippe an. »Wenn ich dem Lupolenz eine übergezogen hätte, bräuchten die einen Gentest, um den Suppenkasper zu identifizieren. Oder sie können Puzzle spielen und die Einzelteile zusammenklauben.«

»Ja, wir wissen, dass du zuschlagen kannst. Und jetzt sag mir, wo du warst und wessen Blut an dem Dreschflegel klebt!« Biber wurde ungeduldig und steckte sich selbst eine Zigarette an. Er bevorzugte allerdings die blauen *Gauloises.* Strohball fuhr sich durch das schüttere Haar und ging zu der alten Kutsche, über deren Bock er streichelte.

»Ich war gestern noch im *Wiener Glöckerl.*«

Biber seufzte auf. Das war die übelste Pinte von Obernstall. Es roch also nach einer Schlägerei. »Hast du da nicht Hausverbot?«, fragte Biber und strich sich übers Kinn.

»Nicht mehr. Oder sagen wir mal seit heut früh um zwei vermutlich wieder«, gab Strohball kleinlaut zu.

Der Wirt lachte laut auf. Es war ein befreiendes Lachen, denn allmählich glaubte er nicht mehr, dass sein Kumpel etwas mit dem Mord an Lupolenz zu tun hatte.

»Ich habe diese beiden Flitzpiepen vom Nachmittag wieder getroffen«, fuhr der Ex-Boxer fort.

»Und die wollten sich gleich an dir rächen?« Biber schmunzelte, während er eine Antiquität musterte: eine Marienfigur aus dem 16. Jahrhundert, an der die Farbe abblätterte, die aber noch anmutig wirkte.

»Nein. Die haben sich eher vor mir verkrochen. Aber ich hatte gestern Durst. Du hast mir ja nichts mehr gegeben«, entgegnete Strohball vorwurfsvoll.

»Und das aus gutem Grund«, sagte Biber mit seiner bassigen Stimme.

»Nach dem fünften Weizen wollte ich ein bisschen Konversation mit ihnen treiben. Erst habe ich zu ihnen gemeint, sie bräuchten momentan keine Brille, sondern nur ein Monokel, weil das zweite Auge zugeschwollen sei.« Strohball ging in seinem Stall herum und staubte ein paar Figuren ab. »Aber die Burschen haben gar nicht reagiert. Dann habe ich ein paar unschöne Dinge über die Größe ihrer Genitalien gesagt.«

»Und dann hat's geknallt?«

»Ach, nichts«, winkte Strohball ab. »Erst als ich gesagt habe, dass das bayerische Bier aus Schweinepisse gemacht wird, haben sie sich provoziert gefühlt. Und so hat ein Wort das andere gegeben.« Lässig staubte er die Asche ab, indem er mit dem Zeigefinger über die Glut fuhr. Dann nahm er einen tiefen Zug.

»Und dann habt ihr euch endlich geprügelt?«, seufzte Biber, der diese Rauflust strikt ablehnte.

Charlys Nacken knackte, als er den Kopf zustimmend zur Seite neigte. »Die waren diesmal zu dritt, deshalb hab ich auch etwas abbekommen. Aber bei weitem nicht so viel wie die anderen.«

Biber blickte Strohball kopfschüttelnd an.

»Mensch, es tut mir leid, Fritz.« Strohball drückte seine Kippe aus. »Manchmal habe ich mich nicht unter Kontrolle.«

»Dein blutiges T-Shirt hast du also von der Rauferei. Und wie bist du nach Hause gekommen?«

Strohball zuckte mit den Schultern und strich liebevoll über das Gefährt aus dem 18. Jahrhundert. »Mit meinem Auto«, entgegnete er lächelnd. »Womit sonst?«

»Gut, damit ist aber noch nicht alles geklärt«, fuhr Biber fort. »Wie kommt Blut an deinen Dreschflegel?«

»Das ist mir jetzt ein wenig peinlich.« Strohball druckste herum, als würde er beichten, dass er in die Hose gemacht hatte. »Weißt du, mit sieben oder acht Weizen in der Birne fährt man nicht mehr so kontrolliert.« Das war für den Wirt und Weinkenner keine neue Erkenntnis. »Ein paar Kilometer vor meiner Bude hab ich etwas laufen gesehen. Ich wollt echt noch ausweichen, aber da hat es schon rums gemacht, verstehst du?«

Biber runzelte die Stirn. »Ich hoffe, du hast niemanden weggeräumt?«

Strohball deutete ihm mit dem Kopf an mitzukommen. Sie gingen aus dem Stall über den Hof zu den Mülltonnen. Biber war auf das Schlimmste gefasst. Schließlich öffnete der Ex-Boxer die Bio-Tonnen. Dort lagen ein paar Zweige des Kirschbaums, der im Garten vor der Einfahrt stand.

»Wer schneidet denn um diese Jahreszeit den Kirschbaum zu?«, fragte Biber.

»Ich, du Oberleuchte. Weil ich etwas verstecken wollte.« Dann griff Strohball in die Tonne und hob die Äste hoch. Darunter lag der Grund für den blutigen Dreschflegel.

»Du hast einen Feldhasen erschlagen?« Biber hob die rechte Augenbraue und blickte Strohball erstaunt an.

»Das arme Vieh ist mir in den Wagen gelaufen. Und als ich daheim ankomme und aussteige, steckt der im Kühler und zuckt noch mit den Löffeln. Aber der war nicht mehr zu retten. Da wollt ich ihm den Gnadenstoß geben.«

»Mit dem Dreschflegel?«

Strohball hob entschuldigend die Arme. »Womit denn sonst?«

Dann bedeckte er das Tier wieder mit den Zweigen, schloss die Tonne und drehte sich darauf zu Biber. »So und nun erzähl mir doch mal bitte, was hier eigentlich los ist. Was ist mit dem Lupolenz passiert?«

Biber berichtete ihm kurz, was vorgefallen war und dass die Haberer mit einer Mordanklage zu rechnen hatten. »Wir müssen uns heute zu einer Krisensitzung treffen. Ich sperre pünktlich zu. Um 1 Uhr bei mir.«

Strohball druckste herum. »Also … Ich glaube, das haut heute bei mir nicht hin.«

Fritz schüttelte energisch den Kopf. »Es muss sein. Alles andere muss zurückstehen. Außerdem, was hättest du um die Uhrzeit schon vor?«

»Nein, das ist es nicht. Ich kann wirklich nicht.« Strohball drehte sich weg und steckte sich eine weitere Zigarette an.

»Verdammt nochmal, Charly das ist ernst, was soll denn das?« Biber fluchte laut und stieß einen Stein mit seinem Schuh in Richtung Strohball.

»Es ist wegen Lisa. Sie hat mir Hausarrest erteilt«, sagte der schlagkräftige Boxer.

Nur mit Mühe konnte Biber einen lauten Lacher unterdrücken. Dann klopfte er seinem Kumpel auf die Schulter und ging zu seinem Wagen. »Wir sehen uns um eins.«

Manfred Bogler trug seinen Metzgerkittel, allerdings war er bereit für eine andere handwerkliche Tätigkeit. Er rührte nämlich einen Eimer weißer Farbe an. Und just in dem Moment, als er die Rolle über das Gitter strich, fuhr ein Polizeiauto vor und die Polizistin, die ihm tags zuvor enorm auf den Senkel gegangen war, sprang heraus.

»Stopp!«, rief sie und lief zu Bogler.

»Was soll der Scheiß? Darf ich meine Wand nicht übermalen?«

»Vorerst nicht, Sie vernichten Beweismaterial!«, entgegnete Sibylle Schwinghammer forsch. Sie zog die Schultern nach hinten und baute sich demonstrativ vor ihm auf, um autoritärer auf den Metzger zu wirken.

»Was soll das für ein Beweismaterial sein? Ich habe doch die Anzeige zurückgezogen.« Bogler verstand die Welt nicht mehr.

»Nun – es hat heute einen Mord gegeben. Wir müssen einen Farbvergleich machen. Zwischen Ihrem Haberer-Zeichen hier und dem am Tatort!«, erklärte die Polizistin. Es war ihr vorhin im Auto schlagartig eingefallen, dass sie damit den Vorwurf gegen die Haberer zumindest entkräften konnte. Denn es war extrem unwahrscheinlich, dass der Mörder dieselbe Farbe benutzte.

Missmutig warf Bogler die Rolle in den Farbeimer. »Dann muss ich dieses Schandmal noch länger an meiner Hauswand ertragen? Alle Leute gaffen es an und lastern über mich.«

›Ehre, wem Ehre gebührt‹, dachte sich Schwinghammer, versprach dem Metzger jedoch, die Farbproben so schnell wie möglich entnehmen zu lassen. Dann verabschiedete sie sich von Bogler, setzte sich in ihren Wagen und fuhr zum Tatort.

Vor Manfred Lupolenz' Haus herrschte nach wie vor Hochbetrieb. Weitere Mitarbeiter der Kripo Traunstein waren eingetroffen und führten Befragungen der Nachbarn durch oder sicherten Spuren. Auch die Zahl der Schaulustigen hatte sich vermehrt.

Sibylle Schwinghammer hatte Mühe, sich durch die Menschentraube bis Weinrich durchzukämpfen. Als sie ihn endlich sah, fuhr ihr ein Schreck durch die Glieder. Der Kommissar sprach mit niemand anderem als Hermann Brenninger. Der Baulöwe trug feinen Zwirn und eine rote Krawatte. Seine Gesichtsfarbe hatte sich dieser bereits angenähert. Offensichtlich redete er sich gerade in Rage. Mit klopfendem Herzen eilte die junge Polizistin hinzu.

»Das sind Mörder!«, hörte sie den CSU-Stadtrat giften. Schwinghammer wusste natürlich sofort, von wem Brenninger sprach. »Und diese unfähige Polizistin steckt mit denen unter einer Decke«, fuhr Brenninger fort und blickte wütend Schwinghammer an.

»Ich?«, entgegnete Sibylle stotternd.

»Ihr macht doch alle mit dieser Verbrecherbande gemeinsame Sache«, ereiferte sich der Unternehmer weiter, sodass seine Adern auf der Stirn zu rotblauen Würmern anschwollen.

»Nun mal runter vom Gas«, beschwichtigte die Polizistin. Innerlich war sie erleichtert. Offensichtlich wetterte Brenninger generell gegen die Polizei und nicht gegen sie im Speziellen. »Von unserer Wache ist keiner für diese Haberfeldtreiber.«

»Aber handfeste Ermittlungsergebnisse haben Sie nicht vorzuweisen«, sagte Weinrich trocken.

»In drei von vier Fällen wurde keine Anzeige erstattet, Herr Kommissar. Und was den Fall von Herrn Brenninger anbelangt, so ist er längst noch nicht abgeschlossen.« Dann griff sie in ihre Jackentasche und gab Weinrich den USB-Stick. »Hier sind alle Akten, soweit wir sie in digitaler Form haben. So können Sie sich Ihr eigenes Bild machen.«

»Da brauchen Sie gar nicht reinschauen«, winkte Brenninger ab. »Die haben nichts getan. Eine von den Haberern ist ja ein Weibsstück. Würde mich nicht wundern, wenns sogar sie da wäre.«

»Gehen Sie nicht zu weit«, warf Weinrich scharf ein. »Ich werde mir die Ermittlungen genau anschauen und sollte ich noch Fragen haben, komme ich auf Sie zu.« Dann verabschiedete er Brenninger und wandte sich Schwinghammer zu.

»Wir haben von mindestens zwei Menschen Spuren gefunden. Ein einzelner Täter kann auf jeden Fall ausgeschlossen werden. Damit hat sich der Verdacht gegen die Haberer erhärtet.«

Sibylle berichtete von ihrer Idee, Farbproben der Haberer-Symbole zu entnehmen, und wurde ausnahmsweise von Weinrich gelobt. »Das wäre ein starker Beweis«, gab der Kommissar zu. Dann hob er den USB-Stick, den er in der Hand hielt. »Meine Gutenachtlektüre. Schnappen Sie sich einen von der Spurensicherung und holen Sie diese Farbprobe.«

Schwinghammer wandte sich zum Gehen um, aber Weinrich rief sie sogleich wieder zurück. »Eins noch«, hob er mit drohender Stimme an. »Sollte dieser Brenninger damit Recht haben, dass Sie oder ein anderer von Ihrer Cowboy-Wache mit diesen Haberer-Typen herummauscheln, drehe ich Sie alle durch den Fleischwolf.«

»Eine exakte Kopie«, wiederholte Fritz Biber konsterniert. Er hatte um Punkt 1 Uhr die letzten Gäste aus der Kneipe geworfen und sich in sein Zimmer zurückgezogen, wo Sibylle schon nervös auf der braunen Couch saß. Sie hatte die Zeit genutzt, um ein wenig Ordnung zu schaffen. Zumindest hatte sie die Aschenbecher ausgeleert und die Socken zusammengelegt – nach dem Ähnlichkeitsprinzip, denn wirklich zusammengepasst hatten nur wenige.

Charlie Strohball war mit Verspätung gekommen. Er hatte von seiner Lisa unter Androhung schlimmster Folgen tatsächlich Hausarrest bekommen und musste erst warten, bis seine Frau eingeschlafen war. Auf leisen Sohlen war er aus dem Haus geschlichen, um zum geheimen Treffen des Trios zu erscheinen.

»Ja, die haben unser Zeichen mit dem vom Tatort verglichen. Es sieht aus, als hätten die unsere Schablone benutzt. Und ganz ehrlich, was die Farbe anbelangt, habe ich auch keine großen Hoffnungen«, berichtete Sibylle Schwinghammer besorgt. Sie hatte ihrer Freundin für heute abgesagt. Diese hatte ungehalten reagiert, was in letzter Zeit öfters vorkam. Eigentlich war es aber Charlotte gewesen, die sogar mehrere Treffen kurzfristig gecancelt hatte. Und das mit fadenscheinigen Begründungen. Allein deshalb hätte sie Sibylle heute gern empfangen. Aber die Krisensitzung war wichtiger und duldete keinen Aufschub.

»Und dieser Weinrich hat uns auf dem Kieker«, stellte Strohball fest und nahm einen kräftigen Schluck von seiner Johannisbeersaftschorle, seinem üblichen Getränk nach einem Absturz.

»Und mir traut er sogar Konspiration mit den Haberern zu«, ergänzte die Polizistin.

»Das spricht allerdings für seinen Instinkt«, erkannte der lächelnde Biber neidlos an. Er hatte eine Flasche von seinem Lieblingswein geöffnet, einen 2012er *Brunello di Montalcino*. Dann hob er das Glas und ließ das Licht in dem samtig roten Wein tänzeln.

»Und wenn wir uns einfach stellen?«, warf Sibylle in die Runde. »Ich meine, wir geben zu, was wir getan haben, und beweisen so, dass wir nicht für den Mord verantwortlich sind.«

»Sag mal, hast du noch alle Sardinen in der Büchse?«, regte sich Strohball auf.

»Ganz ruhig, Charlie«, beschwichtigte Biber. »Das sollten wir zumindest diskutieren. Allerdings habe ich Bauchweh bei dem Gedanken. Nicht nur, dass es jedem eine Menge an Scherereien einbringt, denn deine Polizeikarriere kannst du knicken und ich meinen Stadtratsposten. Und unsere Alibis sind auch problematisch. Ich müsste zugeben, mit der Frau Bürgermeisterin gevögelt zu haben, du kannst dich als Lesbe outen und Charlie kann davon erzählen, dass er besoffen einen Hasen totgeprügelt hat.«

Die drei Haberfeldtreiber schauten wie begossene Pudel auf den Boden. Jeder nahm einen Schluck von seinem Getränk, ohne Durst zu haben.

»Ich sehe da nur eine Möglichkeit: Wir müssen die Schweinepriester finden, die uns den Mist eingebrockt haben«, schlug Strohball nach einer Schweigeminute vor.

Biber nickte. »Gute Idee«, sagte er und schaute Sibylle Schwinghammer an.

»Bin dabei«, erwiderte nun auch die Polizistin ohne langes Nachdenken. »Dann lasst uns mal überlegen, was wir haben. Lupolenz wurde von mindestens zwei Leuten ermordet. Und die Mörder haben unser Zeichen kopiert.«

»Was sagt uns das?«, fragte Biber. »Dass sie uns genau beobachtet haben.«

»Und handwerklich nicht die totalen Schnarchzapfen sind. Ich meine, diese Schablone herzustellen war nicht einfach«, warf Strohball ein.

»Richtig«, stimmte Biber zu. »Außerdem haben Sie gewusst, dass Lupolenz gedroht hat, einen Detektiv einzuschalten.«

Strohball lachte kurz auf. »Fritzi, du bist echt ein Spaßvogel. Du müsstest schon taub, stumm und blind sein, um das nicht zu erfahren. Sämtliche Buschtrommeln in und um Obernstall haben das verbreitet.«

»Okay, das engt den Kreis nicht wirklich ein«, gab Biber zu. »Die Frage ist aber, warum wurde der Lupolenz erschlagen?«

»Du hast Recht«, pflichtete Schwinghammer bei. »Wir müssen das Motiv herausfinden. Weinrich wird in der Richtung nichts unternehmen, weil er ja von uns als Mörder ausgeht.«

»Wanz dich doch an den Weinrich ran«, schlug Biber vor und steckte sich eine Zigarette an. Er fuhr sich mit seinen dicken Fingern durch das graue, aber sehr dichte Haar.

»An diesen arroganten Pinsel?« Schwinghammer verzog das Gesicht.

»So bleibst du auf dem Laufenden, was seine Ermittlungen anbelangt«, erklärte Biber.

Die Polizistin nickte zögerlich. »Hat durchaus was für sich. Und ich kann versuchen, ihn in die eine oder andere Richtung zu lenken, wenn wir was herausfinden.«

»Ich schnappe mir morgen diesen Jo Deister«, sagte Biber und blies eine ganze Wolke Rauch aus.

»Was ist das denn für ein Büddel?«, fragte Strohball nach.

»Ein Mitarbeiter von Lupolenz, ein Zoni, der noch in einem Chemiekombinat gelernt hat. Der sitzt öfters bei mir am Tresen, trinkt eine Halbe nach der anderen und redet dummes Zeug daher. Er war gestern mit Lupolenz beim Essen. Vielleicht hat der noch was erfahren.«

»Am besten etwas, das ein Motiv ergibt«, sagte Schwinghammer. Sie hatte am meisten Angst und das aus gutem Grund, denn sie hatte tatsächlich am meisten zu verlieren.

»Dieser Deister hat neulich mal was davon geredet – ich weiß nicht mehr genau – aber irgendwas war da mit Tschechien ...« Fritz konnte sich nur noch blass daran erinnern. »Ich glaub der Ossi meinte, dass der Lupolenz das Labor dorthin verlagern wollte.«

»Na, an der Entscheidung hängen ja wohl ganze Existenz. Das ergäbe sehr wohl ein Motiv«, freute sich die Polizistin.

»Und was mach ich?«, raunzte Strohball. »Däumchen drehen gibt's nicht.«

»Für dich habe ich sogar einen Sonderauftrag«, sagte Fritz Biber und drückte langsam seine Zigarette aus.

7

Clemens Mesner war alles andere als überzeugt von Schwinghammers Vorschlag. Seitdem er tags zuvor eine längere Unterredung mit Weinrich geführt hatte, war der Leiter der Wache Obernstall noch immer gereizt, wenn es um den Kommissar aus Traunstein ging. Weinstein hatte Mesner doch reichlich zugesetzt und damit hielt dieser nicht hinterm Berg.

»Diesem arroganten Kriminaler werde ich nicht meine beste Polizistin abstellen!«, schnaubte er und klopfte mit der flachen Hand auf den Tisch. Seine roten Haare leuchteten an diesem Morgen besonders grell und sein buschiger Schnauzbart zitterte vor Erregung.

Sibylle Schwinghammer war auf diesen kleinen Kampf vorbereitet. »Er hat uns als Cowboys bezeichnet. Und genau deshalb will ich mit ihm zusammenarbeiten. Dem werde ich nämlich zeigen, was echte Polizeiarbeit ist.«

Mesner strich sich über das Kinn. »Cowboys«, wiederholte er verächtlich und zuckte mit der Schulter. Ein nervöser Tick, der sich bei ihm öfters regte, wenn er wütend war.

»Ich kenne die Gegend, ich kenne die Leute und bin mit dem Fall der Haberer bestens vertraut«, fuhr Sibylle Schwinghammer fort. »Wenn einer diese Banditen schnappt, dann bin ich das.«

Mesner sah Schwinghammer lange an. Dann, ganz langsam aber bestimmt, begann er zu nicken. »Machen Sie diesen Kerl richtig nass. Dem lassen wir die Luft raus, jawohl.« Während er sprach, steigerte sich seine Laune, bis er zur Bekräftigung seiner Worte mehrmals mit der rechten Faust in die linke Handinnenfläche schlug.

Schwinghammers erste Hürde war genommen, die zweite allerdings lag deutlich höher: Nun musste sie auch noch Weinrich selbst überzeugen, dass sie eine unentbehrliche Assistentin für ihn war.

Sofort fuhr sie mit einem der beiden Streifenwagen zum Tatort. Dort parkte bereits der dunkle BMW der Kripo Traunstein, den sie noch vom Vortag kannte. Dahinter stand ein schwarzer Audi mit Münchner Kennzeichen.

Es war jedoch niemand zu sehen. Sibylle Schwinghammer stieg aus, sah sich um und ging zu Lupolenz' Haus. Kurzerhand schlüpfte sie unter dem Absperrband durch – vom Verbot, den Tatort zu betreten, fühlte sie sich nicht angesprochen. Da die Haustür verschlossen war, klingelte sie. Einen kurzen Augenblick später öffnete ihr ein erstaunt dreinblickender Weinrich.

»Was haben Sie hier verloren?«, fragte er patzig.

»Ich wurde von Polizeiobermeister Mesner abkommandiert, Ihnen bei dem Fall zu helfen.« Das entsprach zwar nicht ganz der Wahrheit, klang aber deutlich besser. Diensteifrig schickte Sibylle ihre Vorzüge hinterher, dass sie nämlich mit dem Ort und den Leuten, vor allem aber mit dem Fall der Haberer vertraut sei. Weinrich wiegte den Kopf hin und her und winkte sie dann herein.

»Jemanden mit Ortskenntnissen kann ich durchaus gebrauchen. Ob Sie die Richtige sind, mag allerdings dahingestellt sein.« Weinrich musterte Schwinghammer von oben nach unten. »Aber vorerst heiße ich Sie in meinem Team willkommen. Über Ihre Akten müssen wir freilich noch sprechen. Zuerst will ich Ihnen jedoch einen interessanten Gast vorstellen.«

Weinrich führte Sibylle Schwinghammer in das Wohnzimmer. Die Polizistin besah sich neugierig Lupolenz' Haus, das sie bislang nicht betreten hatte. Jedes Bild im Flur war exakt mit der Wasserwaage ausgerichtet. Es handelte sich um Naturfotografien, die der Verstorbene selbst aufgenommen hatte, zumeist Nahaufnahmen von Tieren oder Pflanzen. Ein Grasfrosch, eine blau schimmernde Libelle, eine apricotfarbene Rose mit Tautropfen.

Auch das Wohnzimmer war nach den Prinzipien des rechten Winkels und der geraden Ebene eingerichtet. Offensichtlich selbst gestaltete Herbarien standen an den Wänden, dazu ein Bücherregal, dessen Bände nach Größe, Farbe und Erscheinungsjahr geordnet waren. Bei den Möbeln fand sich selbstverständlich kein Tropenholz. Nur einheimische Materialien wurden verwendet. Das braune Sofa mit kubischem Armpolster war aus geöltem Nussbaum hergestellt, der runde Massivholztisch aus Eiche.

Sibylle Schwinghammer hatte vorerst genug von der Einrichtung gesehen: Sie interessierte der Mann, der auf einem der beiden Wohnzimmerstühle saß. Dessen Schädel war völlig kahlrasiert, dafür zierte sein Kinn ein dünnes Bärtchen. Er trug einen leichten grauen Sommeranzug und ein beiges Poloshirt. Der Mann musterte die Polizistin mit hellwachen Augen. ›Ein Luchs‹, dachte sich Sibylle, als er aufstand und sich ihr vorstellte.

»Dedric, Goran Dedric«, sagte er akzentfrei. »Von der Detektei Schulz & Geier, München.«

Weinrich wies die verdutzte Sibylle an, sich auf das Öko-Sofa zu setzen. »Sind Sie der Detektiv, den Manfred Lupolenz engagiert hat?« Dedric nickte. Dann nahm er eine blaue Dose aus seiner Sakkotasche: Gletscherprise, ein klassischer Schnupftabak. Der Privatdetektiv machte sich auf seinen Handrücken ein Häufchen und zog es die Nase hoch. Dann ließ er einen wohligen Grunzlaut los, niesen musste er jedoch nicht. Auch nicht schnäuzen.

»Was machen Sie noch hier?«, fragte die Polizistin unsicher. »Außer schnupfen.«

»Der Schmeizler ist Teil meiner bajuwarischen Integration«, grinste Dedric. »Ansonsten versuche ich, meinen Job zu erledigen.« Er hatte eine weiche Stimme, die ihn zum Radiomoderator einer Schnulzensendung qualifiziert hätte. »Kennen Sie den Film ›Zwei glorreiche Halunken‹? Darin ermordet Lee Van Cleef zu Beginn einen Farmer, der ihn aber kurz vor seinem Tod noch bezahlt, den Auftraggeber des Mordes umzulegen. Also tötet er auch seinen eigenen Klienten.«

»Ich habe keine Ahnung, was Sie mir damit sagen wollen«, entgegnete Sibylle Schwinghammer, die den Film nicht kannte und sich für Western auch nicht sonderlich interessierte.

»Nun, Manfred Lupolenz hat unsere Agentur bezahlt, die Haberer ausfindig zu machen. Und diesen Job werden wir erledigen, auch wenn der Auftraggeber tot ist.« Dedric sprach bedächtig, aber bestimmt. Sein entschlossener Gesichtsausdruck machte klar, dass er vom Erfolg seiner Mission überzeugt war.

»Haben Sie denn eine Spur?«, fragte die Polizistin unsicher. Der Detektiv strahlte eine Souveränität aus, die ihr Furcht einflößte.

»So schnell schießen die Preußen nicht«, entgegnete er und lehnte sich in den Stuhl zurück. »Aber Ihr Vorgesetzter hat mir versprochen, eng mit mir zusammenzuarbeiten.«

Sibylle Schwinghammer versuchte, ihre Beklemmung zu unterdrücken. Jetzt wurden die Haberer von zwei Seiten gejagt: von einem Westernhelden im silbernen Anzug und von einem leitenden Kriminalkommissar. Sie musste hellwach sein, durfte sich keine Blöße geben und vor allem musste sie die beiden Ermittler aushorchen und notfalls so lenken, dass diese nichts davon bemerkten. Ein Drahtseilakt ohne Netz, ein Tanz auf ganz dünnem Eis. Schwinghammer schluckte.

»Frau Schwinghammer ist nur Polizeimeisterin«, warf Weinrich ein. Den Seitenhieb, um die Hackordnung zu zementieren, konnte er sich nicht verkneifen. »Aber sie hatte gestern schon einen klugen Einfall. Ohne ihre Geistesgegenwart wäre eine wichtige Spur vernichtet worden.«

»Sie meinen die beiden Haberer-Schriftzüge?« Sibylle atmete innerlich auf. Das Lob von Weinrich löste einen Knoten in ihrem Magen.

»Nun, Frau Polizeimeisterin, wir haben die Farben verglichen. Das Ergebnis ist erstaunlich. Der Farbton ist derselbe: Feuerrot«, fuhr Weinrich fort.

Dieselbe Farbe? Wie war das möglich? Sibylle Schwinghammer ließ innerlich einen Fluch los, der nicht für Kinderohren geeignet war.

»Die Farbe stammt aus einer Spraydose. Oder genauer gesagt: aus zwei Spraydosen. Die chemische Zusammensetzung ist nämlich nicht dieselbe.«

Sibylle atmete auf. Endlich eine gute Nachricht. »Das heißt, die Haberer haben Lupolenz nicht ermordet?«, fragte sie zögernd nach, um ihre Freude nicht zu zeigen.

»Das heißt noch gar nichts«, erwiderte Weinrich. »Die alte Dose kann leer gewesen sein und sie haben sich eine neue gekauft. Oder sie wollen falsche Spuren legen. Was meinen Sie?« Der Kommissar wandte sich an Dedric.

»Ich sehe es genauso«, stimmte der Privatdetektiv zu. »Tatsächlich spielt es für meine Untersuchungen keine Rolle, ob diese Haberer die Mörder sind oder nicht.« Er zog sein Sakko gerade und setzte sich aufrecht hin. »Ich soll sie ausfindig und unschädlich machen, das war und bleibt mein Auftrag.«

Es gab weder ein Hinweisschild noch konnte die Adresse vom Navi gefunden werden, doch Charlie Strohball wusste trotzdem, wohin er musste. Er fuhr die abgelegene Straße nach Inzell bis Wien. Das war nur ein kleiner Weiler, der einen pompösen Namen hatte. Von dort bog er rechts ab. Sogleich gabelte sich der Weg. Eine schmale Teerstraße führte links zu der 1894 erbauten Antoniuskapelle, Strohball aber nahm den Feldweg rechts, hinter sich jede Menge Staub aufwirbelnd. Im Schritttempo, was normalerweise nicht seine Geschwindigkeit war, fuhr er zwischen saftigen Wiesen hindurch, immer in der Angst, sein Auto könnte auf dem unebenen Boden aufsetzen. Schließlich führte der Feldweg zu einer grauen Holzhütte. Dort stellte Strohball seinen Audi ab. Den restlichen Weg musste er zu Fuß gehen.

Zu dem Haus führte nämlich kein Weg, nur über eine Wiese kam man noch dorthin. Früher gab es eine kleine Brücke über die Traun – früher, als das Haus noch bewohnt war. Doch die Besitzerin hatte sich das Leben genommen und schnell begannen sich Legenden und Mordsgeschichten um diesen Ort zu ranken, an dem niemand mehr bleiben wollte. So wucherte der Garten zu, die Brücke verfiel ebenso wie das Wohnhaus.

Bis Laura Endorfin kam, eine zwielichtige Person, die vor rund

30 Jahren das Berchtesgadener Land verlassen hatte. Und plötzlich war sie zurückgekehrt, offensichtlich mit dem nötigen Kleingeld ausgestattet, denn einer Arbeit, zumindest einer sozial anerkannten, ging sie nicht nach. Dafür brodelte sofort die Gerüchteküche, als sich Laura Endorfin in diesem verwunschenen Ort einnistete. Als sie seltsame Kräuter anbaute und erntete, hieß ihr Anwesen nur noch das Hexenhäusl.

Biber wusste, dass sie die einzige Vertrauensperson von Lupolenz gewesen war. Deshalb hatte er Charlie zu ihr geschickt. Dieser war jedoch nicht erfreut. Er kannte Laura Endorfin und ihr Hexenhäuschen nur von Erzählungen, genauer gesagt von Gerüchten und dummem Gerede. Er war nicht abergläubisch, nein, zumindest behauptete er dies, aber er hatte jede Menge Horrorfilme gesehen, darunter auch das mittlerweile zu den Klassikern zählende »Blair Witch Project« mit allen seinen Fortsetzungen. Und irgendwie misstraute er Laura Endorfin.

1775 wurde in Deutschland die letzte Hexe zum Tode verurteilt. Allerdings starb jene Anna Maria Schwegelin, die ohne Folter aussagte, vom Teufel besessen zu sein, ein paar Jahre später im Kerker. Vom alten Hexenglauben war auch bei der ländlichen Bevölkerung wenig übriggeblieben. Natürlich meinte niemand, dass diese unheilvollen Frauen auf einem Besen oder wahlweise einem Staubsauger durch die Lüfte sausten oder schuld daran seien, wenn die Kühe keine Milch mehr gaben oder ein Feld abbrannte.

Doch im Örtchen Hammer traute niemand Laura Endorfin über den Weg. Mit der Frau war etwas nicht in Ordnung, so viel war allen klar, der ein oder andere schrieb ihr eine Art böser Blick zu. Auf jeden Fall gab es Leute, die von ihr verzaubert worden waren: der Lagler Herbert zum Beispiel, einer dieser letzten Urviecher mit einer auf zehn Maß Bier geeichten Leber. Er rannte einen Sommer lang zweimal in der Woche zu Laura Endorfin, bis er Knall auf Fall den Ort verließ. Er brach sogar den Kontakt zu seiner Familie ab. Diese bestand lediglich aus seiner schwerhörigen Schwester. Sie war zudem mit einem Großbauern verheiratet, der den Lagler so lieb hatte wie Fußpilz oder eingewachsene Zehennägel.

Strohball ging also fluchend den Abhang hinab, der zum Hexenhäusl führte. Spazieren war so gar nicht sein Ding, außerdem war die Wiese wild und hoch. Scharbockskraut, Sauerampfer, Spitzwegerich und Pestwurz wucherten. Nach dem kurzen Abstieg kam man auf eine ebene Grünfläche, von der aus man das Anwesen bereits sah.

Das Haus selbst war nur notdürftig renoviert worden und wirkte weiterhin baufällig, ja heruntergekommen. Vom traditionellen oberbayerischen Land- oder Bauernhausstil, den Strohball als Nordlicht unsagbar schön fand, war nichts zu bemerken. Dafür war das Dach mit Sonnenkollektoren bedeckt, ein seltsamer Stilbruch, der allerdings zu den modernen Türen und Fenstern passte. Diese sorgten für eine hervorragende Wärmedämmung, sodass sogar im Winter nicht allzu viel geheizt werden musste. Hinter dem Gemäuer schloss sich ein halbverfallener Holzverschlag an.

Mit feuchten wie schmutzigen Schuhen kam Strohball am morschen Jägerzaun an. Der Vorgarten war ein einziger Wildwuchs, nur ein schmaler Pfad zum Eingang war gemäht. Das Gartentor quietschte beim Öffnen. Mit einem mulmigen Gefühl steuerte Strohball auf das Hexenhäusl zu, an dem er vergeblich eine Klingel suchte. Nicht einmal ein Namensschild war zu sehen. Unsicher klopfte der frühere Boxchampion an die Holztür. Nichts regte sich. Er versuchte es weiter, doch immer mit demselben Ergebnis. »Jetzt bin ich den verschissenen Weg umsonst hergegangen«, fluchte Strohball halblaut und wollte gerade den Nachhauseweg antreten, als er plötzlich eine Stimme hörte.

»Charlie Strohball, auf dich habe ich gewartet!«

»Der Typ war ein Freak!«

Auf den ersten Blick erschloss sich Sibylle Schwinghammer nicht, was an der Küche von Lupolenz so verrückt sein mochte. Sie war groß, für einen Single sogar überdimensional, und rustikal, nicht der Geschmack der geborenen Münchnerin, die deutlich mehr auf Edelstahl und Marmorplatten stand als auf Holzregale.

»Das ist eine waschechte Öko-Küche. Das Massivholz stammt aus nachhaltiger einheimischer Forstwirtschaft, die Lasuren sind umweltverträglich und so weiter«, fuhr der Kommissar fort.

»Und was ist daran freakig?«, fragte die Polizistin.

Weinrich deutete ihr mit dem Kopf an, zu der Küchenzeile gegenüber der Spüle zu gehen. Sofort öffnete er sämtliche Türen. Überall standen Plastikbehälter, allerdings von unterschiedlicher Größe.

»Lupolenz hatte zwölf verschiedene Abfalleimer. Außer den üblichen auch eine für Batterien, eine für Medikamente, eine für Gummi, eine für Kork und eine für Thermopapier.« Stirnrunzelnd blickte der Kommissar Sibylle an. »Ist das freakig genug?«

Sibylle Schwinghammer hatte Respekt vor einem so kompromisslosen Lebensstil, vor jemandem, der konsequent seine Linie durchhielt. »Er war die Ein-Mann-Fraktion der ÖDP im Stadtrat und hat selbst vorgelebt, was er gepredigt hat. Viele haben gewitzelt, er würde sich sogar in den Hintern noch einen Furzfilter einbauen, um das Methan aufzufangen. Die einen nannten seine Haltung prinzipientreu, die anderen verrückt oder verbohrt.«

Sie öffnete einen Müllbehälter. Darin befanden sich ein paar Joghurtbecher, die so blitzblank abgewaschen waren, dass man sie auch ohne Recycling hätte wiederverwenden können.

Weinrich und die Polizistin gingen noch durch weitere Räume. Der Rundgang vertiefte nur den Eindruck, den sie von Lupolenz hatten, nämlich den eines Hardcore-Ökos, der gleichzeitig ein Sauberkeits- und Ordnungsfanatiker war, penibel und akkurat bis ins kleinste Detail. Während der Hausbesichtigung brachte Weinrich seine Kollegin auf den Stand der Ermittlungen.

»Den Tatvorgang konnten wir halbwegs rekonstruieren: Lupolenz wurde in der Nacht von einer Person aus dem Haus gelockt. Als er aus der Tür trat und sich nach rechts wandte, erschien hinter ihm der zweite Täter und schlug ihn mit einem harten, abgerundeten Holzgegenstand nieder, vermutlich einem Dreschflegel, also dem Werkzeug dieser Haberfeldtreiber. Die Spuren sind eindeutig.«

»Könnte der Mörder nicht auch einen einfachen Holzknüppel benutzt haben?«, wandte Sibylle Schwinghammer ein. Sie wusste, dass sie sehr vorsichtig sein musste, wollte aber doch versuchen, die Verdachtsmomente gegen sie und ihre Mitstreiter zu entkräften.

»Korrekt. Allerdings müssen Sie von zwei oder drei Mördern ausgehen. Als Lupolenz am Boden lag, höchstwahrscheinlich bereits tot, wurde nämlich mit einem zweiten Dreschflegel respektive Holzknüppel auf ihn eingeprügelt«, fuhr der Kommissar fort. »Sowohl Form als auch Material unterscheiden sich. Wir haben einmal Buche und einmal Esche.«

Die Polizistin wusste nicht, von welchen Bäumen ihre Dreschflegel stammten. Sollten diese von anderen Hartholzarten sein, hätte man sie als Entlastung der Haberer anführen können. Allerdings gab es keine polizeilich gesicherten Spuren, also keine belastbare Gegenprobe.

»Seltsam. Warum schlägt jemand auf einen Toten ein?«, fragte die Polizistin. Weinrich und sie waren bei ihrer Hausbegehung im Badezimmer angekommen. Es war schlicht, besaß keine Badewanne, sondern lediglich eine Dusche. Das Wasser wurde gewissermaßen von der Sonne gewärmt, also von der durch die Kollektoren gespeicherten Energie. Über dem Waschbecken hing ein runder Spiegel, der blitzblank geputzt war.

»Da gibt es mehrere Gründe. Erstens: Sie wollten auf Nummer sicher gehen. Ein schwerverletztes Opfer ist ein Risiko. Zweitens: Alle Täter wollten sich am Opfer rächen beziehungsweise es töten. Das würde durchaus auf die Haberer passen. Und drittens.« Weinrich legte eine Kunstpause ein. »Mitgefangen, mitgehangen. Das Duo oder Trio wird dadurch auf Gedeih und Verderb zusammengeschweißt. Schlägt nur einer zu, ist der andere nur Komplize und könnte sich vor Gericht rausreden. Aber so sind beide Mörder und damit schuldig. Auch das wiederum passt zu den Haberern.«

Sibylle wollte gerade etwas erwidern, aber Weinrich fiel ihr ins

Wort. »Fällt Ihnen etwas auf in diesem Bad?« Sogleich öffnete er das kleine Schränkchen neben dem Spiegel. Dort befand sich eine Menge an Döschen und Fläschchen. Alle sauber nach Größe und Farbe geordnet. Die Polizistin ließ den Blick über das kleine Arsenal gleiten. Rasierschaum aus Aloe Vera, Zahnpasta aus Bio-Minze, After Shave von *Weleda*. Soweit war das alles zu erwarten. Dann bemerkte Sibylle ein paar Gläser mit grüner, milchiger und rosafarbener Füllung. Sie nahm sich eines, schraubte es auf und roch daran, während sie Weinrich lächelnd anblickte. Offensichtlich hatte sie einen Treffer gelandet.

»Die Kosmetika und Cremes sind alle ohne Etikett oder Produktbezeichnung«, stellte Sibylle fest. »Deckel und Form der Gläser sind allerdings identisch, sie unterscheiden sich nur in der Größe.«

»Sehr gut beobachtet«, lobte der Kommissar. Dann wandte er sich der gegenüberliegenden Wand zu und öffnete den Medizinschrank. Er war sehr überschaubar. Offensichtlich hatte Lupolenz zu seinen Lebzeiten wenige Arzneimittel zu sich genommen. Neben den unvermeidlichen Globuli stachen Sibylle jedoch sofort ein paar Gläser mit Tabletten ins Auge.

»Sein anonymer Salbenproduzent belieferte Lupolenz also auch mit Medikamenten«, merkte die Polizistin an.

»Wieder gut gesehen. Und was sagt uns das über die Mörder?« Weinrich blickte Sibylle streng an.

Diese zuckte allerdings nur mit den Schultern. »Dass sie sich wenig aus Öko-Kosmetika machen, sonst hätten sie das Bad ausgeräumt.«

Weinrich zog die Augenbrauen zusammen und brach dann in schallendes Gelächter aus. »Sie sind wirklich gut.« Sibylle wusste nicht, welches Spielchen Weinrich mit ihr trieb, lachte aber aus Höflichkeit ein wenig mit. »Das war natürlich eine kleine Fangfrage«, gestand Weinrich. »Ich denke auch, dass das nichts mit dem Mord zu tun hat, aber es sagt einiges über das Opfer aus. Und ich kann die Täter nur verstehen, wenn ich auch das Opfer verstehe.«

Die Polizistin nickte ihrem Vorgesetzten zu.

»Außerdem wollte ich Sie testen«, fuhr Weinrich fort. »Sie haben ja doch eine gute Beobachtungsgabe. Warum haben Sie die in den vier Haberer-Fällen nicht eingesetzt?« Durchdringend blickte der Kommissar die Polizistin an.

Sibylle eierte herum, wand sich heraus, es sei ja nur zu einer Anzeige gekommen und diese sei im ganzen Team mit großer Akribie bearbeitet worden. »Das Problem sind nicht wir Dorfpolizisten, auf die Sie herunterschauen«, Sibylle hatte das Gefühl, sie müsse langsam zurückschießen, »sondern die Bevölkerung. Hören Sie sich um! Alle sympathisieren mit den Haberfeldtreibern, weil diese nur Leute an den Pranger stellen, die es verdient haben, und die von uns nicht dingfest gemacht werden konnten.«

»Das klingt ja gar so, als würde ihr Herz auch für diese Form der Selbstjustiz schlagen.« Weinrich sprach diesen Satz leise und bedächtig.

»Nein«, wehrte Sibylle Schwinghammer ab, »aber ich halte sie nicht für Verbrecher. Und schon dreimal nicht für Mörder. Sie hingegen haben sich so auf diese Haberer festgelegt. Da fragt sich die kleine Dorfpolizistin schon, ob es nicht gescheiter wäre, in mehrere Richtungen zu ermitteln?«

Weinrich verzog das Gesicht. Seine Nadelstiche hatten gesessen, trotzdem musste er auf Schwinghammers Einwand eingehen. »Prinzipiell haben Sie recht«, stimmte ihr der Kommissar zu. »Nur weil sie Gammelfleischmetzger und Ausbeuter ein bisschen aufmischen, müssen sie noch lange keine Mörder sein. Ich will Ihnen sagen, was mein Problem ist. Nein, ich zeige es Ihnen. Kommen Sie mit mir.«

Gleich neben dem Bad befand sich Lupolenz' Schlafzimmer. Es war, wie nicht anders zu erwarten, mit zertifizierten Öko-Möbeln aus heimischer Holzproduktion eingerichtet.

»Was fällt Ihnen auf?«, fragte Weinrich, kaum dass sie das Zimmer betreten hatten.

Sibylle bemerkte sofort das etikettlose Glas auf dem Nachtkästchen. »Schlaftabletten hat der Kosmetiklieferant also auch hergestellt«, bemerkte sie.

»Geschenkt«, winkte Weinrich ab. »Schauen Sie sich das Bett an.«

Es war ungemacht, was daraufhin deutete, dass Lupolenz aus dem Schlaf gerissen worden war. Aber darauf war Weinrich sicher nicht aus. Die Größe, durchzuckte es Sibylle. Natürlich. Es sah auf den ersten Blick wie ein Kinderbett aus.

»Lupolenz war Single und schlief in einem Singlebett. Ich denke, es ist gerade mal 1 Meter breit. Nichts für eine Nacht zu zweit. Er hat offensichtlich nicht damit gerechnet, dass einmal eine Frau bei ihm bleiben könnte«, schlussfolgerte Sibylle Schwinghammer.

»Bravo.« Weinrich klatschte in die Hände. »Und schauen Sie, das ist mein Problem. Dieser Lupolenz ist nach unseren bisherigen Erkenntnissen ein kreuzbraver Öko-Spießer, der nicht das geringste Laster hatte. Das ganze Haus ist eine alkoholfreie Zone. Außerdem sind die Finanzen von Lupolenz vollkommen in Ordnung. Der Mann hat nicht gespielt, nicht gehurt, keine Drogen genommen, er hatte keine Schulden und ist artig zwischen 22 und 23 Uhr ins Bett gegangen. Wer hätte ein Motiv, diesen Mann umzubringen? Bislang gibt es auf diese Frage nur eine Antwort.«

»Die Haberer«, murmelte Sibylle. Ihr wurde heiß.

8

Beim *Hopfenbräu* gab es an diesem Tag eine halbe Ente mit den klassischen Beilagen, also mit Blaukraut, Kartoffelknödeln und gekochten Äpfeln. Die Bratensoße war hausgemacht und eine Herzensangelegenheit des Chefs, der Fertigmischungen aus tiefster Überzeugung ablehnte, gleichsam aber Kritik an seinen Kreationen mit der Androhung von Hausverbot begegnete.

Fritz Biber saß an seinem angestammten Platz, genauso der Lokaljournalist Horst Wedler, der bereits bei seinem zweiten Weißbier angekommen war. Die Stimmung beim Mittagstisch aber war, anders als sonst, gedrückt. Ein Mord in Obernstall! So etwas hatte es noch nie gegeben. Und auch wenn viele sich über den Lupolenz lustig gemacht hatten, war er ein geachteter und respektierter Bürger.

»Das hätte ich nicht von den Haberern gedacht!« Dieser Satz machte in verschiedenen Varianten die Runde. In der schlimmsten Ausprägung verlangten einige, man solle die »Saubande aufhängen«.

»Haltets amal den Ball flach, wir wissen doch gar nicht, ob es diese ominösen Haberer waren«, versuchte Fritz Biber gegenzusteuern. Ihm war allerdings klar, dass er sich nicht zu sehr auf die Seite der vermeintlichen Mörder schlagen durfte, um nicht Verdacht zu erregen. Es war der schmale Grat zwischen Beschwichtigung und dem nötigen Opportunismus, den er zu beschreiten versuchte.

»Ich habe schon immer gesagt, dass diesen Gesetzlosen nicht zu trauen ist. Das ist Wildwest, was die da machen. Obernstall ist doch nicht Tombstone«, ereiferte sich einer der Stammgäste, der sich bislang als glühender Verehrer der Haberer gezeigt hatte. Ja, Fritz Biber wurde klar, dass die Stimmung umgeschlagen war. Weder von der Kriminalpolizei noch von der Bevölkerung konnten die Haberer Rückendeckung erwarten. Einzig Horst Wedler hatte Zweifel an ihrer Schuld.

Geschürt wurde die Stimmung an diesem Mittag von Jo Deister, dem Angestellten von *LupoBiola*, der am Tag vor dem Mord mit seinem Chef beim *Hopfenbräu* aufgeschlagen hatte. Das ersparte Biber einen Anruf. Eigentlich wollte er Deister an diesem Abend in den *Fuchsbau* lotsen, schließlich hatte der Chemiker noch einen ziemlich vollen Deckel und die monatliche Abrechnung stand noch aus. Wenn der semmelblonde Ossi mit dem flaumigen Bart bei Biber aufschlug, blieb es nicht bei einer Halben. Und wenn er genug getankt hatte, ließ er anschreiben. Fritz mochte Deister nicht besonders, ließ sich seine Sympathien und Antipathien gegenüber den Gästen aber selten anmerken. Außer wenn er jemanden rausschmeißen musste, was sehr selten vorkam.

»Der Chef hatte Muffensausen vor diesen Haberern, das weeß isch genau.« Seine Herkunft aus Sachsen konnte der Chemiker schwer verleugnen. Genauer gesagt kam Deister aus Schwarzkollm in der Oberlausitz, wo die Krabatmühle steht. In Obernstall hatte man sich nach so vielen Jahren Wiedervereinigung an den Dialekt gewöhnt und die Ostgoten als gleichberechtigte Bürger akzeptiert. Der Dialekt blieb freilich ein unerschöpflicher Quell der Heiterkeit, allerdings nicht an diesem Tag. Der Schatten des Mordes lag über der Kleinstadt, die Pietät verlangte einen gewissen Ernst.

»Vorgestern hat er mir gegenüber losgelassen, dass er auf eenmal Schiss hätte, diese Haberer würdens ihm heemzahlen! Gängster sind das, jawohl!« Zur Bekräftigung seiner Aussage schlug Deister mit seiner Faust auf den Tisch, wie es die Einheimischen beim Schafkopfn oft taten.

Der Chemiker erntete Zustimmung. Das Wort eines Augen- und Ohrenzeugen hatte Gewicht. Fritz Biber hielt es für klüger, nicht zu widersprechen, doch versuchte er, das Gespräch in eine andere Richtung zu lenken.

»Sag mal, Jo«, hob Biber an und beugte sich leicht über den Tisch, »wollte der Lupolenz nicht den Betrieb dichtmachen und nach Tschechien verlagern?«

»Nä«, Deister schüttelte den Kopf, »alles Quark.«

»Den Quark hast aber du mir aufgetischt«, gab Biber zurück und hob seine rechte Augenbraue, eine für ihn typische Mimik.

»Nicht verlagern, er wollte een zweites Labor aufmachen. Und nicht bei den Tschechen, sondern in Bulgarien. Wird aber nichts«, winkte Deister ab.

»Klar, Tote eröffnen selten eine Dependance«, warf Wedler ein, der mit seinem Spruch für willkommene Heiterkeit sorgte.

»Nee, dem Mani war's zu teuer.« Deister wetzte Zeige- und Mittelfingerkuppen an den Daumen. »In Bulgarien hält jeder die Hand auf. Da musste ne Menge an Schmiermittel verteilen, sonst machste da nicht mal nen Hühnerstall auf.«

Mani? Biber merkte auf. Seit wann nannte Deister seinen Chef Mani? Lupolenz war mit dem Rest der Welt per Sie, das war auch so eine Eigenart von ihm.

»Du musst es ja wissen«, warf Wedler ein. »Du fährst doch immer nach Bulgarien in Urlaub.«

»Das kannste wenigstens noch berappen. Da zahlste für eene Woche Ferienwohnung so viel wie für eene Nacht in Italien.«

»Die Genossen zieht's halt immer noch in die alten sozialistischen Bruderländer«, sagte Biber mit seinem kräftigen Bass.

»Klar. Einmal Genosse, immer Genosse. Ich fahr nach Goldstrand. Ist een Kurort an der Schwarzmeerküste. In der Nähe von Varna. Hammermäßig stark, ich sag es dir.« Deisters Augen leuchteten, als er von seinem liebsten Urlaubsort erzählte.

»Klingt verlockend. Da fahr ich auch mal hin, wenn ich den Rest der Welt gesehen habe«, scherzte Fritz, der – wie viele andere – Deister gern ein bisschen aufzog. Innerlich war ihm allerdings nicht zu scherzen zumute. Denn das erhoffte Motiv für den Mord war mit dieser Aussage hinfällig geworden. Sein Unmut wurde aber schnell besänftig, denn der Wirt kam mit einem großen Tablett angerauscht. Die Ente duftete so göttlich, dass ihm das Wasser im Mund in Sturzbächen zusammenlief. Sofort säbelte er sich ein Stückchen ab. Die resche Haut, das saftige Fleisch in der dunkelbraunen Soße – was für eine Delikatesse!

Biber genoss den ersten Happen und vergaß für einen kurzen Moment seine missliche Lage. Er konnte richtig fressen wie ein Rudel ausgehungerter Wölfe. Wenn ihm aber etwas schmeckte, hatte er die Angewohnheit, immer kleiner werdende Portionen auf die Gabel zu spießen, um sich länger an dem Gericht zu laben. So sollte es auch mit diesem wunderbaren Vogel sein. Doch sein Genuss wurde gestört. Denn es öffnete sich die Tür und nicht die erhoffte Person trat ein.

Den ganzen Vormittag hatte Biber vergeblich auf ein Lebenszeichen seiner Geliebten gehofft. Zwei Nachrichten hatte er ihr auf dem Handy hinterlassen, doch noch immer keine Antwort erhalten. Simone Badhauser kam nicht täglich in den *Hopfenbräu*, meldete sich aber normalerweise schnellstens auf jede Nachricht von Fritz Biber. Dafür hatten sie einen ausgefeilten Code entwickelt. Für den Fall, dass jemand ihren Chat las. ›Stadtratssitzung‹ bedeutete beispielsweise Schäferstündchen, ›Plenarsaal‹ das Schlafzimmer im *Fuchsbau* und zu jeder angegebenen Uhrzeit musste man sechs Stunden hinzuaddieren.

Als sich nun die Tür des *Hopfenbräus* öffnete, hoffte Fritz Biber inständig, es möge die Bürgermeisterin hereinkommen. Doch es erschien seine Untermieterin. Und Sibylle Schwinghammer hatte Kommissar Weinrich im Schlepptau.

Strohball zuckte zusammen und wandte sich, seinen Boxerinstinkten folgend, blitzschnell um. Kampfbereit stand er mit breiten Beinen da. Als er die Frau hinter sich sah, entspannte er sich jedoch. Laura Endorfin trug ein lindgrünes Laufshirt und eine knielange Sporthose. Ihre mächtige brünette Mähne wurde von einem Schweißband nur mühsam gebändigt. Die Hexe war offensichtlich gerade von ihrer Joggingrunde zurückgekommen.

»Wieso haben Sie mich erwartet?«, fragte Strohball mit gerunzelter Stirn. Er misstraute dieser Frau, auch wenn sie auf den ersten Blick einen normalen Eindruck machte. Aber waren das nicht die allergefährlichsten?

»Nennen Sie es eine Ahnung«, sagte Laura Endorfin mit einem ironischen Unterton. »Ich habe es einfach gespürt, dass ich den Mann zu Gesicht bekomme, der zweimal grundlos meinen Lieblingsneffen verprügelt hat.«

Strohball blickte verlegen zu Boden und murmelte etwas, das wohl einer Entschuldigung gleichkommen sollte. Laura Endorfin lachte über die männliche Unfähigkeit, einen Fehler zuzugeben, und schüttelte den Kopf. »Sie sind genauso, wie ich Sie mir vorgestellt habe. Da Sie aber vermutlich nicht wegen meiner Kräutersammlung gekommen sind und ich langsam duschen muss, sollten wir unser Gespräch drinnen fortsetzen. Die Tür ist offen. Bitte.« Sie wies Strohball an, in das Haus zu gehen, da er zwischen ihr und dem Eingang stand.

Zögerlich folgte Strohball der Aufforderung, aber ihm wurden sofort durch eine geschickte Provokation Beine gemacht.

»Oder hat der Superboxer etwa Angst vor einem Hexenhäuschen?«

»Vergiss es«, knurrte er und ging schnellen Schrittes hinein.

Während sich Laura Endorfin unter die Brause stellte, wurde Strohball im Wohnzimmer geparkt. Das Innere des Hexenhauses übertraf all seine Erwartungen. Es war modern, gemütlich und hell. An einer Seite hatte man bei der Renovierung eine große Glasfront eingesetzt, sodass Sonnenlicht den Raum durchflutete. Eine einfache, aber bequeme Polstercouch mit zwei passenden Sesseln und einem Glastisch standen in der einen Ecke, in der gegenüberliegenden befanden sich zwei schwarz-goldene Meditationskissen aus Indien mit Elefantenmotiven, außerdem zwei Buddhas sowie gebogene Holzschalen für Räucherstäbchen. Was dieses Arrangement zu bedeuten hatte, war Strohball nicht ganz klar, er vermutete etwas Esoterisches dahinter.

Eine typische Zutat aller typischen Wohnzimmer vermisste er allerdings. Und zwar einen Fernseher. Dafür bestanden zwei Wände mehr oder weniger aus Büchern. So viele Bücher hatte Strohball, dessen Lieblingslektüre der *Kicker* und der tägliche Kurs des Goldpreises waren, noch nie auf einen Haufen gesehen. Unschlüssig, ob er sich die Privatbibliothek anschauen oder ob er sich der typischen zeitgenössischen Beschäftigung hingeben sollte, also dem sinnfreien Herumdaddeln mit dem Smartphone, stand er vor dem großen Fenster und schaute hinaus. Bis zur Böschung wucherte auch hier wild und üppig die Wiese, allerdings hatte Laura Endorfin mehrere Beete angelegt.

Charlie Strohball, an dem kein Gärtner verloren gegangen war, musterte verblüfft die gepflegten Anbauflächen. Von Tomaten, Zucchini oder Schnittlauch keine Spur. Auf den ersten Blick konnte Strohball nicht eine einzige Pflanze identifizieren, einige schöne Blüten waren dabei, aber auch die kamen ihm nicht bekannt vor. Er wollte sich schon abwenden, als ihm ein paar Stauden nahe der Traun ins Auge stachen. Die Pflanze mit den charakteristischen fächerförmigen Blättern hatte er des Öfteren schon gesehen.

Grinsend wandte er sich um. Dabei streifte sein Blick eher unbewusst die Regale und ein paar Buchrücken stachen ihm ins Auge. »Heilwissen für die moderne Hexe. Hexenmagie, Reiki und schamanische Techniken«, stand da zu lesen. Daneben befanden sich ein Handbuch für Hexen und »Das geheime Wissen einer modernen Hexe«.

»Sie ist doch eine Hexe!«, murmelte Strohball, dem plötzlich nicht mehr zum Lachen war.

»Genau! Hast du etwa Angst, Boxer?« Laura Endorfin war geräuschlos in das Wohnzimmer gekommen, als wäre sie durch die Wände gegangen. Sie trug ein orangenfarbenes Top mit Spaghettiträgern und eine geblümte Leggins. Ihre Korkenzieherlocken konnte die Dusche kaum nass machen, so kraus waren sie. Natürlich war die Frage als Provokation gemeint, dennoch zeigte sich in ihrem Gesicht kein Anflug von Hohn und Spott.

»Vor Hexen, die Cannabis anbauen, soll ich Schiss haben?« Strohball schob sich die Lesebrille von der plattgedrückten Boxernase auf die sehr hohe Stirn. Eine linke Gerade, die hatte gesessen. Er fühlte sich wieder voll im Sattel. Eine moderne Hexe – die konnte ihm doch nicht ans Leder.

Doch plötzlich fletschte Laura Endorfin die Zähne, gab knurrende, seltsame Geräusche von sich und begann, unbekannte Wörter zu reden. Dazu machte sie einen Katzenbuckel und sprang wild hin und her. Dabei verformte sie ihre Hände zu Krallen, die drohten, Strohballs Augen auszukratzen. Unter den magischen Begriffen waren immer wieder welche, die Strohball verstand, die ihn aber nicht erfreuten. Das Wort Fluch war in Kombination mit seinem Namen mehrfach zu hören. Mit leopardenhafter Eleganz sprang Laura Endorfin von einem aufs andere Bein durch ihr Wohnzimmer, steigerte sich in einen rauschhaften Tanz. Ihre Stimme wurde immer lauter und lauter, bis sie mit einem ohrenbetäubenden, möwenartigen Schrei explodierte.

Strohball blickte fassungslos auf die Hexe. Er fühlte sich versteinert, unfähig, auch nur den kleinen Zeh zu rühren. Mit glühenden Augen und einem zur Fratze verzerrten Gesicht ging die Hexe auf ihn zu. »Karl Strohball, wenn du es noch einmal wagst, junge Menschen zu verprügeln, dann raube ich dir deinen Schlaf, deine Ruhe, ja, ich raube dir deine Seele.« Mit einem blitzartigen Handstreich fuhr sie ihm mit den Fingern übers Gesicht und hinterließ rote Striemen.

Dann atmete sie tief in den Bauch und verwandelte sich binnen Sekunden zurück in eine attraktive moderne Frau.

»Was kann ich für dich tun?«, fragte sie schließlich lächelnd mit sanfter Stimme.

Charlie Strohball starrte Laura Endorfin noch immer mit großen Augen an. Er stand unter Schock. Er hatte sich schon mit harten Hunden geprügelt, mit richtigen Gangstern oder Straßenschlägern. Aber dieser Hexentanz saß ihm mehr in den Gliedern als eine Salve rechter Haken.

»Ich komme wegen dem Manfred Lupolenz«, hob er zaghaft an. »Sie, äh du, scheinst ihn gut gekannt zu haben.« Da ihn Laura Endorfin duzte, wollte er sich keine Blöße geben und begann erst gar nicht mit dem Siezen.

Auf Lauras Gesicht legte sich ein Schatten der Trauer. Sie bat Strohball sich zu setzen und bot ihm Kekse und Tee an. Allerdings lehnte er ab und schützte vor, weder Durst noch Hunger zu haben. Er traute dieser Hexe nicht über den Weg. Wer weiß, welchen Aufguss sie ihm vorsetzen würde.

Laura setzte sich auf einen Sessel gegenüber, straffte die Schultern und begann zu berichten.

»Mani war ein Idealist. Und wie die meisten Idealisten ein zutiefst verletzlicher und trauriger Mensch. Denn Idealisten kränkt die Wirklichkeit. Und die Kluft, wie die Welt ist und wie sie sein sollte, schmerzt sie Tag für Tag«, erläuterte Endorfin.

Strohball nickte, auch wenn ihm nicht ganz klar war, was diese Ausführungen bedeuteten.

»Wir waren seelenverwandt«, fuhr sie fort. »Ich bin auch eine Idealistin und glaube an die magische Kraft der Natur. Ich spüre sie in allen Pflanzen und Tieren. Und ich mache sie mir zu eigen. Ich bin eine Apothekerin von Mutter Natur, nicht von einem Pharmakonzern, der dich mit seinem Gift nur noch kränker macht. Deshalb kam Mani zu mir.« Laura Endorfins Blick ruhte auf Strohballs Gesicht.

»Und was für Medikamente hast du ihm verkauft? Haschpastillen und schwarzer Afghane als Pulverchen?«, fragte Strohball grinsend zurück.

»Du bist ein Holzkopf, Charlie Strohball«, sagte sie und stand auf. »Wie die meisten Leute, wenn dich das beruhigt. Komm mit.«

Sie gingen ins Freie zu dem kleinen Hang, den Strohball heruntergegangen war, um zum Hexenhäusl zu gelangen. »Was siehst du hier?« Wie eine Lehrerin stand Laura Endorfin da und blickte den Haberer erwartungsvoll an.

Strohball zuckte mit den Achseln. »Grünzeug. Futter für das Vieh, das ich futtere.« Charlie war für seine Fleischexzesse berühmtberüchtigt und kokettierte gern mit den enormen Mengen, die er verspeisen konnte.

Laura Endorfin rollte mit den Augen. »Der komplette Hang ist voller Mädesüß, einer uralten Heilpflanze.« Sie zeigte auf krautige Pflanzen mit weißlichen Blütenschirmen, deren rötliche Stängel bis zu 1 Meter hoch waren. »Die ist auch für dich in zweifacher Hinsicht interessant. Man kann damit Met beziehungsweise Wein süßen. Und du trinkst doch gern. Außerdem hat sie viele Heilkräfte. So ist Mädesüß ein wunderbares Mittel der Natur bei Gicht.«

›Woher zum Teufel weiß diese verfluchte Hexe, dass ich gelegentlich mit Gicht zu kämpfen habe‹, ärgerte sich Strohball innerlich, ließ sich aber nichts anmerken.

»In meinem Stadl stelle ich Salben und Tees her, Extrakte mit der geballten Heilkraft der Natur. Und alle Zutaten wachsen kostenlos vor meiner Haustür. Und bevor du wieder einen wahnsinnig lustigen Kommentar über die Cannabisstauden loslässt: Die habe nicht ich gepflanzt, sondern ein paar Jugendliche aus Inzell, schließlich ist das Haus viele Jahre lang leer gestanden, sodass keiner die kleine Plantage entdeckt hat. Ich glaube, sie säen es jedes Jahr aufs Neue wieder an. Aber das interessiert mich nicht, denn die Fläche gehört nicht mehr zu meinem Grundbesitz. Zufrieden?«

Strohball fuhr sich über seinen weitgehend entlaubten Schädel. »Mir egal, ich bin Weizenbiertrinker«, grantelte er verdrießlich. Er war es langsam leid, immer den Kürzeren zu ziehen. »Der Lupolenz kam also nur wegen deinen Salben und Cremes zu dir?«

»Nein. Wie gesagt, wir waren seelenverwandt.« Laura Endorfin kniete sich nieder und ließ einen Marienkäfer auf ihren Handrücken. »Beide haben wir grausame Erfahrungen gemacht, die ich dir hier und heute allerdings nicht erzählen werde. Nur so viel: Ich habe den Tod gesehen, von Angesicht zu Angesicht.«

Der Marienkäfer flog davon, einen winzigen gelben Fleck auf Lauras Handrücken hinterlassend. Strohball konnte mit dieser Auskunft nichts anfangen. Bislang war sein Ausflug ein völliger Fehlschlag.

»Und der Lupolenz hat auch dem Sensenmann ins Auge geschaut?«

»Nein, aber er hatte eine vernarbte Seele. Und er hat Rat und Trost bei mir gesucht.«

»Dann warst du Frau Freud für ihn, oder was?«, mokierte sich Strohball über sie.

»Ich praktiziere nicht mehr, aber ich habe Psychologie studiert«, entgegnete Laura Endorfin, die eine Pflanze streichelte und dann mit einem schnellen Ruck ausriss. »Pestwurz. Ergibt einen herrlichen Tee, der vor allem bei Migräne Wunder bewirken kann.«

Strohball hatte die Nachhilfestunde in Kräuterheilkunde satt. Am liebsten wäre er einfach abgedampft und zurück nach Hammer gefahren. »Und was hat dir der Lupolenz so alles erzählt?«

»Ich unterliege zwar nicht der Schweigepflicht, aber Auskünfte über die Seelenzustände meiner Ratsuchenden erteile ich nicht«, sagte Laura Endorfin und unterstrich ihren Vorsatz mit einer Handbewegung, als würde sie mit einem Schlag die Luft zerteilen.

»Na, dann verzupfe ich mich mal«, seufzte Strohball und nahm sein Päckchen Zigaretten.

»Nicht hier«, sagte Laura Endorfin scharf. Sie war keine militante Gegnerin des Rauchens, aber in ihrer Hausapotheke duldete sie es nicht. »Eins aber kann ich dir erzählen. Mani war in den letzten Tagen nervös und unruhig. Besser gesagt, nervöser und unruhiger als sonst. Er hatte etwas gesehen, das ihm den Schlaf raubte.«

»Und was?« Strohball wollte zwar am liebsten so schnell wie möglich abhauen, nun war aber seine Neugier erwacht.

»Farbeimer und Silberfäden. Er hat immer wieder von Farbeimern und Silberfäden gesprochen, die er irgendwo entdeckt hatte. Offensichtlich war er einer ziemlichen Schweinerei auf der Spur. Mehr weiß ich nicht. Er wollte sich erst vergewissern und dann möglicherweise die Polizei einschalten.«

Das war ein Hinweis, etwas Handfestes. Doch als sich Strohball, der langsam seine Lust auf einen Nikotinschub kaum mehr bezähmen konnte, gerade zum Gehen wandte, hielt ihn Laura Endorfin noch einmal zurück.

»Jetzt musst du mir aber schon sagen, warum du das wissen willst.« Nun lächelte die Hexe süffisant.

»Der Lupolenz und ich waren halt alte Spezl«, erklärte Charlie.

Laura Endorfin lachte heiser auf. »Du? Du bist ein miserabler Lügner, Charlie Strohball. Ich habe da eine andere Erklärung parat.« Sie ging mit dem Pestwurz in der Hand auf ihn zu. »Alle

Welt verdächtigt die Haberer, den Mani ermordet zu haben, was ich im Übrigen für lächerlich halte. Wer aber sollte ein Interesse daran haben, die wahren Mörder zu finden? Die Polizei vielleicht. Und wer sonst noch?«

Charlie Strohball fühlte sich schon wieder ertappt, zuckte aber so unbeteiligt wie möglich die Schultern. »Keine Ahnung. Ist mir auch wurscht.«

»Die Haberer natürlich.« Wie vor ihrem Hexentanz verwandelte sich Laura Endorfin binnen Sekunden in eine andere Frau. Ihre Augen glühten, sie sah aus wie eine Kobra kurz vor dem tödlichen Biss. »Und du, Charlie Strohball, du gehörst zu ihnen.«

Mit einem raschen Blick hatte Sibylle Schwinghammer die *Hopfenbräu*-Gaststube taxiert. Sie wusste, über welchem Tisch das verräterische Foto von ihr hing. Mit Erleichterung stellte sie fest, dass die Belegschaft eines Architekturbüros diesen gerade bevölkerte. So konnte sie Weinrich unauffällig in gebührendem Abstand zu dem Zeitungsartikel platzieren.

»Setzen wir uns da hin?« Die Polizistin wies auf den letzten freien Tisch, doch Weinrich hob nur abwehrend die Hand und ging auf Biber zu, der genüsslich am Kauen war, aber die beiden unauffällig aus den Augenwinkeln beobachtete. Mit ihm saßen der Journalist Horst Wedler, der Rechtsanwalt Toni Schauerer sowie Willi Leder und Erwin Küffer, zwei Stammgäste aus dem *Fuchsbau* mit am Tisch.

»Schmeckt's, meine Herren?«, fragte Weinrich in die Runde und erntete allgemeine Zustimmung.

»Hier gibt's das beste Fleisch im ganzen Berchtesgadener Land. Wem das nicht schmeckt, der hat einen verätzten Gaumen«, warf Biber ein.

»Das höre ich gern. Dürfte ich mich zu Ihnen setzen?« Der Kommissar schaute in fünf mäßig erfreute Gesichter.

»Aber immer«, entgegnete Biber.

»Sind Sie dieser Weinrich? Der Kommissar, der den Mord am

Lupolenz aufklären soll?«, fragte Erwin Küffer, während er noch an einem Bissen Fleisch herumkaute.

»Der bin ich«, bestätigte Weinrich und nahm Platz.

Auch wenn es eigentlich keinem passte, rutschten alle zusammen, damit noch zwei Stühle an dem großen Tisch Platz hatten. Am unangenehmsten war es für Sibylle Schwinghammer, die Oberschenkel an Oberschenkel neben dem schwitzenden Horst Wedler saß. Er hatte bereits das dritte Weißbier geordert. Auch Fritz Biber fühlte sich unbehaglich, zumal ihm ein verstohlener Blick auf sein Smartphone verriet, dass er immer noch keine Nachricht von Simone Badhauser hatte.

Der Kommissar gab sich jovial und volksnah. So schwenkte er auf einmal vom Hochdeutschen ins gemäßigte Bairisch über, um ja den Anschein des arroganten Städters zu vermeiden.

»Na, was sagen S' denn zu diesen Haberern?«, fragte Weinrich in die Runde. Sibylle wurde schnell klar, was der Kommissar beabsichtigte. Er wollte sich ein Bild von Volkes Meinung machen und so vielleicht auch zu der einen oder anderen Information kommen, die ihm sonst nicht zu Ohren gekommen wäre. Doch mehr als den üblichen Tratsch tischten ihm die Obernstaller nicht auf.

»Und was machen Ihre Recherchen? Haben Sie schon was Handfestes?«, wollte der Lokalredakteur schließlich wissen.

»Nein, aber wir sind für alle Hinweise dankbar.« Weinrich spulte routiniert sein Programm ab. Es war offensichtlich, dass er sich nicht in die Karten schauen lassen wollte. Doch einen Trumpf spielte er doch noch aus. »Wir bekommen morgen noch zusätzliche Hilfe. Aus München kommt ein Fallanalytiker. Der legt ein Profil der drei Haberer an. Und dann sollte es doch mit dem Teufel zugehen, wenn wir die Bande nicht dingfest machen.«

Biber hätte sich fast an seinem Fleisch verschluckt.

9

Endlich meldete sich sein Smartphone. Und es musste Simone sein, denn er hatte einen speziellen Klingelton für sie eingerichtet: Kirchenglocken. Das war Show, weil er sich früher über die vermeintliche Bigotterie der Bürgermeisterin lustig gemacht hatte. »Ortsbesichtigung am Stein 9 Uhr«, stand da zu lesen. Die Nachricht verhieß, dass es sich um etwas Dringendes handelte. Biber war weiterhin besorgt. Zum Glück hatte er für den Abend das meiste vorbereitet, sodass er sich seinen privaten Dingen widmen konnte. Nur Fleisch und Wurst brauchte er noch. Als Wirt in einer Kleinstadt musste man vorsichtig sein und am besten keinen Metzger völlig übergehen. Er fand es nicht ohne Komik, wenn er seinen heutigen Einkauf bei Manfred Bogler machte. Gammelfleisch, schmunzelte Biber in sich hinein, würde dieser derzeit wohl kaum verkaufen.

Als er an der Metzgerei vorfuhr, bemerkte er einen schwarzen Audi mit Münchner Kennzeichen, der ihn stutzig machte. Bogler unterhielt sich neben seinem Laden mit einer elegant gekleideten Person. Schnell parkte Biber seinen Wagen. Dann stieg er möglichst geräuschlos aus und schlich sich zur Ecke, um so viel wie möglich von Boglers Unterhaltung mit dem Privatdetektiv Goran Dedric mitzubekommen.

»Ja, das war diese Schwinghammer. Da wett ich meinen Arsch drauf«, schwadronierte der Metzger. »Die hat mir den Kopf verdreht mit ihren Paragrafen, dass ich nimmer gwusst hab, ob ich Manderl oder Weiberl bin. Zum Schluss war ich froh, dass sie mich nicht angezeigt hat.« Farblich passte sein hochroter Kopf zu seiner blutroten Metzgerschürze, die sich über seinen Hendlfriedhof stülpte, so regte sich Bogler über das Verhör der beiden Polizisten auf. »Jetzt sagen S' amoi, hat das was zu bedeuten?«

»Das weiß ich zum gegenwärtigen Zeitpunkt auch nicht«, entgegnete Dedric und fuhr sich über seinen glattrasierten Schädel. »Ich spreche momentan mit allen Opfern der Haberer und Sie sind bereits der zweite, der nach einer Vernehmung durch das Duo Schwinghammer und Frevert die Anzeige zurückgezogen hat. Oder sollte man sagen: zurückziehen musste?«

»Ja genau, dieses Weibsstück hat mir keine andere Wahl gelassen«, echauffierte sich Bogler weiter. »Meinens etwa, die steckt mit den Haberern unter einer Decke?«

»Nein, Gott bewahre«, wehrte der Privatdetektiv ab. »So weit würde ich nicht gehen. Ich höre mich nur um. Aber eine Bitte hätte ich noch. Dieses Gespräch war vertraulich. Bitte behalten Sie es für sich.«

»Sowieso«, meinte Bogler und verschloss pantomimisch seinen Mund mit einem Reißverschluss. »Und wenn Sie diese Saubären erwischen, dann kriegen S' von mir ein halbes Spanferkel.«

Lächelnd bedankte sich der Privatdetektiv für das großzügige Angebot. Er war seit seiner frühen Kindheit Vegetarier, wollte das Bogler aber nicht auf die Nase binden. Mit einem festen Händedruck, ein wenig grauste ihm vor den ungewaschenen Metzgerpranken, verabschiedete er sich und ging zu seinem Audi. Sofort trat Biber ein paar Meter zurück und tat erfreut wie überrascht zugleich, als er Bogler um die Ecke biegen sah.

»Servus Bogler! Ich brauch einen Zentner Regensburger! Heute ist Wurstsalattag!«, rief er dem Metzger zu.

»Servus Biber, oide Bretterhüttn«, entgegnete Bogler erfreut. »Hamma alles da.«

Kurz trafen sich die Blicke von Biber und Dedric, der seinen Wagen startete. Dem Wirt war sonnenklar, dass der Bluthund Witterung aufgenommen hatte. Und dieser Detektiv würde sich nicht leicht ausmanövrieren oder täuschen lassen. Doch Biber hatte einen Einfall. Er war nicht schön, sogar ein wenig gemein und hinterhältig. Aber Sibylle musste aus der Schusslinie genommen werden. Unbedingt.

Es war ein grauer, schmuckloser Klotz. Der Architekt hätte auch problemlos Designer von Schuhschachteln werden können. Nein, *LupoBiola* genoss nicht den Ruf, Bad Reichenhall schöner zu machen. Der gut 2 Meter hohe Zaun aus Metallstäben passte ästhetisch zu dem Betrieb. Allerdings befand sich das Labor in einem Gewerbegebiet am Ortsrand, sodass es die vielen Touristen und Kurgäste eh nicht zu sehen bekamen.

Die beiden Polizisten parkten ihren Dienstwagen an der Straße. Es gab zwei Eingänge, einen für das Fußvolk und einen für Lieferanten. Vor ersterem wartete bereits Dr. Luckner, der medizinische Leiter des Labors. Seine Augenringe zeugten von einer mehr oder weniger schlaflosen Nacht und eineinhalb Tagen, an denen er unter Starkstrom gestanden hatte. Binnen 30 Stunden war sein gepflegter Vollbart noch grauer geworden und seine Gestalt noch hagerer. Mit einem schlaffen Händedruck begrüßte er Weinrich und Sibylle Schwinghammer.

»Wir stehen alle unter Schock«, bekannte der Arzt. »Herr Lupolenz war für uns alle mehr als nur ein Arbeitgeber. Er war eine Leitfigur, um nicht zu sagen ein Vorbild, ja eine Lichtgestalt.«

›Lichtgestalt? Also der Beckenbauer unter den Laborfutzis‹, dachte sich Weinrich insgeheim. An ihm prallten solche Elogen ab. Ganz im Gegenteil, die Lobhudler waren für ihn besonders verdächtig. Als Erstes wollte der Kommissar eine Führung durch das Labor, allerdings interessierte er sich vorrangig für das Büro von Lupolenz.

Sie besichtigten ein paar Labor- und Lagerräume, alles nichts Weltbewegendes, und ließen sich von Dr. Luckner Tätigkeitsfelder und Philosophie der Firma erklären. *LupoBiola* war, wie der Name bereits suggerierte, ein Labor mit ökologischem Anspruch. Genau gesagt war es ein Labor für ganzheitliche Medizin.

»Schauen Sie«, erklärte der leitende Arzt mit einer weichen, getragenen Stimme, »ein einzelner Laborwert sagt nichts aus. Sie müssen den ganzen Menschen und die Summe der Werte sehen. Nur so können Sie von dieser fatalen Fixierung auf das Kurieren von

Symptomen wegkommen und zu den eigentlichen Ursachen vorstoßen.«

LupoBiola bot Blut-, Stuhl- und Urinuntersuchungen unter diversen Gesichtspunkten an. Im Gegensatz zu konventionellen Laboren gab es hier aber eine wissenschaftliche Abteilung, die Diagnosen stellte und Therapievorschläge ausarbeitete. Diese leitete Dr. Luckner.

Weinrich hatte für alternative Medizin wenig übrig. Ganz im Gegenteil, es nervte ihn, wenn seine Frau mit ein paar neuen Döschen Globuli vom Heilpraktiker kam und er wieder eine satte Rechnung begleichen musste. Deshalb überließ er das Reden ausnahmsweise seiner Kollegin von der Wachpolizei. Nachdem das Firmenprofil abgeklärt war, meldete sich der Kommissar aber doch zu Wort.

»Wer übernimmt das Labor nach dem Tod von Lupolenz?«, fragte er unversehens.

Dr. Luckner zuckte mit den Schultern und verwies den Kommissar an die Chefsekretärin. Dieser wollte Weinrich sowieso einen Besuch abstatten.

Therese Grabinger hatte schwarzgefärbte, strohige Haare, denen man 30 Jahre Dauerwelle ansah. Ihr schmaler Mund war von einem alles andere als dezenten karmesinroten Lippenstift besonders betont, sodass die vielen Falten im Gesicht erst beim zweiten Blick auffielen. An ihr war nichts bio, ganz im Gegenteil, viele sagten unter vorgehaltener Hand, die Sekretärin sei das Giftigste, was es im ganzen Labor gebe, und nannten sie die schwarze Mamba.

Weinrich wiederholte seine Frage und erntete erst einmal einen schiefen Blick über die randlose Brille hinweg.

»Wer will das wissen?«, knarzte sie zurück.

Der Kommissar zückte seinen Ausweis, den Therese Grabinger ausführlich studierte. Sie verbat sich in der Zwischenzeit Nachfragen. Dann machte sie eine Kopie des Ausweises, schließlich wisse man nie, ob so ein Dokument echt sei. »Heutzutage kann man nicht misstrauisch genug sein«, sagte sie. Dann setzte sie sich hüftsteif in ihren ledernen Bürostuhl. Nach zwei Bandscheibenvorfällen waren ihre Bewegungen nicht mehr graziös und elegant.

»Der Manfred hat keine Verwandten außer einem Bruder, mit dem er aber verkracht ist. Ich sag's Ihnen, die Familie.« Die Sekretärin winkte ab und schüttelte den Kopf. »Meine Schwester, also, mit der red ich ja auch kein Wort. Dieses Miststück hat sich das ganze Erbe von der Tante Annamirl untern Nagel gerissen …« Therese Grabinger erging sich in Verwünschungen ihrer ganzen Sippe, bevor sie auf den Punkt kam. »Darum hat der Manfred die Firma einer Öko-Stiftung überschrieben. Den ganzen Gewinn bekommen zwei Projekte: Bei dem einen geht's halt drum, die Meere sauber zu kriegen. Die ziehen den ganzen Plastikdreck ausm Wasser. Und bei dem anderen geht's um den Regenwald in Asien. Da soll gscheid aufgeforstet werden und so soll ein Haufen Viecher, die vom Aussterben bedroht sind, gerettet werden.« Die Chefsekretärin öffnete eine Schublade ihres Schreibtisches, entnahm einen mehrseitigen Prospekt und überreichte ihn Weinrich. »Da steht alles über die Stiftung drin.«

»Und die Familie geht leer aus?«, fragte Sibylle nach. Ihre Hoffnungen auf ein mögliches Mordmotiv schwanden.

»Die bucklige Verwandtschaft vom Manfred meinen S'? Die kriegt bloß ein paar Nutscherl. Die Saubande hat auch nichts anderes verdient. Aber das sind lauter Paragrafenverdreher, da wird kräftig prozessiert, das garantier ich Ihnen!«

Dann wandte sich Weinrich dem Büro von Lupolenz zu und wollte eintreten, aber die Tür war verschlossen.

»Moment mal, Herr Inspektor, nicht so schnell«, sagte Therese Grabinger in scharfem Ton. »Gehen Sie überall einfach so rein, ha?«

»Ich bin hier im Dienst und habe einen Mordfall aufzuklären«, entgegnete Weinrich ungeduldig.

»So? Und was haben S' dann schon rausgefunden?« Die Chefsekretärin verschränkte die Arme und hob erwartungsvoll die Augenbrauen.

»Über laufende Ermittlungen kann ich nicht mit Ihnen reden«, sagte Weinrich bestimmt.

»Ach so, ich bin ja bloß eine dahergelaufene Sekretärin, oder was? Der Herr Inspektor ist was Besseres. Sie, mit dieser Art werden Sie bei uns in Obernstall keinen Erfolg haben.« Therese Grabinger verzog die Mundwinkel und machte keinerlei Anstalten aufzustehen.

»Jetzt machen Sie endlich die Tür auf!« Der Kommissar wurde ungehalten.

»Wie heißt das Zauberwort?« Die Sekretärin sprach zu ihm wie zu einem ungezogenen Vorschulkind, das einen Lutscher wollte.

»Bitte«, sagte Weinrich genervt. Es war ihm anzusehen, wie er innerlich kochte.

»Na, geht doch. Hat er doch ein bisserl einen Anstand, der Herr Inspektor.« Dann stand sie mühevoll auf und ging mit schlurfenden Schritten zur Tür, um sie aufzusperren.

Fritz Biber war aufgewühlt. Er fuhr mit überhöhter Geschwindigkeit die B21 Richtung Bad Reichenhall, entlang Saalach und Rötelbach und schließlich am türkisschimmernden Saalachsee vorbei. Warum wollte sich Simone ausgerechnet heute am Herzstein treffen? Und um diese Tageszeit? Es musste etwas vorgefallen sein. Der Wirt war in Erwartung von Ungemach, dabei hatte er selbst so viel an der Backe. Er stand – zumindest indirekt – unter Mordverdacht und musste unbedingt die wahren Täter finden, wollte er nicht enttarnt werden. Sein ganzes Leben, das er sich in Obernstall aufgebaut hatte, stand auf dem Spiel.

Am ersten Kreisverkehr in Bad Reichenhall bog er auf die B20 Richtung Bayerisch Gmain ab. Nach dem Ortsschild musste man links fahren und ein paar Kurven und Abzweigungen auf sich nehmen, bis man am *Hotel Klosterhof* ankam. Dort stellte Biber seinen Wagen ab. Die letzten 100 Meter ging er zu Fuß.

Der Herzstein war ein Ziel, das nicht jeder kannte. Simone liebte diesen als Kraft- und Kultort verehrten Stein, der im Jahr 1900 bei Abbauarbeiten entdeckt worden war. Von der einstigen Kiesgrube war nichts mehr zu sehen, der Wald hatte sich die kleine Ebene längst zurückgeholt. Zur Feier des seltenen wie anmutigen Naturkunstwerks hatten dessen Verehrer drei sich umschließende Herzen aus mindestens faustgroßen, verwitterten Steinen geformt. Feucht glänzte die Erde, der Boden war tief braun und übersät mit verrottenden Blättern.

Fritz kam überpünktlich, doch Simone erwartete ihn bereits. Sie saß auf dem großen Felsen vor den Steinherzen und lächelte. Biber entspannte sich. Denn dieser liebevoll-treuherzige Blick verhieß, dass es keine großen Probleme zu wälzen gab, keine weitere Bombe irgendwo auf die Zündung wartete. Privat mochte er dieses Heile-Welt-Lächeln, als Politiker machte es ihn oft rasend, weil er das Gefühl hatte, die Bürgermeisterin grinste politische Streitpunkte einfach weg.

»Servus Fritz«, hauchte sie mit einem Anflug von Erotik in der Stimme. So elegant, wie es ihre Körperfülle zuließ, glitt sie vom Felsen hinunter und ging auf Biber zu. Der wusste nicht recht, wie er schauen und reagieren sollte. Simone trug ein traditionelles Dirndl im Landhausstil, das auch für repräsentative Anlässe wie dem Bieranstich auf dem Obernstaller Volksfest taugte. Ein angenehmes Blau mit Blümchenmuster auf der Rockpartie. Halbwegs züchtig, aber die üppige Oberweite der Bürgermeisterin kam bestens zur Geltung.

»Schön, dass du Zeit hast«, flötete sie und gab Biber einen intensiven Kuss. Dann nahm sie seine Hand und führte ihn zu dem Herzstein. Er war wie fast immer mit grünlichem Wasser gefüllt, in dem Algenklumpen trieben. Das betonte die besondere Form. Denn der Herzstein war ein großer Block mir einer Aushöhlung. Und diese hatte die romantische Herzform, nicht der Stein selbst.

»Kannst du dir vorstellen, warum ich dich hierher geholt habe?« Erwartungsvoll blickte Simone ihren Geliebten an.

In einem Ranking unbeliebter Fragen dürfte diese eine Spitzenposition einnehmen. Sie war dazu geschaffen, Ahnungslose im Dunkeln tappen zu lassen und sie vielleicht dazu zu verleiten,

Dinge auszuplaudern, die sie für sich behalten wollten. Bevor Biber sich also um Kopf und Kragen reden konnte streckte er gleich die Waffen.

»Nein, Simone, meine Kristallkugel ist gerade kaputt, deshalb habe ich keine Ahnung.« Er wusste, dass er sich nicht gerade charmant anhörte, aber die Geheimniskrämerei behagte ihm nicht. Außerdem hatte er wichtigere Dinge zu erledigen, beispielsweise seinen Kopf aus der Schlinge zu ziehen und den Mörder von Lupolenz zu überführen, aber das konnte er Simone schlecht sagen.

»Na, du bist aber schlecht gelaunt«, tönte es prompt zurück. Simones Lächeln verschwand kurzzeitig aus ihrem Gesicht, um aber sofort zurückzukehren. Fast verlegen blickte sie in den Boden. »Ich wollte dir halt was sagen. Und dazu brauche ich den idealen Ort.«

Biber spürte plötzlich ein Ziehen in der Magengegend, das sich zu einem mittelprächtigen Krampf verschlimmerte. Der Herzstein als perfekte Örtlichkeit. Ihm schwante Schlimmes.

»Wir sind halt jetzt auch schon länger zusammen. Und mit meinem Mann läuft's halt gar nicht mehr. Deshalb ...«

Biber bekam keine Luft mehr. Der Himmel verfinsterte sich und er drohte, die Besinnung zu verlieren.

»Deshalb hab ich beschlossen, den Hermann zu verlassen.« Freudestrahlend blickte sie ihren Geliebten an. Ihre Wangen glänzten wie Seidenkissen. Fritz Biber hatte das Gefühl, als würde der Boden unter seinen Füßen entgleiten und er in ein tiefes, schwarzes Loch stürzen.

»Das kommt jetzt aber überraschend«, krächzte er mühsam.

Sogleich wandte sich Simone ihm zu, nahm ihn an beiden Händen und flüsterte ihm mit heißem Atem ins Ohr. »Der Weg für uns beide ist frei.«

10

Weinrich hatte Plastikhandschuhe dabei. Trotzdem verbot er Sibylle Schwinghammer in dem ihm so eigenen Ton, auch nur den Drehstuhl anzufassen. Das Büro von Lupolenz bot auf den ersten Blick keine Überraschungen. Es war sauber und penibel aufgeräumt. Die Wände waren mit einer Art Vorher-Nachher-Bilder ausgestattet. Ein brandgerodeter Regenwald neben einem aufgeforsteten, ein mit Altöl und Plastik kontaminiertes Meer und ein gesäuberter Abschnitt, in dem sich Fische und andere maritime Lebewesen nur so tummelten. Darüber stand in großen Lettern »Ökorealia – Unser Weg in eine saubere Welt«.

»Ist das die Stiftung, der Lupolenz die Firma vermacht hat?«, fragte Weinrich die Chefsekretärin.

»Schaut ganz danach aus, oder?«, entgegnete diese patzig.

»Die checken wir«, sagte er halb zu sich und halb zu Sibylle. »Stiftungen haben nicht selten mafiöse Strukturen. Wenn es überhaupt noch eine andere Spur als die Haberer gibt, dann dieses Ökorealia.«

»Vergessen S' die«, winkte Therese Grabinger. »Das sind lauter Idealisten. So richtig grüne Vollstoff-Ökos, für die es nichts Schöneres gibt, als Frösche über die Straße zu tragen.«

»Deshalb können sie auch das Geld veruntreuen. Immerhin ist das eine international operierende Organisation. Die sind schwerer zu kontrollieren«, wandte Weinrich ein, der sich nicht von einer Sekretärin belehren lassen wollte.

»Ach geh. Die sind alles überzeugte Ökos. Die Deutschen wie die Internationalen. Die einen tragen die Frösch rum und die anderen schauen, dass die Koalas wieder miteinander vögeln oder dass sich die Buckelwale nicht verschwimmen wegen diesen Echoloten von den großen Schiffen.« Die Sekretärin verzog das Gesicht und blickte dann Sibylle an, als wollte sie ihr sagen, welch einen depperten Vorgesetzten diese doch habe.

Weinrich hob an, etwas zu entgegnen, als sich sein Handy meldete. Wie die meisten Menschen nahm er das Gespräch mit einer gewissen Hektik an und verließ fluchtartig den Raum. Sibylle konnte noch einen Satz aufschnappen. »Aber Schatzilein, das stimmt doch gar nicht«, hatte sich der Kommissar verteidigt. Sibylle und Therese Grabinger grinsten sich an, dann wandte sich die Sekretärin wieder ab.

Sibylle blieb allein im Büro. Schnell schaute sie sich um. Die Akten in den Rollschränken waren für sie nicht zugänglich. Auch konnte sie schwerlich den Computer hochfahren. Aber etwas stach ihr ins Auge. Etwas Altmodisches, was sie Lupolenz aber zutraute. Auf dem Schreibtisch lag ein gedruckter Wochenkalender, in den fein säuberlich jedes Treffen, jeder Termin eingetragen war. Schnell nahm Sibylle ihr Handy aus der Hose und fotografierte die aktuelle Woche sowie die folgende und die beiden vergangenen.

»Erlaubt Ihnen das der Herr Oberstleutnant schon?«

Sibylle zuckte zusammen. Sie war so versunken in ihre Arbeit, dass sie nicht gehört hatte, wie Therese Grabinger wieder hereingekommen war.

»Eigentlich nicht«, gab Sibylle zu. Sie fühlte sich ertappt und steckte schnell ihr Handy ein.

»Keine Angst«, sagte die Chefsekretärin. »Von mir erfährt der grobe Lackl nichts.« Dann bewegte sie sich schwerfällig auf Sibylle zu. »Wir Frauen müssen zusammenhalten. Wenn Sie was brauchen, dann rufen S' mich an.« Schnell steckte sie Sibylle ihre Visitenkarte zu.

»Haltet ihr ein Kaffeekränzchen ab?« Weinrich hatte offensichtlich das Gespräch mit seiner Frau beendet. »Raus aus dem Büro. Bald kommen die Großen und mischen hier alles auf.«

»Und wir sind die Kleinen?« Wütend sah Therese Grabinger den Kommissar an. »Das werd ich mir merken.« Missmutig ging sie aus dem Büro.

»Die Spurensicherung kommt also?«, fragte Sibylle nach.

»Yepp. Und die Freunde von der IT-Abteilung, die sich den Computer vornehmen. Auf die warten wir noch, aber dann machen wir zwei Hübschen einen kleinen Ausflug. Ich brauche jemanden, der die Gegend kennt. Denn da, wo wir hinwollen, führt uns angeblich kein Navi hin.«

»Und wo soll das sein?«, hakte Sibylle nach, aber sie konnte sich die Antwort schon denken.

»Wir hatten doch diese Salben und Pastillen bei Lupolenz gefunden. Die Kollegen haben sich ein wenig umgehört und herausgefunden, wer das herstellt. Die stammen von einer – halten Sie sich fest – Kräuterhexe.« Weinrich schüttelte sich vor Lachen. Gegenüber seiner Frau, die nicht nur Stammpatientin eines Heilpraktikers war, sondern auch gern das Pendel befragte, bevor sie etwas unternahm, hätte er sich niemals eine solche Häme getraut. »Einen Mist glauben die Leute. Ich möchte ihr aber einen Besuch abstatten.«

»Wieso?« Sibylle zeigte sich erstaunt. »Was haben die Kosmetika mit unserem Fall zu tun?«

»Vermutlich nichts«, erwiderte Weinrich, der immer noch einen amüsierten Gesichtsausdruck hatte. »Aber die Kollegen sagen, die Kräuterhexe habe das Opfer gut gekannt. Also kann sie uns sicher einiges über Lupolenz erzählen.« Dann begann er wieder zu grinsen wie ein bekiffter Clown. »Und wenn sie schon so übernatürlich begabt ist, kann sie in die Kristallkugel schauen und uns sagen, wer diese drei Haberer sind.«

Als Fritz Biber das Ortsschild passierte, hatte er sich immer noch nicht beruhigt. Simone hatte seine Zaghaftigkeit, sein Zögern gespürt und enttäuscht reagiert. Allerdings zeigte sie sich fest entschlossen, ihren Hermann zu verlassen, und drohte damit, die Affäre publik zu machen.

»Schämst du dich wegen mir?«, hatte sie ihn erbost gefragt. Sie war kaum zu beschwichtigen.

Was sollte er tun? Er hatte die Wahl zwischen Pest und Cholera. Sicher, er mochte Simone und fand die heimliche Affäre mit der

Bürgermeisterin heiß, verlockend, prickelnd. Aber sie sollte das bleiben, was sie war: eine heimliche Affäre. Mit Simone fest zusammen zu sein, konnte er sich nicht vorstellen, zumal er generell kein Interesse an festen Bindungen hatte. Und dann müsste er auch noch diesen Kleinstadttratsch ertragen.

Fritz Biber sah seine Felle davonschwimmen. Binnen zwei Tagen war sein schönes, chaotisch-geordnetes Leben in die Brüche gegangen. Flucht, schoss es ihm durch den Kopf. Einfach abhauen und irgendwo neu anfangen. Das hatte er schon öfter getan, das würde wieder klappen. Er war eine Pflanze, die man problemlos ausbuddeln und neu einbauen konnte. Einen *Fuchsbau* brauchen die Leute überall. Ja, er würde einfach abdampfen, Obernstall Servus sagen und den Haberer-Mantel an den Haken hängen. Es gab keine andere Möglichkeit. Außer man würde ihn wegen Mordes anklagen.

Der *Fuchsbau* lag in der Fuchssiedlung auf einer kleinen Anhöhe. Die Kneipe hatte drei Räume, einen Barraum, einen Nebenraum und eine Art Spielzimmer. Dort standen ein Dart-Automat und ein Kickerkasten sowie ein mächtiger Eichentisch, auf dem gezockt wurde, vornehmlich Schafkopf. Vor dem Gebäude befand sich eine kleine mit Glasplatten überdachte Terrasse mit vier Tischen sowie ein kleiner Garten, in dessen Mitte eine mächtige, schattenspendende Linde prangte. Und unter ihr saß auf einem Stuhl Charlie Strohball.

Fritz Bibers Freude, seinen Kumpel zu sehen, hielt sich in Grenzen, schließlich hatte er den Wurstsalat und andere Gerichte vorzubereiten. Die Küche musste funktionieren, denn er war werktags allein und konnte den Schankbereich nicht allzu lange verlassen, sonst wären seine Gäste verdurstet.

Mit Schwung fuhr Biber auf den Parkplatz vor dem *Fuchsbau*. Auf den ersten Blick nahm er wahr, dass Strohball aussah, als hätten ihm die Hühner das Brot gestohlen. Fritz hatte aber keine Lust, den Seelentröster zu spielen und schützte gleich vor, dass er jede Menge Arbeit zu erledigen habe.

»Die hat mich enttarnt«, sagte Strohball und verzog den Mund. Dann holte er seine Packung West aus der Jackentasche und steckte sich eine Zigarette.

»Was? Wer? Diese Laura Endorfin?«, fragte Biber entsetzt zurück.

»Das ist ne Hexe, ich sage es dir«, entgegnete Strohball.

»Quatsch«, winkte Biber ab, sah aber, wie ernst es seinem eigentlich so furchtlosen Freund war. Dieser Draufgänger vor dem Herrn hatte Schiss vor einer angeblichen Hexe. Wäre die Lage nicht so prekär, hätte der Wirt einen Kübel Spott über Strohball gekippt. Aber so blieb ihm nichts anderes übrig, als sich die ganze Geschichte anzuhören. Sein Erstaunen wurde im Laufe der Schilderungen immer größer.

»Und zum Schluss sagt sie mir auf den Kopf zu, dass ich einer der Haberer bin.« Dann drückte Strohball seine Zigarette aus und steckte sich sofort die nächste an.

»Aber sie hat nur einen Verdacht, keinen Beweis«, beschwichtigte Biber. »Außerdem spricht mit der niemand.«

Wie falsch diese Aussage war, erfuhr Biber stehenden Fußes, denn es meldete sich sein Handy. Klingelton Polizeisirene.

»Sibylle, was gibt's?«

»Ganz kurz«, flüsterte die Polizistin. »Weinrich telefoniert gerade im Nebenzimmer. Der will mit mir zu dieser Laura Endorfin fahren. Jetzt.«

»Scheiße«, fluchte Biber und erzählte kurz von Strohballs Entlarvung. »Charlie soll sich sofort zu ihr aufmachen und ihr einschärfen, dass sie nichts der Polizei erzählt.« In diesem Moment hörte er, wie Weinrich im Hintergrund Sibylle zurief, er wolle losfahren. »Halt ihn hin! Unbedingt!« Dann beendete Sibylle das Telefonat.

»Charlie, so leid es mir tut, aber du musst noch einmal zu deiner Hexe, und zwar sofort, damit diese Laura Endorfin Weinrich nicht alles brühwarm erzählt!«, sagte Biber und klärte ihn über das Telefonat mit Sibylle auf. »Dafür bekommst du heute Abend Weißbier zum Abwinken.«

Aber Strohball schüttelte nur den Kopf. »Nee, zu der fahr ich nicht mehr. Da bringen mich keine zehn Pferde hin.«

»Dann sind wir am Arsch«, entgegnete Biber.
»Dann sind wir halt am Arsch«, meinte Strohball trotzig.

Sie war vom Auftreten her das Gegenteil von Weinrich. Ein feiner Mensch mit guten Umgangsformen, der jeden respektierte und dem Arroganz fremd war. Ihr Handdruck war weich, ihre Stimme sanft. Und doch fühlten sich alle Beamten der Polizeiinspektion Obernstall in ihrer Nähe auch kaum wohler, als wenn der Traunsteiner Kommissar anwesend war. Das lag am Blick von Natasha Polcek. Sie konnte den Menschen auf den Grund ihrer Seele sehen, das glaubte sie zumindest oder besser gesagt, den Eindruck hatten ihre Gesprächspartner.

»Sie sind die Profilerin?«, fragte Clemens Mesner, der Leiter der PI.

»Ich bevorzuge den Ausdruck Fallanalytikerin«, entgegnete Polcek. Was auf Männer ebenso irritierend wie ihr Röntgenblick wirkte, war ihre Attraktivität. Sie war eine klassische slawische Schönheit. Haare wie Weißgold, streng zu einem Zopf zusammengebunden. Runde Wangen, einen sinnlichen Kussmund und eine dezente Blässe, die ihr etwas Vornehmes verlieh. Außerdem kleidete sie sich geschmackvoll, nicht zu overdressed, um Polizisten in Uniform nicht zu düpieren, aber elegant und feminin.

»Ja natürlich. Profiler klingt so nach amerikanischer Krimiserie«, entgegnete Mesner, der mit jedem Wort unsicherer wurde.

»Schauen Sie gern Krimis?« Natasha Polcek blickte ihn ohne Emotionen an.

»Ja, nein, kommt darauf an. Also, die »Rosenheim Cops« finde ich schon gut«, sagte Mesner, der sogar eine Komparsenrolle in einer Folge gespielt hatte, einen Landstreicher.

»Wir sollten Realität und Fiktion nicht verwechseln«, konstatierte die Fallanalytikerin trocken.

»Natürlich, nein, klar, das sollten wir nicht«, stopselte Mesner herum.

»Können Sie mir Zugang zu allen Unterlagen über die Haberer

verschaffen? Das wäre sehr freundlich von Ihnen«, sagte Natasha Polcek mit sanfter Stimme.

»Aber freilich«, entgegnete Mesner, der einen seiner Untergebenen holte und ihn anwies, der Frau Analytikerin zu Diensten zu sein. Sogleich verschwanden die beiden. Mesner atmete durch, als sich die Bürotür von außen schloss.

In Fritz Biber brodelte es. Statt seine Kneipe aufzusperren, musste er einen Zettel an die Tür heften mit dem Verweis, dass es etwas später würde. Dabei hatte er Stammgäste, die um Punkt 18 Uhr bei ihm aufschlugen. Sie hatten den Spitznamen Waldorf und Statler, weil sie passionierte Grantler wie die beiden Alten in der »Muppet-Show« waren. Um sie nicht zu verprellen, wollte Biber ihnen ursprünglich Gläser und Weißbierflaschen in einer Kühltasche hinterlassen, damit sie sich selbst bedienen konnten. Doch Strohball bot sich an, den Laden bis dahin zu schmeißen. Biber nahm dankend an, aber Charlie musste ihm versprechen, nicht mehr als ein Weißbier zu trinken.

Auch wenn Charlie Schankkellner spielte, würde sich Biber später zweiteilen müssen, weil in der Küche noch nichts vorbereitet war. Aber er hatte keine Wahl. Er musste sofort zu Laura Endorfin fahren, wollte er nicht, dass diese Strohball bei Weinrich anschwärzte. Allerdings riskierte er seine eigene Enttarnung. Allem Anschein nach war diese moderne Hexe mit einer trefflichen Beobachtungsgabe und einem scharfen Verstand ausgestattet.

Es fiel ihm schwer, sich zu fokussieren, überhaupt einen klaren Gedanken zu fassen, zu voll war sein Kopf, zu sehr lasteten ihm die Ereignisse der letzten 48 Stunden auf der Seele. Als er den Blumenhügel zu Laura Endorfins Haus hinabstieg, hatte er keine zündende Idee, wie er die Hexe überreden könnte. Er verließ sich auf seine spontanen Rhetorikkünste und seine Menschenkenntnis.

Wie Strohball wenige Stunden vorher ging er über die feuchte, bunte Wiese, durchquerte das alte Holztor und klopfte an die Tür. Doch nichts rührte sich.

»Fritz Biber, dich habe ich erwartet.« Eine schneidende Stimme erklang hinter ihm.

Der Wirt drehte sich in aller Seelenruhe um.

»Servus Laura«, sagte er. Fritz duzte sie, weil sie gelegentlich in seiner Kneipe aufgetaucht war und er prinzipiell keinen seiner Gäste siezte. »Den Spruch sagst du zu jedem deiner Besucher, oder?«

»Nur zu denen, die ich namentlich kenne«, entgegnete Laura Endorfin amüsiert. »Wie kommst du darauf?«

»Um hierher zu kommen, muss man eigentlich vor dem alten Stadl oben am Feldweg parken. Ansonsten würde man den Weg versperren«, erklärte Biber. »Mir ist da doch glatt eine kleine Kamera aufgefallen.«

Nun lachte die Hausbesitzerin. »Gut beobachtet, Fritz.« Sie klatschte anerkennend in die Hände, wurde dann aber ernst. »Reine Vorsichtsmaßnahme. Mich haben vor einem Jahr ein paar betrunkene Jugendliche heimgesucht. Sie haben den Garten verwüstet, Scheiben eingeworfen und mir wollten sie einen Denkzettel verpassen. Aber ich habe mich im Bad eingesperrt, bis sie weg waren. Vandalen, dumme Jungs. Aber das sollte mir nicht noch einmal passieren.«

Biber nickte. Obwohl bei ihm schon zweimal eingebrochen worden war, verzichtete er bislang auf Überwachungskameras. »Der hübsche Nebeneffekt ist, dass du Neuankömmlinge so begrüßen kannst, als hättest du sie erwartet.«

»Genau. Dein Kumpel, dieser Strohkopf …«

»Strohball«, korrigierte Biber grinsend.

»Ich habe mich auf den Inhalt bezogen«, fuhr Laura Endorfin lächelnd fort. »Dein Strohkopf ist draufreingefallen. Der hatte vielleicht Schiss vor mir. Das sind mir schon die Richtigen! Kinder verprügeln, aber sich dann in die Hose machen, wenn man vor ihnen ein bisschen herumtanzt. Willst du einen Tee?«

Fritz Biber rang mit sich. Einerseits wollte er das Gespräch so kurz wie möglich halten, schließlich musste er seine Kneipe aufsperren. Außerdem konnte Weinrich jederzeit auftauchen. Andererseits war die Angelegenheit, die es zu regeln galt, nichts, was man zwischen Tür und Angel besprach.

Sie nahmen Sibylles Dienstwagen. Weinrich ließ sich gern von seiner Untergebenen herumkutschieren, schließlich kannte sie die Region besser als er. Außerdem konnte er sich so seinem Handy widmen und er simste und telefonierte auf Teufel komm raus. Sibylle nutzte seine Unachtsamkeit aus und fuhr von Bad Reichenhall auf die Autobahn.

»Ich dachte, das Haus dieser Endorfin liegt zwischen Inzell und Hammer an der Traun?«, fragte Weinrich plötzlich irritiert, als sie gerade auf die A8 einbogen.

»Ja, aber ich fahre lieber über die Autobahn. Zumindest im Sommer. Die vielen Touristen, die unterwegs sind, die Bauern mit ihren Traktoren, jede Menge Baustellen. So ist es zwar weiter, aber schneller, glauben Sie mir«, erklärte Sibylle ihren Umweg. Das war natürlich eine glatte Lüge. Bis sie bei Siegsdorf wieder von der A8 abfuhren, waren einige wertvolle Minuten verstrichen.

»Ach übrigens, Sie haben morgen ein Date«, sagte Weinrich, ohne von seinem Smartphone aufzuschauen.

»Und mit wem, wenn ich fragen darf?« Sibylle runzelte die Stirn.

»Mit Natasha Polcek, der Fallanalytikerin. Sie hat ein paar Fragen an Sie.« Kaum hatte Weinrich fertig gesprochen, meldete sich sein Handy. Diesmal war es nicht sein Schatzilein. »Ah, der Herr Dedric. Gibt's was Neues?«

Sibylle spitzte die Ohren. Der Privatdetektiv. Sie musste alles mitbekommen, was er Weinrich mitzuteilen hatte. Leider konnte sie nichts von dem verstehen, was Dedric sagte. Und Weinrich gab nur unwichtige Floskeln wie »ich verstehe« von sich. Dann beendete der Kommissar das Telefonat.

»Sie haben morgen noch ein Date. Goran Dedric will Sie sprechen. Den kennen Sie ja schon.«

›Scheiße, was will der Kerl von mir‹, schimpfte Sibylle innerlich. Die Fallanalytikerin kannte sie nicht, möglicherweise war auch sie gefährlich. Aber Dedric war eine Raubkatze, die geduldig auf ihr Opfer wartete und blitzschnell zuschlug.

»Warum soll ich als Polizistin mit einem Privatdetektiv reden? Das lehne ich ab!« Sibylle schaltete auf stur.

»Dann sind Sie von diesem Fall abgezogen und dürfen wieder Strafzettel schreiben«, entgegnete Weinrich trocken.

»Warum wollen Sie unbedingt mit diesem Kerl zusammenarbeiten?«, fragte Sibylle verärgert nach. »Polizeiarbeit geht einen Privatschnüffler doch nichts an.«

»Das ist korrekt«, stimmte Weinrich zu und spielte weiter mit seinem Handy herum. »Ich erzähle ihm nichts, was wir nicht auch der Presse mitteilen.« Dann wandte sich der Oberkommissar plötzlich Sibylle zu. »Aber wir haben denselben Gegner und dasselbe Ziel: diese Haberer dingfest zu machen. Warum soll ich auf seine Hilfe verzichten?«

»Ich finde es trotzdem nicht gut, einen Detektiv miteinzubeziehen«, sagte Sibylle trotzig. Ihr war aber klar, dass sie nicht darum herumkommen würde, Dedric Rede und Antwort zu stehen.

Sie musste sich auf beide Gespräche intensiv vorbereiten. Sich Antworten auf kompromittierende Fragen überlegen, Ausreden ausdenken, sich einfach rhetorisch wappnen für den Kampf.

In Hammer fuhr Sibylle auf die alte Seitenstraße an der Traun entlang. Einen weiteren Umweg konnte sie nicht machen, es wäre zu auffällig gewesen. Weinrich hatte auf dem Handy eine Beschreibung, wie man zu Laura Endorfins Haus kam.

»Wien«, stieß er verächtlich aus. »Was für ein Name für ein Kaff, wo es mehr Kühe als Menschen gibt.«

Sibylle bog in den Feldweg ein und rollte langsam dahin. Vor dem Stadl sah sie einen himmelblauen VW Touran und fluchte innerlich. Sie hatte versagt, Biber war noch bei Endorfin. Also fuhr sie einfach weiter, wurde jedoch von Weinrich gestoppt.

»Ich denke, wir müssen hier irgendwo raus. Bleiben Sie mal stehen«, kommandierte der Oberkommissar, der aus der Beschreibung auf seinem Handy-Display nicht ganz klug wurde.

»Hier? Mitten auf dem Feldweg?«, fragte Sibylle unschuldig.

Weinrich schaute sie herablassend an. »Wir sind die Polizei. Wir dürfen überall parken. Merken Sie sich das. Und wenn ein Bauer daherkommt, soll er außen herumfahren oder warten.« Dann stieg der Kommissar aus, drückte erst einmal sein Kreuz durch und streckte sich. Er war offensichtlich nicht ausgeschlafen. Ob daran der Fall oder sein Schatzilein schuld war, konnte Sibylle nicht beurteilen. Allerdings ging sie jetzt in die Offensive.

»Wir müssen da runter?«, meinte sie halb fragend, halb feststellend. Dann eilte sie den Hang hinab. Sollte Biber sie sehen, könnte er sich eventuell noch ins Haus flüchten.

»Rennen Sie doch nicht so!«, rief Weinrich ihr hinterher.

Seinem Wunsch entsprach Sibylle prompt, denn niemand war zu sehen. So gingen die beiden Polizisten im Gleichschritt zum alten Hexenhaus, allerdings schimpfte Weinrich unablässig, denn die feuchte Wiese ruinierte ihm die italienischen Slipper. Als die beiden vor der Tür standen und klopften, spielte sich ein bekanntes Szenario ab.

Kaum, dass sich die Polizisten zum Gehen abwandten, tauchte Laura Endorfin seitlich auf und ließ ihren bekannten Satz vom Stapel. »Harald Weinrich und Sibylle Schwinghammer, ich habe euch schon erwartet.«

Der Kommissar war verblüfft, ließ sich jedoch nichts anmerken. »Sie sind ja echt eine Hexe«, sagte er spitz.

Laura Endorfin kniff die Augen zusammen und murmelte etwas Unverständliches, bis sie schließlich antwortete. »Und ihresgleichen würde mich immer noch gern verbrennen. Was wollen Sie von mir?«

»Mit Ihnen über Manfred Lupolenz reden«, entgegnete Weinrich sanft. Er wollte nicht auf Konfrontation gehen, denn er spürte, dass Laura Endorfin keine einfache Gesprächspartnerin war. Auf jeden Fall nicht von dem Schlag Kleinstädter oder Dörfler, den man mit ein bisschen Kripogeprotze über den Tisch ziehen konnte. »Dürfen wir hereinkommen?«, fragte er schließlich höflich.

Laura Endorfin trat an die nicht verschlossene Tür, öffnete sie und bat ihre Gäste mit einer einladenden Armbewegung herein. Sibylle hatte ein mulmiges Gefühl. Welche Ausrede würde ihnen Fritz Biber auftischen, wenn er im Wohnzimmer saß? Und würde Laura Endorfin Charlie verraten und möglicherweise auch noch Fritz? Denn sie konnte wohl eins und eins zusammenzählen.

11

Fritz Biber war in den Holzverschlag hinter dem Haus geflüchtet. Dort befand sich die Hexenküche, dort produzierte Laura Endorfin ihre Salben und Cremes und auch ihre Schlaftabletten. Damit verstieß sie zwar gegen zahlreiche Gesetze, aber ihr war es egal und ihrer Klientel auch. In einer Mischung aus Amüsement und Bewunderung betrachtete er all die Mörser und Töpfe, die Reagenzgläser und Pipetten, die Kolben und Trichter. Die Regalwände quollen über von Behältnissen voller Kräuter, getrockneter Blumen und großen Bottichen voller Fette und Öle.

Zu längeren Betrachtungen hatte er jedoch keine Zeit, denn sein Handy meldete sich. Die Hausherrin hatte ihm eine SMS geschickt als Zeichen, dass die Luft rein und die Polizisten im Haus seien. Biber konnte sich endlich vom Acker machen. Allerdings war das Gelände sehr schwierig. Er musste durch Dickicht die steile Anhöhe hinauf zum Feldweg. So krabbelte er mehr auf allen Vieren, aber Haltungsnoten waren bei diesem Anstieg nicht zu vergeben. Biber schnaufte kräftig durch, als er oben angekommen war, und ging dann schnellen Schrittes zu seinem Wagen. Seine Kneipe wartete auf ihn.

Kaum war Biber auf seinen Parkplatz vor der Kneipe vorgefahren und ausgestiegen, hörte er donnerndes Gelächter aus dem *Fuchsbau.* Strohball unterhielt Waldorf und Statler mit einer Zote nach der anderen. Selten hatte Fritz Biber seine grantigen Alten so belustigt gesehen. Natürlich hatte sich Strohball schon das dritte Weizen eingeschenkt. Das erklärte seine gute Laune aber nur teilweise. Charlie war eine Frohnatur, ein Mensch, der mit der Sonne im Gesicht zur Welt gekommen war.

»Danke, dass du so schön ausgeholfen hast«, donnerte Fritz Biber mit seinem mächtigen Bass.

»Und du? Hat alles hingehaut?«, fragte Waldorf lachend.

»Tröpfelt's noch oder strahlt's schon wieder?«, feixte Statler.

Biber wusste nicht, was die beiden meinten.

»Kannst es schon zugeben«, sagte Waldorf, »der Charlie hat's uns erzählt.«

Biber hob die buschige linke Augenbraue und drückte so das rechte Auge halb zu. »Und was hat er euch erzählt?«

»Dass du bei der Tröpfcheninspektion warst, bei der Prostatavorsorge, weil's nimmer so läuft bei dir«, klärte ihn Statler amüsiert auf.

»Ein Freund von mir konnte 13 Weizenbiere trinken, ohne einmal auf den Topf zu gehen. Das hat der gemacht, um so richtig Druck aufm Kessel zu haben. Im ersten Stock hat nämlich seine Ex gewohnt. Und der hat er dann aus dem Stand von der Terrasse auf den Balkon gepisst. Voll in die Blumentöpfe.« Charlie Strohball ließ noch ein paar Anekdötchen von zweifelhaftem Wahrheitsgehalt los, bis ihn Biber hinter der Theke verscheuchte.

»Keine Angst, die hält dicht«, raunte er ihm noch beim Vorbeigehen ins Ohr.

Es war ein ruhiger Sommerabend im *Fuchsbau*. Vier Tische draußen waren belegt, ein paar versprengte Gestalten saßen an der Theke und schauten das abendliche Sportprogramm. Nach 22 Uhr bat Biber die Gäste allmählich herein. Rund die Hälfte von ihnen zahlte ihre Zeche, die anderen gingen ohne großes Murren in die Kneipe. Es wurde auch bereits frisch draußen.

Zur späten Stunde aber kamen noch ein paar Gäste, darunter für Fritz Biber zumindest eine große Überraschung. Gegen 23 Uhr trudelte nämlich Luis Arlberger ein und pflanzte sich an die Theke. Der Drucker orderte ein Pale Ale. Er sah ein wenig nach Frank Zappa aus, hatte einen schwarzen Pferdeschwanz, einen Schnauzer und das passende punktförmige Bärtchen am Kinn.

»Biber, mal unter uns«, raunte er, als ihm der Wirt sein Getränk auf den Bierfilz stellte, »was hastn wirklich beim Lupolenz gesucht gestern?«

»Das hab ich der Polizei und allen anderen auch gesagt. Der Schorsch Eberl hat gemeint, der Lupolenz würde vor der Tür schlafen. Und das ist mir komisch vorgekommen, also habe ich nachgeschaut.« Biber war irritiert. Warum stellte ihm Arlberger diese Fragen?

»Jaja, das glaube ich dir.« Arlberger nahm einen kräftigen Schluck von seinem Pale Ale. »Aber was macht'n so eine Nachteule wie du so früh auf?« Fast schon provokant grinste er Biber an.

›Luis, das geht dich einen Scheißdreck an‹, hätte Biber natürlich am liebsten geantwortet, er wusste aber, dass ihn solche derben Sprüche nur verdächtig machen würden. Es musste immer eine plausible Erklärung präsentiert werden. Das Märchen vom Frühsport mit der Bürgermeisterin brauchte er allerdings Arlberger nicht auftischen.

»Charlie musste kurzfristig wieder nach München und da bin ich solidarisch mit ihr aufgestanden«, log Biber. Seine vorgeschobene Geliebte, die ein Zimmer weiter nächtigte, taugte allemal als Ausrede. Arlberger grinste wissend, bohrte aber nicht weiter nach. Deshalb widmete sich Biber seinen anderen Gästen. Auch Jo Deister war da. Er saß wie so oft allein am Tresen, trank ein Helles nach dem anderen und ging zweimal in der Stunde zum Rauchen hinaus. Ansonsten versäumte er keine Gelegenheit, gebetsmühlenartig zu wiederholen, welche Angst sein Chef vor den Haberfeldtreibern gehabt habe.

Ungefähr eine halbe Stunde vor Mitternacht tauchte Charlie Strohball auf. Er war brav zum Abendessen nach Hause gefahren, hatte dann gewartet, bis seine Frau tief eingeschlafen war, und sich davongestohlen. Das Trio musste heute noch eine Lagebesprechung machen. Und die ließ sich mit ein paar Weißbier besser durchführen. Also setzte er sich an die Theke.

»Der Strohball, der oide Preiß ist auch da«, begrüßte ihn Arlberger mit seiner rauchigen Stimme.

»Und wer bist du gleich wieder?« Strohball schaute seinen Sitznachbarn fragend an. Er kannte ihn vom Sehen und von dem einen oder anderen Smalltalk, hatte aber keinen Namen parat.

Arlberger stellte sich vor und die beiden kamen ins Gespräch.

»Ich arbeite als Drucker bei Chiemgau Druck Traunstein. Und du? Du bist doch Boxweltmeister gewesen, oder?« Arlberger spitzte Charlie an, der gern mit seinen sportlichen Erfolgen prahlte. Als Boxweltmeister bezeichneten ihn alle im Fitnessstudio.

»Ich war mit 18 bei den Deutschen Meisterschaften und hab's bis ins Finale geschafft. Dann hatte ich diesen Wahnsinnsunfall. Und aus war's mit Boxen.« Strohball zog sein T-Shirt hoch. Ein Loch klaffte in der prallen Muskulatur seines rechten Oberarms. »Der Arm war halb abgerissen. Da haust du keinen Profi mehr um damit.«

In diesem Moment ging die Tür auf und Bibers Überraschungsgast kam herein. Laura Endorfin ging selbstbewusst und mit einer perfekten Yogahaltung durch den Barraum. Strohball zuckte zusammen, als er die Hexe sah, die ihm so Angst eingejagt hatte. Und er drehte sich sofort weg. Auch Laura Endorfin würdigte ihn keines Blickes. Sie setzte sich in angemessenem Abstand zu ihm und Arlberger auf den Hocker ganz am Ende des Tresens.

»Gibt es in diesem Etablissement auch etwas anderes als Bier?«, fragte sie Biber spitz. Tatsächlich befanden sich zu diesem Zeitpunkt noch acht Gäste im Lokal, alle männlich, alle tranken das bayerische Nationalgetränk.

Grinsend legte ihr Biber seine Speisekarte vor, die Endorfin aufmerksam studierte. »Interessante Zeichnungen«, sagte sie anerkennend. Tatsächlich hatte ihm die Karte Lena Stolze entworfen, eine talentierte Künstlerin, die auch schon bedient hatte. »Und interessante Weine. Ich nehme den *Brunello.*« Das war der mit Abstand teuerste Wein im Sortiment der Kneipe.

»Gute Wahl«, kommentierte der Wirt und holte eine Flasche aus dem Keller. Laura Endorfin saß kerzengerade auf dem Hocker. Sie blickte zu Strohball hinüber, der ihr allerdings den Rücken zukehrte. Er war in das Gespräch mit Arlberger vertieft.

»Nachdem sie mich aus dem Krankenhaus entlassen hatten, habe ich das Darten begonnen. Ich meine, richtig professionell begonnen. Ich habe in meiner Kindheit schon Pfeile versenkt ohne Ende.« Strohball war in seinem Element.

»Und dann bist du gleich Weltmeister geworden«, lachte Arlberger.

»Nein, aber ich habe Bundesliga gespielt. In Lüneburg. Und da hat man mich als kommenden Weltmeister bezeichnet«, berichtigte Strohball.

»Und warum hat's nicht geklappt? Hast diesmal einen Unfall mit den Wurffingern gehabt?«, feixte Arlberger.

»Nein, ich habe meine Frau kennengelernt«, entgegnete Strohball ernst und zischte sein erstes Weißbier weg.

»Das ist ja echt ein heftiger Unfall«, lachte der Drucker.

»Bis zu acht Stunden am Tag trainieren, jedes Wochenende auf Turnieren unterwegs, das hält keine Beziehung aus«, erklärte der Haberer und orderte ein neues Bier.

»Dann will ich mal schauen, was vom verhinderten Weltmeister noch übrig ist«, sagte Arlberger und forderte Strohball zu einer Partie. Im Spielzimmer des *Fuchsbaus* stand ein Soft-Dart-Automat. Sogleich gingen die beiden nach nebenan, gefolgt von ein paar Schaulustigen.

»Lass ihn dir munden«, sagte Biber, als er Laura das Glas *Brunello* hinstellte. Allein die tiefe Rubinröte war beeindruckend. Die vermeintliche Hexe nahm einen Schluck, wiegte ihn im Mund hin und her und nickte dann anerkennend. »Ich trinke normalerweise keinen Alkohol«, sagte sie fast entschuldigend.

»Jeder hat so seine Fehler«, meinte Biber lächelnd. Er schenkte sich ein Achterl vom *Brunello* ein und genoss mit der Nase das Bouquet.

»Aber wenn ich schon mal weg bin, was selten genug vorkommt, dann darf ich auch mal sündigen«, fuhr Laura Endorfin fort.

»Was führt dich denn zu mir?« Biber beugte sich zu ihr vor und senkte seine Stimme.

»Keine Angst«, beschwichtigte sie ihn sofort. »Von dir und Strohball habe ich nichts erzählt. Mir ist nur noch etwas eingefallen.«

»Um was wollen wir spielen?« Breitbeinig stand Arlberger mit drei roten Dart-Pfeilen da. »Umsonst ist der Tod und der kostet das Leben.«

»Wie wär's mit deiner Uhr? Schönes Teil.« Strohball hatte sich auf Antiquitäten spezialisiert, handelte aber auch mit hochpreisigen Uhren und hatte einen Blick dafür entwickelt.

»Die stammt nicht aus dem Kaugummiautomaten, Strohball«, entgegnete Arlberger. »Ein altes Erbstück von meinem Opa, die kann ich nicht hergeben.« Dann zückte er seine Geldbörse und legte einen 200-Euro-Schein auf den massiven Eichentisch, auf dem auch gern Schafkopf gespielt wurde. »Reicht das, Weltmeister?«

Strohball fixierte seinen Gegner, nahm seine Brieftasche und zog zwei Hunderter heraus. »Wenn's nicht mehr ist. Um so viel haben wir ja schon im Kindergarten gespielt.«

Sie spielten Double-In, Double-Out, Arlberger begann. Tatsächlich erwischte er mit seinem ersten Wurf die Doppel-19 und machte mit einmal 20 und einmal 14 weiter.

»Baumwollpapier. Der Manfred hat sich über Baumwollpapier gewundert, das er mit diesen Farbeimern und den Silberfäden gefunden hatte. Und das alles hat ihn stutzig gemacht«, berichtete Laura Endorfin.

»Und warum? Ich weiß nicht, wie das alles zusammenpasst«, gab Biber zu.

»Ich auch nicht. Wie gesagt, Manfred kam etwas äußerst suspekt vor und wollte zur Polizei gehen. Er wollte mir nichts Genaueres sagen, weil er keinen falschen Verdacht aussprechen wollte. Soweit ich weiß, hatte er vor, sich mit einem vom Labor noch kurzzuschließen und die Sache zu besprechen.«

»Und mit wem?«, fragte Biber nach.

Laura zuckte jedoch nur mit den Schultern. »Ich hoffe, ihr findet die Mistkerle, die Manfred umgebracht haben. Ihr oder die Polizei.« Wie auf Bestellung öffnete sich die Tür und die Frauenquote wurde verdoppelt. Sibylle Schwinghammer kam in Camouflage-

Shorts und einem ausgewaschenen T-Shirt der *Violent Femmes* herein. Biber sah auf den ersten Blick, dass etwas nicht in Ordnung war.

»Setzen Sie sich doch zu mir«, forderte sie Laura auf. Eher widerwillig nahm Sibylle Platz. »Sie bedrückt etwas!«, stellte Laura fest. Man musste allerdings nicht Psychologie studiert haben oder im Rufe einer modernen Hexe stehen, um zu erkennen, dass die Polizistin geweint hatte.

»Liebeskummer«, gab Sibylle unumwunden zu. »Aber ich will nicht darüber reden.«

»Ich hoffe, du hast noch Geld für die Revanche dabei«, stichelte Arlberger. Er war ein geübter Spieler, der jahrelang für ein Pub in Berchtesgaden bei der Dart-Sport-Liga BGL mitgemacht und manch regionales Turnier gewonnen hatte. Dementsprechend lag sein Zählerstand bei 45 Punkten. Mit dem nächsten Wurf würde er ausmachen, da war er sich sicher.

»Nicht so schnell mit den jungen Pferden«, entgegnete Strohball, der noch 109 Punkte zu werfen hatte. Dann nahm er den ersten Pfeil, konzentrierte sich und traf die 9. Der zweite Dart landete in der Triple 20. Arlberger verging das Feixen.

»Ich glaub, ich spinne«, sagte Jo Deister. Er und Kalle Bräuer waren noch mit in das Spielzimmer gegangen. Sie wollten den Kampf der Giganten nicht verpassen.

»Ruhe jetzt«, kommandierte Charlie Strohball. Und es wurde mucksmäuschenstill, sodass man sogar noch Zigarettenasche hätte fallen hören. Alle starrten gebannt auf den Dart-Automaten.

Strohball atmete tief durch, drückte ein Auge leicht zu und versenkte den letzten Dart in der Doppel 20. Deister und Bräuer applaudierten und ließen Respektsbekundungen vom Stapel.

Strohball machte kurz eine Siegerfaust. »Na, geht doch«, sagte er mehr zu sich. Dann grinste er seinen geschlagenen Gegner an. »Haste noch Kohle für die Revanche?« Sogleich griff er sich den Schein von Arlberger und hielt ihn gegen das Licht. »Ich hoffe, der ist echt«, scherzte er.

»Dusel«, fluchte Arlberger, »das war nichts als Dusel.« Daraufhin nahm er 400 Euro aus seiner Geldbörse und blätterte die Scheine auf den Tisch. »Ich verdopple den Einsatz. Hast du Eier in der Hose?«

»Jetzt muss ich dich aber schon fragen, warum du eigentlich wieder zurückgekommen bist? Und dann auch noch in so einer Einöde wohnst?« Biber goss sich ein weiteres Achterl von dem *Brunello* ein und blickte Laura Endorfin gespannt an.

»Das ist eine lange Geschichte. Und eine traurige«, seufzte die Einsiedlerin.

»Wenn du sie nicht erzählen magst, kein Problem«, entgegnete Biber.

Laura Endorfin zog ihre weiße Bluse ein wenig hinunter, sodass man ihren ebenso weißen BH sah. Doch dieser stach keinem der beiden Zuschauer ins Auge, dafür eine lange, fleischige Narbe. »Die geht runter bis zum Nabel«, erklärte Laura Endorfin. »Stammt von einer Machete. Mein Mann und ich, wir waren segeln in Indonesien. Das Meer ist einfach herrlich dort. Dazu diese Korallenbänke.« Kurz versiegte ihre Stimme, dann fasste sie sich wieder. »Vor Osttimor haben uns Piraten überfallen. Sie kamen mit einem wahnsinnig schnellen Motorboot. Jeder ein Schnellfeuergewehr im Anschlag. Wir konnten kaum reagieren, schon hatten sie das Schiff geentert. Sie schrien etwas, das wir nicht verstanden. Obwohl wir die Hände hoben und keinerlei Widerstand leisteten, haben sie Herbert erschossen. Vor meinen Augen. Dann haben sie ihn gepackt und den Haien zum Fraß vorgeworfen. Mich hingegen haben sie gefangengenommen und verschleppt. Irgendwohin in den Dschungel von Osttimor.« Laura stockte. Sie musste erst einmal tief Atem holen, bevor sie weitererzählen konnte.

»Ich wurde in einen Käfig aus Bambusrohren gesteckt. Zu essen bekam ich Abfälle, zu trinken Dreckbrühe. Was man sonst noch mit mir gemacht hat, möchte ich für mich behalten.«

Das war auch nicht nötig, Fritz und Sibylle konnten sich ihr Martyrium ausmalen.

»Sie haben 1 Million Euro Lösegeld verlangt, aber der deutsche Staat hat nicht gezahlt. Vier Wochen war ich der Gewalt der Entführer. Immer wieder haben sie gedroht, mir den Kopf mit einer Machete abzuschneiden.« Laura seufzte und nahm einen Schluck Rotwein. »Aber irgendwann wirst du stumpf, irgendwann hört die Angst auf. Und dann kommt der Moment, da entwickelst du ein eigenes Sensorium.«

Fritz und Sibylle sahen sich an. »Wie meinst du das?«, fragte der Wirt.

Laura lachte kurz auf. »Ihr werdet das dumm oder esoterisch finden, aber ich begriff plötzlich die Sprache der Tiere. Ich meine nicht, dass ich Worte von ihnen verstehen konnte, doch plötzlich war ein Band zwischen ihnen und mir. Und als eines Abends eine der beiden Wachen kam, um mir das zu bringen, was sie Essen nannten, befahl ich einer Schlange, ihn zu beißen. Das Gift wirkte schnell und tödlich. Er fiel vor dem Käfig auf den Boden, sodass ich an die Schlüssel kam. Auf diese Weise konnte ich meinem Gefängnis entfliehen. Ich lief in der Nacht, so schnell ich konnte. Doch ich war nicht auf mich allein gestellt. Ich weiß, viele schütteln den Kopf oder belächeln mich, aber es ist so: Der Dschungel hat mir den Weg gewiesen. Am nächsten Morgen bin ich in ein etwas größeres Dorf gekommen, wo man mich gepflegt hat. Später wurde ich in die Hauptstadt nach Dili gebracht.«

Betretenes Schweigen machte sich breit. Im Barraum war lediglich das Trio übriggeblieben und Fritz und Sibylle fiel nach dieser dramatischen Geschichte nichts ein.

»Ich habe seither nicht mehr in die Gemeinschaft der Menschen zurückgefunden«, gestand Laura Endorfin. »Aber Pflanzen und Tiere kommunizieren mit mir. Deshalb fühle ich mich in diesem verlassenen Hexenhäuschen so wohl. Inmitten all der Kräuter, der schwirrenden Insekten, der duftenden Blumen. Sie sind meine Gesellschaft.«

»Aber gelegentlich ein kleines Weinchen mit ein paar netten Menschen kann nicht schaden«, sagte Biber und erhob sein Glas.

Wie viele Menschen, die gern und regelmäßig tranken, benutzte er die Verkleinerungsform: Bierchen, Weinchen, Schnapserl.

»Täusch dich nicht, Fritz, wie viele Menschen täglich zu mir kommen«, entgegnete Laura Endorfin. »Viele schätzen mich als Ratgeberin, Zuhörerin und vor allem als Heilkundlerin. Ich habe für alle eine passende Salbe, Creme oder manchmal auch den passenden Trank.« Dann wandte sie sich an Sibylle. »Und alles legal, keine Angst.« Das entsprach zwar nicht der Wahrheit, die Polizistin interessierte sich aber im Moment nicht dafür, ob irgendwelche Naturmedikamente dem Reinheitsgebot entsprachen.

Plötzlich hatte Biber eine Eingebung. »Soso, du braust auch Tränke. Da hätte ich doch glatt ein Anliegen.«

Im Nebenzimmer war die Stimmung umgeschlagen. Arlberger hatte auch die zweite Partie verloren. Zwischendurch war er eine rauchen gegangen. Strohball war sich allerdings sicher, dass die Zigarette nicht nur aus Tabak bestand. ›Soll er kiffen‹, dachte sich Charlie, ›die Flitzpiepe schlägt mich nie.‹

Die Schar der Zuschauer war mittlerweile auf vier angewachsen, da zwei späte Gäste gleich in das Nebenzimmer gegangen waren, angelockt von dem Spektakel. Sogleich wurden Wetten abgeschlossen, schließlich waren beide Kontrahenten als exzellente Dart-Spieler bekannt.

Arlberger stand breitbeinig vor Strohball. Er schwitzte nicht, er hatte keinen roten Kopf und zeigte keinerlei Zeichen von Anspannung.

»Das waren die beiden Mädchenrunden, jetzt ziehen wir die Samthandschuhe aus und spielen wie Erwachsene. Oder hast du die Hosen voll?« Überlegen lächelte der Drucker seinen Gegner an.

»Schatzilein, dich stecke ich noch mit einem Kasten Weißbier im Schädel in die Tasche«, entgegnete Strohball selbstsicher.

»Dann verdoppeln wir nochmal den Einsatz.« Arlberger zückte wieder seine Geldbörse und fächerte 800 Euro auf dem Tisch auf. Strohball legte die bisher gewonnene Summe daneben, dann verabschiedete er sich aufs Klo. Die drei Weißbiere mussten wieder heraus, außerdem wusch er sich das Gesicht mit kaltem Wasser – in der Toilette des *Fuchsbaus* gab es auch gar kein warmes – und sammelte sich. Arlberger war ein starker Gegner, der ihm alles abverlangte. Er musste auf der Hut sein. Auch wenn er Lust dazu hatte, er würde er auf das vierte Weißbier verzichten. Das sollte sein Siegertrunk sein. Aber jetzt musste er einen klaren Kopf behalten. Charlie straffte sich und ging zurück in den Nebenraum.

»Ladys«, sagte Arlberger, »jetzt zeige ich euch, wer der echte Weltmeister und wer der verhinderte ist.«

»Dann klopf mal keine Sprüche, sondern wirf.« Strohball war vom Getue seines Kontrahenten ein wenig genervt, auch wenn er wusste, dass diese kleinen Sticheleien irgendwie dazugehörten.

»Wie wär's mit einem besonderen Spielchen? Bull Eye in und Bull Eye out?«, schlug Arlberger vor.

›Ausgerechnet das Bull Eye‹, fluchte Strohball innerlich, das war seine Schwäche. Kneifen konnte er aber nicht. »Das Spiel gibt's doch gar nicht in dem Kasten.«

»Egal, dann zählen wir halt mit Stift und Zettel.« Der Drucker ging zum Automaten und steckte ihn kurzerhand aus. Sogleich erloschen alle Lichter. »Und? Doch die Hosen voll?«

Strohball blies nur verächtlich aus und deutete Arlberger mit einer Geste an, er möge beginnen. »Ladys first.«

»Einen Liebestrank?« Die beiden Frauen stutzten. »Den hast du nötig?«

»Nein, den brauche ich für jemand anderen«, wehrte Fritz ab, der sich natürlich in seiner Männlichkeit herausgefordert fühlte.

»Vielleicht bräuchte ich den auch«, hob plötzlich Sibylle an. »Auch für eine andere Person.« Dann blickte sie niedergeschlagen auf die Theke und nahm einen Schluck Bionade mit Holundergeschmack. Ihr war nicht nach Alkohol zumute.

»Wollen Sie nicht darüber reden«, fragte Laura vorsichtig.

»Mein Freund …«, die Worte kamen zögerlich über ihre Lippen,

»mein Freund will eine Auszeit. Die Distanz München–Obernstall sei ihm zu viel. Ihm gehe das Landleben auf den Wecker und so weiter.«

»Wenn Sie mal reden möchten, kommen Sie einfach vorbei«, bot Laura Endorfin an. Sanft strich sie der Polizistin dabei über die Hand. Man verstand sich auch ohne Worte.

Mit der Ruhe und Sanftheit war es jedoch plötzlich vorbei. Von draußen erklangen aufgeregte Stimmen und mit einem Knall öffnete sich die Tür. Charlie Strohball polterte herein, die Stirn in Furchen gelegt und die Mundwinkel nach unten gezogen. »Nein, es reicht«, sagte er laut und grantig. Jeder, der ihn halbwegs kannte, wusste, dass nichts mehr zu machen war, wenn Strohball solche Töne anschlug. Er war sichtbar erregt.

»Komm, du musst mir noch eine Chance geben«, forderte Arlberger brummend. »Das waren zwei Mädchenrunden, eine Frauenrunde und jetzt gibt's eine für echte Männer.«

»Ich spiele nicht für 1600 Euro. Aus Amen.« Charlie setzte sich an die Theke und orderte sein Weißbier. Er hatte Durst und sein Siegerbier wollte er jetzt genießen. Ohne Stress, ohne Ärger.

»Ich hab's doch gewusst, dass du keine Eier hast«, giftete Arlberger. Kaum hatte er seinen Satz beendet, spürte er eine Schraubzwinge um den Hals. Blitzschnell hatte Strohball den Drucker an der Gurgel gepackt und an die Wand gedrückt.

»Dich windiges Handtuch falte ich mit dem kleinen Finger noch zusammen. Und wenn du mir heute noch einmal blöd mit Lady-Gequatsche und Eiergedöns kommst, dann fängst du ein paar, dass du bis nach Hause dreimal aufspringst.« Der heisere Tonfall und die wild funkelnden Augen von Charlie machten Arlberger klar, wie ernst diese Drohung gemeint war.

Fritz Biber wollte sofort einschreiten, doch Charlie ließ Arlberger bereits los und setzte sich zu seinem Weißbier.

»Reg dich ab, Mann«, brummte Arlberger, nahm auf dem Hocker daneben Platz und bestellte sich noch ein Pale Ale. »Du bist gut, keine Frage, aber beim nächsten Mal ziehe ich dich ab.«

»Träum weiter«, sagte Strohball. »Morgen kannst du deine Revanche haben. Aber wir spielen um Hunderter.«

12

Eigentlich kannte Fritz Biber keine Sperrstunde. Zu den Highlights für alle Gäste zählte es sogar, wenn der Wirt zur späten Stunde noch zu einem seiner Leib- und Magenbücher griff und mit seiner kräftigen Stimme Texte rezitierte. Hoch im Kurs standen die Gedichte von Robert Gernhardt, literarisch-amüsante Evergreens für jedes Alter und jeden Nüchternheitszustand. Aber auch Essays und Auszüge aus »An den Küsten des Lichts« von Peter Bamm, einem heute eher in Vergessenheit geratenen Schriftsteller, deklamierte der Wirt mit seinem donnernden Bass.

An diesem Abend aber warf er ziemlich nonchalant seine Gäste hinaus. Arlberger drohte Strohball an, er werde am nächsten Tag sein Waterloo erleben, und verließ die Kneipe mit einer leichten Schlagseite.

»Besuch mich bald mal wieder. Dein Trank steht morgen zur Abholung bereit«, raunte Laura Endorfin Fritz zum Abschied ins Ohr. Dann gab sie Biber noch ein Wangenküsschen links und rechts, bevor sie in der Dunkelheit verschwand. Auch Strohball ging hinaus, um nicht aufzufallen. Er schlich, genau genommen er torkelte draußen ein wenig herum, bevor er zur Hintertür kam, wo ihn Sibylle und Fritz schon erwarteten.

Der Hausherr bat beide in sein Wohnzimmer. Auf einen Absacker und eine kurze Lagebesprechung.

»Aber wirklich nur kurz«, gähnte die Polizistin. Sie ließ sich auf das Sofa fallen, die Augen schon leicht gerötet. »Ich bin hundemüde und habe morgen einen verdammt harten Tag.« Dann berichtete sie den beiden, dass sie fit sein müsse für die Gespräche mit Dedric und der Fallanalytikerin.

»Der Detektiv hat dich auf dem Kieker«, sagte Biber und erzählte von dem belauschten Gespräch.

»Mist«, schimpfte Sibylle. »Das hat mir noch gefehlt.«

»Ich habe da eine Idee.« Der Wirt wiegte seinen Kopf hin und her. »Sie ist nicht sehr nett, könnte uns aber zumindest Zeit verschaffen.« Kurz umriss er seinen Plan, aber Sibylle lehnte ihn rundweg ab.

»Niemals, das kann ich nicht machen«, meinte sie empört.

»Schlaf erst einmal eine Nacht drüber«, entgegnete Biber. Er hatte sich den Rest des *Brunello* mitgenommen und goss ihn in ein frisches Glas.

Strohball war bei seinem sechsten Weißbier angelangt und hatte allmählich einen Zungenschlag. »Diesem Haubentaucher hab ich's gezeigt, wo der Barthel den Most holt«, jubelte er freudestrahlend und stolz, weil er das bairische Idiom schon ein wenig beherrschte.

Biber stutzte. »Aber sag mal, wie kommt einer wie der Arlberger dazu, mit so einer Menge Cash in der Hose rumzulaufen?«

»Keine Ahnung. Und die Uhr. Mein lieber Herrengesangsverein. Das war eine *Patek Philippe Nautilus* aus Weißgold.« Strohball fachsimpelte noch ein wenig über das Uhrwerk, die Verarbeitung, was die anderen beiden aber nicht interessierte.

»Was ist die wert?«, wollte Fritz wissen.

»Irgendwo zwischen 15000 und 20000. Um die hätte er spielen sollen …«

Biber hörte nicht mehr weiter zu. In ihm formierte sich eine Idee.

»Leute, hört mir mal zu.«

Strohball ließ sich ungern bremsen, hielt aber wirklich kurz den Mund, und Sibylle stöhnte, setzte sich aber auf, um nicht einzuschlafen.

»Wir wissen, dass Lupolenz seltsames Papier, Farbeimer und Silberfäden gefunden hat und glaubte, einem Verbrechen auf die Spur gekommen zu sein. Wo aber könnte er die entdeckt haben?«

»Sag's einfach«, bat Sibylle müde.

»In der Firma kaum«, fuhr Fritz fort. »Aber wir wissen, dass er gern die Mülltonnen der Nachbarn durchwühlte, um nachzuschauen, ob sie ihren Müll auch ordentlich getrennt haben.«

»War schon ein schräger Vogel.« Strohball schüttelte lachend den Kopf.

»Und wer ist einer der Nachbarn? Luis Arlberger, der eine Uhr trägt, die er sich als einfacher Drucker nie im Leben leisten kann und der mit den dicken Scheinen rumwedelt.«

»Überzeugt mich noch nicht«, wandte Sibylle ein. »Das Geld könnte er geerbt haben. Und Nachbarn gibt's einige.«

»Nein, bestenfalls fünf«, hielt Biber dagegen. »Außer man rechnet die ganze Straße hinzu, dann sind es neun.«

»Reicht immer noch nicht für einen Haftbefehl«, sagte Sibylle trotzig. Sie wollte nur noch ins Bett.

»Einen Trumpf habe ich noch im Ärmel. Unsere Mörder haben das Haberer-Zeichen exakt nachgeahmt und auch die gleiche Farbe benutzt. Dafür muss man sich mit Farben und Druckformen auskennen.«

In Erwartung großen Zuspruchs und Lobs für seine scharfsinnigen Beobachtungen blickte Biber in die Runde. Sibylle aber hatte der Schlaf übermannt und Strohball hatte ein lustiges Video auf das Handy bekommen, über das er sich köstlich amüsierte. »Hammer! Schau dir diese Dinger an! Geil«, rief er lachend aus.

»Bestimmt sehr lustig«, seufzte Biber.

Wenn Fritz Biber schlief, bekamen das auch die Nachbarn mit, zumindest im Sommer, so laut schnarchte er. In dieser Nacht aber gab es längere Ruhepausen zwischen den Sägephasen, zu unruhig war sein Schlaf, zu sehr plagten ihn tausend Gedanken und Probleme. Als er gegen halb 9 Uhr aufstand, was nicht seinem Bio-Rhythmus entsprach, bedurfte es einer Kanne Espresso, um ihn halbwegs wach zu machen.

Er steckte seinen Kopf ins Wohnzimmer. Sibylle war bereits aufgestanden und hatte die alte braune Decke fein säuberlich zusammengelegt. Charlie wollte noch nach Hause fahren, da ihm Lisa die Hölle heiß machen würde, wenn er frühmorgens nicht neben ihr läge. Also hatte ihm Fritz ein Taxi gerufen, was Strohball aber vehement ablehnte, denn schließlich sei sein Auto noch hier und Lisa habe ein Näschen für alle Tricksereien und Schummeleien.

»Dann sperr die Garage zu oder pack deinen Kahn in den Kofferraum des Taxis«, meinte Fritz, der ihm bereits einen Wagen bestellt hatte. »Mit deinem Atem kannst du ja schon Operationsbesteck desinfizieren.«

Die beiden hakelten sich noch ein wenig, letztlich aber stieg Strohball doch bereitwillig in das Taxi, allerdings mit zwei Flaschen Weißbier als Wegzehrung.

Fritz Biber saß in seinem Barraum an der Theke und trank seinen Espresso in kleinen Schlucken. Es war ihm, als würde er Leben trinken. Dazu rauchte er die erste Zigarette des Tages. Er dachte an all die schönen Momente, die er hier in diesen Wänden erlebt hatte. In seinen Wänden. An all die durchzechten Nächte, an all die spontanen Feiern und Einlagen. Er deklamierte nicht nur gern Verse. Legendär war es, wenn er das Licht herunterdimmte, die Anlage aufdrehte und alle Gäste so laut sie konnten Hildegard Knefs »Für mich soll's rote Rosen regnen« schmetterten.

Ja, diese Kneipe war sein Leben. Und das sollte nun zu Ende sein? Weil ihn ein paar Mörder als Sündenbock missbrauchten? Weil ihn seine Affäre als offiziellen Partner vorstellen wollte, was ihm so viel Hohn und Spott einbringen würde, dass er nicht nur als Lokal- beziehungsweise Oppositionspolitiker unglaubwürdig würde? Nein. Nein, nein und nochmals nein. Er würde kämpfen und nicht davonlaufen.

Er drückte seine Zigarette aus, trank seine Tasse leer, stand auf und straffte sich. ›Auf geht's‹, sagte er zu sich, ›packen wir den Arlberger‹.

Sibylle fühlte sich schrecklich. Sie war nicht ausgeschlafen, was sie aber gut wegstecken konnte, zumal sie an diesem Tag unter Starkstrom stehen würde, zumindest am Vormittag. Aber die jähe Trennung – oder Beziehungspause, wie es Charlotte Geith nannte – drückte ihr schwer aufs Gemüt. Aber war sie wirklich jäh? Gab es nicht eine Reihe von Anzeichen, die eine Polizistin hätte erkennen müssen? Hatte Lotte nicht in letzter Zeit über das Essen im *Fuchs-*

bau gemäkelt? Hatte sie nicht öfters zu viel Arbeit vorgeschützt, um nicht nach Obernstall fahren zu müssen? Hatte sie nicht das eine oder andere Mal verschwiegen, was sie in München abends trieb? Du warst blind, schimpfte sich Sibylle. Blind und dumm. Aber was machte man nicht alles für die Liebe? Und Lotte Geith war seit zwei Jahren ihre feste Freundin, ein Anker in einer turbulenten Welt, in der manch Strömung sie sonst weggerissen hätte.

Mitten in ihre Überlegungen platzte Natasha Polcek. Ihr Gesicht war weich, freundlich, verriet aber keine tieferen Emotionen. Die Fallanalytikerin sah mit ihrer Businesskleidung – grauer Hosenanzug und ein Sakko mit Ballonarmeln – eher aus wie eine Managerin. Sie hatte sich dezent geschminkt, ein wenig Kajal, um ihre leuchtend blauen Augen zu betonen, ein wenig Rouge, um die vornehme Blässe zu mildern, ein wenig Lippenstift, um den sinnlichen Mund noch anziehender zu machen.

»Ich glaube, wir kennen uns aus München«, hob Natasha Polcek an. Sibylle war überrascht. Ihr kam das Gesicht nicht bekannt vor. Sehr viel hatte sie mit der Kriminalpolizei in ihren Jahren auf der Wache an der Drygalski-Allee auch nicht zu schaffen gehabt.

»Dann kennen Sie meine Vorgeschichte?«, entgegnete die Polizistin.

Natasha Polcek nickte. »Sie waren ja ein paar Tage lang der Star in allen Medien.«

Sibylle hatte bei einer Alkoholkontrolle auf dem Mittleren Ring einen Landesminister angehalten, der auffällig gefahren war. Dieser hatte auf seinen Chauffeur verzichtet, weil er bei seiner Freundin in Bogenhausen gewesen war – und seinem Fahrer traute er nicht. Allerdings hatten die beiden beim Liebesspiel auch zwei Flaschen Champagner gezwitschert und noch den einen oder anderen Cognac, sodass Sibylle von seinem Atem schon schwindlig wurde. Natürlich war sich der Minister sicher, dass er unantastbar war. Er hatte die Rechnung jedoch ohne Sibylle Schwinghammer gemacht.

Sie bat den Politiker freundlich, aber bestimmt, ihr seine Papiere zu zeigen und in das Röhrchen zu blasen, was dieser natürlich ablehnte. Ganz im Gegenteil, er plusterte sich auf, drohte mit Konsequenzen, er werde dafür sorgen, dass sie entlassen würde. So gab ein Wort das andere, bis es nicht dabei blieb. Denn der Minister griff zum Handy, rief im Polizeipräsidium an, wo er beste Freunde hatte, und öffnete danach die Tür so jäh, dass er Sibylle damit am Knie verletzte und sie umfiel. Die Polizistin wertete das als tätlichen Angriff, griff zum Schlagstock und verpasste dem Politiker zwei saftige Hiebe, drückte ihn dann gegen dessen Wagen und legte ihm Handschellen an.

Für die Medien war sie eine Heldin, eine mutige Polizistin, die nicht vor den Großkopferten kuschte. Sogar die *Bild*-Zeitung hatte sich schnell von dem Attribut »Prügel-Polizistin« verabschiedet und sie zu einem Vorbild an Courage stilisiert. Nur deshalb wurde sie nicht degradiert und entlassen, sondern nur strafversetzt. Ihre Vorgeschichte prädestinierte sie für die Haberfeldtreiber. ›Ob das einer Fallanalytikerin klar war‹, fragte sich Sibylle besorgt. Eigentlich zeigte ihr Umgang mit dem Minister, aus welchem Holz sie geschnitzt war.

»Mir hat ihr Auftreten auch imponiert«, gestand Natasha Polcek. »Aber kommen wir zu dem Fall. Schildern Sie mir alles, was Sie über diese Haberer wissen. Ich meine wirklich alles. Auch das unscheinbarste Detail!«

Sibylle berichtete von den verschiedenen Vorfällen, schmückte diese gegenüber den offiziellen Berichten noch ein wenig aus, ohne etwas zu verraten. Nach rund einer halben Stunde war sie mit ihren Erzählungen fertig.

Natasha Polcek bedankte sich für die kurze Zusammenfassung. Dann beugte sie sich nach vorne und legte eine Hand auf die von Sibylle. Plötzlich hatte ihr Gesicht alles Weiche verloren und sie hatte diesen Röntgenblick der Psychologen. »Liebe Kollegin, machen Sie mir nichts vor, ich kenne Ihr Geheimnis.«

Fritz hatte sich von einem Freund, einem Autonarren, einen Wagen geliehen, hatte einfach vorgeschützt, seiner sei defekt. Denn wenn er Arlberger beschatten wollte, durfte er nicht in seinem VW Touran herumfahren, der war zu bekannt. Langsam bog er in die Straße ein, in der Arlberger wohnte. Dessen silberner BMW X1 Sport Line stand noch in der Garage. ›Nicht gerade ein billiges Gefährt‹, dachte sich Biber. Er war allerdings auch erstaunt, dass Arlberger noch nicht in der Arbeit war. Vielleicht hatte er Spätschicht. Oder Urlaub.

Um sich Gewissheit zu verschaffen, rief er einfach bei dessen Arbeitgeber an.

»Luis Arlberger?«, wunderte sich eine nette Stimme in der Traunsteiner Druckerei. »Der arbeitet hier schon seit einem halben Jahr nicht mehr.«

»Wirklich? Und gestern noch hat er genau das behauptet!«, entgegnete Biber überrascht.

»Ach wissen S', bei dem Kerl wundert mich nichts mehr. Das ist ein Windei. Zu spät ist er immer gekommen, seine Arbeit hat er schlampig gemacht. Und einmal ist er zwei Tage gar nicht aufgetaucht. Einfach so, ohne Entschuldigung oder Krankschreibung. Da hat der Chef die Nase voll gehabt und den Arlberger rausgeschmissen.« Der Angestellten der Druckerei merkte man bei jedem Wort ihre Abneigung an.

»Wissen Sie, wo der Luis jetzt arbeitet?«, wollte Biber wissen.

»Keine Ahnung. Hier in Traunstein sicher nicht. Da nimmt ihn keine Druckerei nie nicht mehr. Ich glaub, der hat nicht mal ein Zeugnis von uns verlangt.«

Biber bedankte sich für die Auskunft und beendete das Telefonat. ›Arlberger, du hast Dreck am Stecken‹, sagte sich Biber. Kein Zeugnis, das bedeutete, Arlberger hatte gar nicht vor, jemals wieder als Drucker zu arbeiten. Natürlich, er hatte sich einen deutlich lukrativeren Broterwerb ausgesucht, einen, mit dem man sich teure Uhren und Autos leisten konnte und nicht um spätestens 8 Uhr auf der Matte stehen musste.

Was aber war die mutmaßlich kriminelle Tätigkeit, der Arlberger nachging? Drogen? Gut möglich, offensichtlich hatte er Haschisch in der Zigarette. Aber Biber brauchte Sicherheiten, keine Vermutungen. Auch wenn es ihm nicht gefiel und er jede Menge anderer Sachen zu tun hatte, er musste Arlberger beschatten. Zu seinem Glück wartete er lediglich eine Stunde, bis der ehemalige Drucker aus seinem Häuschen kam und in den BMW einstieg. Allerdings sah er ganz anders aus als noch am Vortag. Er trug einen Anzug und ein weißes Hemd, jedoch keine Krawatte. Den Pferdeschwanz hatte er sich fester, strenger gebunden und sich rasiert. Nur den Frank Zappa-Bart hatte er stehenlassen.

Biber folgte in einigem Abstand. Von diesem Viertel Obernstalls gab es sowieso nur eine Abfahrt, um zur B21 zu gelangen. Es genügte zu sehen, wohin Arlberger abbog. Er fuhr zunächst Richtung Schneizlreuth, nahm dann die Deutsche Alpenstraße nach Berchtesgaden. Biber folgte ihm in gebührendem Abstand, was nicht sonderlich schwer war, schließlich war es Sommerzeit und man fuhr immer im Konvoi mit Traktoren, Touristen und Einheimischen.

In Berchtesgaden war es deutlich schwieriger, den Sichtkontakt nicht zu verlieren, doch zu Bibers Glück fuhr Arlberger nicht allzu weit. Er hielt vor einer dieser modernen Spielhallen, die sich großkotzig Casino nannten und alle Städte wie ein Krebsgeschwür befielen. Auf eine Buchhandlung kamen fünf solcher Läden voller blinkender, stumpfsinniger Geldautomaten und Roulette-Imitate. »Da soll man nicht zum Kulturpessimisten werden«, brummelte Biber in sich hinein.

Er fuhr an Arlbergers Wagen vorbei, um nicht aufzufallen, drehte dann am Ende der Straße um und parkte in gebührendem Abstand zu dessen BMW. Biber wartete eine Zeitlang und ging schließlich in das Casino hinein. Es war kühl in den klimatisierten Räumen, in denen es schon vormittags überall klimperte, blinkte und klackerte. Ein buntes Durcheinander mechanischer Melodien und Töne schlug Fritz entgegen.

Biber konnte diese Spielhallen auf den Tod nicht ausstehen, Aber es blieb ihm nichts anderes übrig, als sich umzusehen. ›Was tun die Leute nur so früh schon in so einer kulturfreien Zone der Zeit- und

Geldverschwendung‹, fragte er sich und musterte die Gesichter. Zumeist handelte es sich um Männer zwischen 20 und 40. Sie hatten alle einen entweder gelangweilten oder angespannten Gesichtsausdruck, sonderlich glücklich oder amüsiert blickte keiner von ihnen. Im Gegensatz zu Arlberger waren alle nachlässig gekleidet, sie trugen T-Shirt, Jeans oder Shorts, ein paar sogar Jogginghosen.

Aber wo war Arlberger? Sein Observationssubjekt war nirgends zu sehen. Vielleicht war er auf der Toilette? Um nicht aufzufallen, holte sich Biber Münzen und warf welche in einen Automaten. Als nach 10 Minuten der Vorrat alle und Arlberger immer noch nicht aufgetaucht war, beschloss er, ein wenig herumzugehen und sich alle Türen anzusehen. Er fand zwei Notausgänge und eine Tür, auf der auf Neudeutsch »Staff only« stand. Sicher, hier konnten sich nicht nur Büroräume befinden, doch Bibers Blick fiel auf einen schweren schwarzen Vorhang, der in einem Halbkreis von der Decke herunterhing. Langsam schlenderte Biber dorthin und schob den Vorhang beiseite. Da spürte er eine eiserne Hand an seinem Oberarm.

»Entschuldigung«, sagte der afroeuropäische Sicherheitsmann mit dem hellblauen Hemd und Muskeln wie Schwimmflügel, »aber hier ist nur für Mitglieder«.

Biber entschuldigte sich, redete sich darauf hinaus, er sei zum ersten Mal hier und wolle sich nur alles ansehen. Dann trollte er sich. Dort musste Arlberger verschwunden sein. Ein geheimes Nebenzimmer, in dem gezockt wurde. Vielleicht Poker, sicher ging es dabei aber um hohe Beträge.

Biber setzte sich an den Tresen und bestellte sich ein leichtes Weißbier. Er konnte nicht den ganzen Tag herumhocken und warten, das war ihm klar. Aber drei Stunden könnte er hier opfern, auch wenn ihn der Ort anödete.

13

Sibylle schloss die Augen und machte eine einfache Atemübung. Sie bestand darin, nur flach in den Bauch zu atmen und die Luft langsam wieder herauszulassen. So wurde sie ruhiger und entspannter. Wie um alles in der Welt hatte diese Natasha Polcek ihr Geheimnis erraten? Und warum hatte sie keine Anstalten gemacht, ihr Wissen zu verraten? Möglicherweise hegte sie auch Ressentiments gegenüber Weinrich, was allerdings unprofessionell und zudem unwahrscheinlich war. Nein, es musste etwas anderes sein. Seltsamerweise kam die Fallanalytikerin Sibylle mittlerweile irgendwie bekannt vor. Als Wachpolizistin hatte sie mit der Kripo so gut wie nie etwas zu tun, aber möglich war es allemal.

In ihrer meditativen Versunkenheit ließ Sibylle zahlreiche Bilder an ihrem inneren Auge vorbeiziehen, doch Natasha Polcek war auf keinem zu finden. Dafür tauchte immer wieder Lotte auf, was Sibylle einen jähen Stich gab. Ein wenig fühlte sich die Polizistin wie ihr Haberer-Kollege Fritz Biber, sie hatte das Gefühl, ihr Leben in Obernstall löste sich auf. Sollte sie als Mitglied der Haberer enttarnt werden, konnte sie als Polizistin ihren Hut nehmen und schauen, dass sie bei einem Security-Unternehmen oder einer Detektei unterkam. Am besten, sie würde gleich Dedric ihre Handynummer geben. Und Obernstall müsste sie auch verlassen.

Allerdings hatte sie im Gegensatz zu ihrem Vermieter in dem kleinen Städtchen keine neue Heimat gefunden. Sie mochte die Berge, sie mochte die Menschen, aber über kurz oder lang wollte sie nach München zurück. Irgendwann würde Gras über die Geschichte mit dem Politiker gewachsen sein und die Tore der Großstadt stünden ihr wieder offen mit all den Modegeschäften, Straßencafés und einschlägigen Etablissements im Glockenbachviertel. Das *Café Nil* mit seiner ägyptischen Einrichtung kam ihr in den Sinn und plötzlich tauchte ein Bild auf und verschwand wieder.

Sibylle öffnete die Augen. Was war ihr gerade eingefallen? Ein Blick auf die Uhr verriet ihr, dass sie keine Zeit mehr zum Nachdenken hatte. Weinrich erwartete sie in Kürze zu einem Briefing und in einer Stunde wollte der Privatdetektiv mit ihr sprechen. Dazwischen aber musste sie noch etwas erledigen, etwas, das ihr unangenehm war, eigentlich ein Unding, aber Biber hatte Recht, es gab keine Alternative.

Wie sehr sich eine Stunde ziehen konnte, spürte Fritz Biber in der Spielhalle. Auf Automaten hatte er wenig Lust, musste aber gelegentlich ein paar Euro opfern, um nicht aufzufallen. Ansonsten verbrachte er seine Zeit mit Kaffee und leichtem Weißbier an der Theke. Er versuchte, etwas Konversation mit dem Barkeeper zu treiben, aber der Smalltalk war schnell erschöpft. Schließlich widmete er sich wie alle gelangweilten Personen in diesen Breitengraden seinem Smartphone und las die App der *Süddeutschen Zeitung*.

Die Bundeskanzlerin bekannte, in der Flüchtlingsfrage eine gemeinsame Lösung anzustreben. Im nächsten Artikel ging es um die Frage, wie sich der Militäretat der NATO-Staaten entwickeln solle, ob man den Forderungen des amerikanischen Präsidenten nachkommen solle oder nicht. Frau Merkel sprach sich für eine einvernehmliche Lösung aus. Im Wirtschaftsteil wurde die Reform der Unternehmenssteuern diskutiert. Die Bundeskanzlerin regte an, man müsse eine gemeinsame Linie finden. Im »Panorama«-Teil ging es um die Aushebung einer Geldfälscherbande in Bulgarien. Bei einer großen Razzia in der Nähe von Varna waren alle drei Mitglieder von Spezialkräften der Polizei getötet worden. Offensichtlich hatten sich die Betrüger auf 20-Euro-Scheine beschränkt. Ob die in Deutschland gefundenen Blüten auch aus dieser Werkstatt kamen, bliebe noch zu klären, hieß es in dem Bericht. Das LKA wollte sich noch nicht festlegen, es sei aber gut möglich, dass das Problem damit aus der Welt sei.

Auch die interessanteste Zeitung war einmal ausgelesen. Und Fritz wurde langweilig, um nicht zu sagen stinkfad. Für den Beruf des Privatdetektivs war er denkbar ungeeignet, das war ihm klar. Stundenlang auf der Lauer zu liegen und reiche Luxusgattinnen zu überwachen, ob sie Gelüste auf einen Seitensprung hätten, wäre nichts für ihn gewesen.

Als er schon nahe am Aufgeben war, geschah eine Fügung des Schicksals. Die Tür hinter dem schwarzen Vorhang öffnete sich und niemand anderer als Hermann Badhauser trat heraus. Frisch rasiert, das schüttere Haar mit Frisiercreme nach hinten gekämmt, außerdem trug er seinen schönsten Trachtenanzug. Er machte etwas her und sein Gesichtsausdruck war eher heiter als wolkig, was ihn von allen anderen Spielern im Raum unterschied.

Fritz Biber ging sofort zum Überraschungsangriff über.

»Ja, der Hermann ist auch da«, rief er laut aus und klopfte dem Mann seiner Affäre auf die Schulter. »Was machst du denn hier?«

»Ich äh«, stammelte Badhauser und wusste nicht mehr recht weiter. Er fühlte sich ertappt wie ein Zwölfjähriger, den seine Mama mit der *Marlboro* im Mund erwischt.

»Da drin geht's wohl ziemlich ab, wie mir der Arlberger erzählt hat«, raunte Biber mit Blick auf das geheime Zimmer.

»Ja«, druckste Badhauser herum. »Fritz, bitte versprich mir, dass du der Simone nix sagst. Die ist momentan eh schlecht drauf und möcht heute Abend nach der Stadtratssitzung eine Aussprache mit mir habn.«

»Kein Wort kommt über meine Lippen«, versprach Biber. ›Heute Abend will ihm Simone die Affäre beichten‹, dachte sich Fritz. Also musste er schnell handeln. »Aber dafür erzählst du mir, was da drin abgeht. Ich würde auch gern mitzocken.«

»Ja, das kann ich machen«, sagte der Mann der Bürgermeisterin erleichtert. »Ich muss jetzt aber los.«

»Komm um 4 Uhr bei mir vorbei. Bei einem Weißbier lässt sich das gut besprechen.«

»Mach ich«, entgegnete Badhauser und verabschiedete sich.

›Wer sagt's denn nicht‹, jubelte Biber innerlich. ›Dann kann ich heute zwei Fliegen mit einer Klappe schlagen‹. Er konnte es sich auf jeden Fall sparen, weitere Stunden sinnlos auf Arlberger zu warten.

Was ihn interessierte, würde ihm Hermann Badhauser erzählen.

Um nicht aufzufallen, trank er seinen dritten Cappuccino in Seelenruhe aus, bevor er das Casino verließ. Dann setzte er sich in seinen Wagen und fuhr Richtung Hammer. Aber nicht Charlie Strohball war sein Ziel.

Während der Fahrt meldete sich sein Handy. Simone. Eigentlich hatte er keine Lust, mit ihr zu telefonieren, nahm das Gespräch aber trotzdem über Bluetooth an.

Nach einem vorsichtigen Abtasten offenbarte ihm die Bürgermeisterin, dass sie heute Abend mit ihrem Mann ein klärendes Gespräch führen wolle, genau genommen ein Trennungsgespräch. Das wusste Fritz natürlich, konnte ihr aber schlecht sagen, dass er ihren Hermann in einem Casino getroffen hatte.

»Du hast Recht«, sagte Biber, »irgendwann muss Schluss sein mit der Geheimniskrämerei.«

Simone zeigte sich ein wenig überrascht ob dieses Eingeständnisses und seufzte. »Ach Fritz, warum muss die Liebe immer so schwer sein?«

›Weil wir Männer in der Beziehung Deppen sind und die Frauen nicht selten auch‹, dachte sich Biber, flüchtete sich aber in harmlose Floskeln.

Bald nach dem Telefonat hatte er sein Ziel erreicht und parkte seinen VW Touran wie beim ersten Mal vor der alten Scheune. Nachdem er ausgestiegen war, stellte er sich vor die Kamera und winkte hinein, um sich anzukündigen. Als er den Abhang zur Wiese hinunterstieg, erwartete ihn Laura Endorfin bereits vor ihrem Haus. Sie hatte einen Strauß Kräuter in der Hand, den sie gepflückt hatte, um diverse Cremes und Salben zu machen.

»Obernstalls bester Gastronom, welche eine Ehre«, lächelte Laura. Sie hielt wie ein Indianer die Hand vor die Stirn, um nicht von der Sonne geblendet zu werden. Sonnenbrillen lehnte sie nämlich ab, sie mochte nicht, wie deren Gläser die Farben der Blumen, ja die ganze Wahrnehmung veränderten.

»Wiens beste Kräuterkundige ist immer einen Besuch wert«, schmetterte er erfreut und küsste sie auf die Wangen.

»So nett bin ich ja schon lange nicht mehr begrüßt worden«, lachte Laura und schaute Fritz, der gut einen Kopf größer als sie war, von unten an. »Aber ich fürchte, du kommst nicht allein, um mit mir zu plaudern und die Aussicht zu genießen.«

Biber schüttelte den Kopf. »Du kennst mein Begehr, aber ein Tässchen von deinem köstlichen Tee würde ich nicht verschmähen.«

Eigentlich hatte der Wirt keine Zeit. Er hatte den ganzen Vormittag damit verbracht, Arlberger zu beschatten und Spielautomaten zu füttern. Deshalb stand noch die ganze Arbeit an. Einkaufen, Essen vorbereiten, die Theke putzen. Nicht einmal dazu war er nach dem Zapfenstreich gekommen, schließlich hatten sie da noch ihre Krisensitzung vor sich. Aber er wollte mit Laura noch ein wenig über Gott und die Welt reden.

Sie hatte etwas Magisches, Mystisches. Fritz konnte sich gut vorstellen, wie sie um Strohball einen Hexentanz aufführte und diesen so erschreckte, dass selbst dieser wilde Haudrauf Fracksausen bekam. Laura hatte aber nicht nur diese dunkle Seite. Sie war eine empfindsame Frau, die eine ganze Welt in sich trug. Eine Schwerverletzte, die sich selbst heilte und auf andere Menschen wie Seelenbalsam wirken konnte.

»Dann regeln wir erst das Geschäftliche«, sagte Laura und verschwand in ihrer Hexenküche, um wenige Augenblicke später wieder aufzutauchen. Sie hatte ein Fläschchen in der Hand, das von braunem speckigem Leder ummantelt war. Darauf waren chinesische Schriftzeichen in Gold eingraviert. »Frag besser nicht, was da alles drin ist«, warnte ihn Laura. »Nicht nur legale Substanzen, das sage ich vorab. Wenn etwas passiert, von mir hast du das Serum nicht.«

Biber nickte.

»Die Dosis reicht für drei Anwendungen. Bitte pass genau auf, dass du nicht zu viel nimmst«, schärfte ihm Laura ein.

»Das ist nicht für mich«, entgegnete Fritz.

»Ach«, meinte Laura Endorfin erstaunt, verzichtete aber darauf nachzufragen, wen Fritz mit ihrem Mittel beglücken wollte. »Und beachte noch eins: Das ist kein Viagra.«

»Schon klar«, nickte Biber. »Die Apotheke von Mutter Natur hat nur sanfte Medikamente zu bieten.«

Laura schüttelte vehement den Kopf. »Das meine ich nicht. Ganz im Gegenteil. Es wirkt heftig – und sofort.« Dann beugte sie sich vor und flüsterte Biber ins Ohr. »Und es wirkt auch bei Frauen. Ich hab's ausprobiert.«

Sibylle durfte nichts sagen und nichts fragen, aber sie war froh, bei dem Briefing geduldet zu werden. Auf der Wache in Obernstall hatte sich die Traunsteiner Kripo eine improvisierte Einsatzzentrale eingerichtet. Experten von der Spurensicherung und der Forensik trugen ihre Ergebnisse vor. So konnte ein Schuhabdruck Größe 45 sichergestellt werden, der mit Sicherheit von einem der Täter stammte. Außerdem hatte man nahe des Tatorts verschiedene Haare gefunden, darunter ein paar lange. Diese konnten jedoch auch zu einem Besuch gehören. Allerdings war bekannt, dass bei Lupolenz nur selten jemand vorbeischaute. Die Proben würden auf jeden Fall auf DNA untersucht und die Ergebnisse durch die Datenbank gejagt werden. Allerdings glaubte keiner, dass man einen Treffer landen würde, zu wahrscheinlich war es, dass die Mörder aus dem regionalen Umfeld kamen.

DNA-Spuren, Schuhabdrücke, das ließ Sibylle kurzzeitig aufatmen, bis ihr allerdings siedend heiß etwas einfiel: Fritz hatte Schuhgröße 45. Die einzige Spur, die sicher von einem der Täter stammte, könnte gegen die Haberer verwendet werden.

Auch die weitere Sitzung diente nicht dazu, Sibylle zu beruhigen. Denn die Kommissare hatten Einsicht in das Testament. Es gab keinen persönlichen Nutznießer von Lupolenz' Tod. Die Firma würde in eine GmbH unter Verwaltung der Öko-Stiftung umgewandelt werden. Jeder Cent an Unternehmensgewinn würde in die beiden Projekte wandern. Nach aktuellem Ermittlungsstand war diese Spur eiskalt, ein Motiv und damit ein Verdächtiger nicht ersichtlich. Ein Kommissar versprach, dennoch weiter zu recherchieren, was Weinrich begrüßte.

»Mach das, Helmut, wir müssen gründlich arbeiten. Aber für mich ist das eine Sackgasse«, kommentierte Weinrich abschließend. ›Wie nett und respektvoll du zu deinesgleichen sein kannst‹, dachte sich Sibylle insgeheim. Schließlich bedankte sich der Oberkommissar für das Engagement und endete mit einem Ausblick auf die nächste Sitzung. »Heute um 17 Uhr treffen wir uns wieder. Dann wird uns die Fallanalytikerin Natasha Polcek ihre ersten Erkenntnisse mitteilen.«

Sibylle wäre am liebsten im Erdboden versunken. Auch das noch. Und bis dahin hatte sie vermutlich keine Gelegenheit, mit der Profilerin zu sprechen und sie eventuell zu beeinflussen. Und der nächste Tiefschlag folgte sogleich. Kaum hatte Weinrich die Sitzung beendet, standen alle Beamten auf und packten ihre Sachen zusammen. Auch Sibylle machte sich auf zum Gehen, als sie von Weinrich zurückgepfiffen wurde.

»Nicht so schnell, Frau Wachtmeister«, sagte er spitz. »Ihr Date mit dem Detektiv hat sich ein wenig verschoben. Oder besser gesagt, es hat sich vorverlegt. Herr Dedric wartet im Nebenzimmer auf Sie.«

Sibylle nickte und signalisierte, sie würde sofort zu dem Gespräch erscheinen. Sie konnte schlecht sagen, dass sie eigentlich noch vorhatte, einem Kollegen einen gefälschten Beweis unterzuschieben, um diesen als möglichen Haberer erscheinen zu lassen, wie es ihr Fritz geraten hatte. Allerdings war sie auch etwas erleichtert, schließlich war es ihr gegen den Strich gegangen, den Kollegen Frevert zu belasten, auch wenn sich dieser über kurz oder lang hätte weißwaschen können.

Mit einem unguten Gefühl machte sich Sibylle auf zu dem Treffen, das sie selbst als Vorladung zu einem Verhör empfand. Sie verließ den Konferenzraum und ging ums Eck zum Nebenzimmer. Dessen Tür stand einen Spalt offen. Sibylle hörte eine männliche Stimme. Dedric telefonierte offensichtlich. Sibylles Schritte wurden sogleich langsamer und leiser, sodass sie Mäuschen spielen konnte.

»Ja, ich weiß«, sagte der Detektiv leicht genervt. »Lupolenz hat uns nur für drei Tage bezahlt und Walter Seger wartet auf mich. Sag ihm, dass seine Frau auch fremdgeht, wenn ich sie nicht beschatte. Dieses Luder hat Chili im Unterleib, ich sage dir. Aber heute und morgen mache ich noch weiter.« Dann hörte Dedric wieder zu, nickte ein paarmal diensteifrig. »Okay. Morgen um Punkt 16 Uhr fahre ich zurück, ist versprochen. Dann hefte ich mich an die Fersen von Lola Seger.«

Was hatte das zu bedeuten? Sibylle runzelte die Stirn. Um nicht aufzufallen, wartete sie noch eine halbe Minute bis sie klopfte. Dedric zog sich gerade wieder eine Prise Schnupftabak die Nase hoch. Überrascht blickte er Sibylle an, bat sie aber sofort herein und wies ihr den Stuhl, auf dem normalerweise Verdächtige saßen. Sibylle nahm jedoch nicht Platz.

»Dies ist meine Polizeiwache, nicht Ihr Detektivbüro«, sagte sie bestimmt. »Wir tauschen die Plätze.«

»Oh«, erwiderte Dedric überrascht, kam der Aufforderung aber sofort nach. »Ich wollte nicht Ihre Autorität anzweifeln«, entschuldigte er sich. Wie am Vortag war der Detektiv seriös wie schick gekleidet und wäre problemlos als Banker durchgegangen, hätte er nicht diesen durchdringenden Blick gehabt, den Sibylle auch von anderen Polizisten kannte. Allerdings zeigten diese offener, dass sie etwas von ihrem Gesprächspartner erfahren wollten.

»Ganz entspannt«, sagte Dedric mit einer bemüht sonoren Stimme. Dann ging er mit Sibylle die Haberer-Fälle durch. Sein Interesse galt eindeutig der Frage, warum es mehrmals nicht zu einer Anzeige gekommen war.

»Weil die Betroffenen keine Handhabe hatten und sicher manchmal auch Angst vor der Öffentlichkeit«, erklärte Sibylle sachlich.

»Und warum haben Sie die Angelegenheiten nicht weiterverfolgt? Es geht immerhin um schwere Verbrechen wie Einbruch«, fuhr Dedric fort und sah die Polizistin wie ein Habicht an.

»Einbruch? Ich weiß nicht, mit wem Sie gesprochen haben, aber für mich ist dieser Tatbestand keineswegs erfüllt«, führte die Polizistin in ruhigem Ton aus. »Nehmen wir den letzten Fall. Frau Bogler hat den Haberern bereitwillig die Tür geöffnet. Hier liegt nicht einmal Hausfriedensbruch vor.«

»Mag sein, aber mir ist bei Durchsicht aller Fälle ein Verdacht gekommen.« Dedric musterte Sibylle, die ein Pokerface aufsetzte. Dann räusperte er sich und beugte sich nach vorne. »Könnte nicht Ihr Kollege Klaas Frevert mit den Haberern unter einer Decke stecken oder möglicherweise sogar Mitglied des Trios sein?«

Sibylle zuckte innerlich zusammen. War das die Steilvorlage, auf die sie gewartet hatte? War das nicht genau nach Fritz Bibers Gusto, dem Kollegen etwas anhängen, um von sich selbst abzulenken, zumindest bis die wahren Täter entlarvt waren?

›Nein‹, sagte sich Sibylle, ›das war eine Falle. Würde sie einräumen, dass es eventuell auf der Polizeiwache Obernstall nicht korrekt zuginge, dass dort mit den Haberern gemauschelt würde, würde ein Damm brechen, würden interne Ermittlungen eingeleitet, würde man sie vermutlich überführen. Außerdem hatte Dedric nicht Frevert im Auge, sondern sie.‹

Erbost schlug Sibylle mit der flachen Hand auf den Tisch und blickte den Detektiv grimmig an.

»Sie verdächtigen einen Polizisten, dass er mit Verbrechern gemeinsame Sache macht? Das ist unerhört«, sagte sie entrüstet.

Sofort ruderte Dedric zurück, er habe es nicht so gemeint.

»Für meinen Kollegen Klaas Frevert lege ich meine Hand ins Feuer. Und für jeden anderen ebenso. Wenn Sie noch einmal Andeutungen in diese Richtung machen, werde ich Sie des Hauses verweisen und von allen weiteren Ermittlungen fernhalten, egal, was Oberkommissar Weinrich sagt.«

Dedric nickte und gab sich kleinlaut. Sibylle wusste aber, dass sie nicht zu weit gehen durfte, um nicht den Anschein zu erwecken, sie hätte etwas zu verbergen.

»Ansonsten können wir weiterhin kooperieren, schließlich haben wir ein gemeinsames Ziel. Und um dieses zu verfolgen, muss ich mich wieder an die Arbeit machen.« Mit diesen Worten beendete Sibylle das Gespräch.

Fritz Biber blieb nicht viel Zeit. Und sein Vorhaben war nicht leicht umzusetzen. Er erinnerte sich an eine Folge »Columbo«, seiner Lieblingskrimiserie. Da spritzte ein korrupter Rechtsanwalt Gift in eine Champagnerflasche, um den Lover seiner Frau zu töten. Das hatte Fritz zwar nicht vor, aber eine Flasche *Veuve Clicqout* wollte er auf dieselbe Weise präparieren. Freilich mit dem Liebeselixier von Laura Endorfin. Was im Fernsehen so einfach aussah, erwies sich als schwieriges Unterfangen. Allein der dicke Korken war mit einer Spritze kaum zu durchbohren. Wenn er einen Stachel nähme, würde das Loch zu dick werden. Ruhig, er musste ganz ruhig sein. Und geduldig.

Ganz langsam und vorsichtig setzte er die dünne Metallspitze an und drückte sie in den Verschluss. Mit sanftem Druck trieb er sie Millimeter um Millimeter weiter, bis sie schließlich den Korken durchstieß. Dann spritzte er die vorgeschriebene Menge in das edle Getränk, zog die Kanüle wieder vorsichtig heraus und stellte die Flasche kalt.

Keinen Moment zu früh, denn sogleich tauchte Hermann Badhauser auf. Er trug khakifarbene Shorts, ein braunes Hemd und Klapperl mit weißen Socken. Sommerlich frisch wirkte er allerdings nicht, ganz im Gegenteil, er machte einen abgehetzten Eindruck.

»So eine Hitz!«, stöhnte er und setzte sich auf einen der Barhocker. Dankend nahm er Bibers Angebot an, ihm ein frisches Bierchen zu zapfen. Nach dem ersten Schluck war es bereits halb leer.

»Du willst also wirklich mit diesen Haifischen zocken?«, fragte Badhauser, nachdem er sich den Schaum vom Mund gewischt hatte.

»So schlimm?« Fritz zog seine Augenbraue nach oben. »Der Arlberger gibt immer an, wie viel er gewinnt.«

Badhauser lachte kurz auf. »Der Spruchbeutel, der!« Dann schüttelte er den Kopf und trank seine Halbe aus. Mit einem wohligen Glucksen stellte er sein Glas ab. Sein Blick signalisierte, dass er gern Nachschub hätte. »Unter uns gesagt, der Arlberger, der hat noch keine nasse Zeitung zerrissen. Der verspielt da Haus und Hof.«

»Echt?« Fritz Biber stutzte. »Und mir gegenüber gibt er an, als wäre er der Poker-King.«

»Das meint er vielleicht. Aber weißt du, er hat ein Gesicht wie ein offenes Buch.« Badhauser strich sich über die Haare und wischte sich den Schweiß von der Stirn. »Die Karten sind das eine, aber du musst deine Muskeln im Gesicht kontrollieren. Sonst bist du verratzt.«

Fritz schaute bewundernd den Mann an, dem er seit Längerem Hörner aufsetzte. Dieser gemütliche Bayer, dem schnelle Bewegungen ein Graus waren, dessen spannendstes Hobby das Sammeln von Bierkrügen war, dozierte über das richtige Pokerface. »Mir kennst du niemals nichts an«, fuhr er fort, »ob ich einen Scheißdreck hinten hab oder vier Könige. Ich schau immer gleich.«

Das glaubte ihm Fritz Biber sofort. Nach Grimassieren oder größeren Gefühlsausbrüchen sah Hermann Badhauser, die personifizierte Bierruhe, auch nicht aus.

»Aber gell, du sagst meiner Simone nichts.«

Der Wirt versicherte ihm sein absolutes Stillschweigen.

»Die ist zur Zeit eh so bissig. Ich weiß bald nicht mehr, was ich machen soll«, klagte der Ehemann.

»Wann hast du sie denn zum letzten Mal schick ausgeführt?«, fragte Fritz.

»Ja mei, die ist doch als Bürgermeisterin eh so viel unterwegs.«

»Und wann hast du ihr das letzte Mal Blumen geschenkt?«

»Blumen?« Hermann Badhauser zuckte unmerklich mit den Schultern. Seine Überraschung wäre kaum größer gewesen, hätte ihn Fritz nach einer Panzerfaust oder einer Ladung waffenfähigem Uran gefragt.

»Oder Pralinen, Champagner, ein Parfüm?«

»Ja du hast Ideen!« Badhauser strich sich verlegen über das Kinn.

»Aber vielleicht ist das gar nicht so blöd.«

»Ich hätte da schon ein paar Vorschläge für dich«, entgegnete Fritz Biber, der wusste, dass er den gehörnten Ehemann am Haken hatte.

»Dann schieß los!«

14

Er kam gerade aus der Dusche, als sich sein Handy meldete. Normalerweise hätte er den Anruf nicht entgegengenommen, aber der Klingelton signalisierte, wer es war: »Money« von *Pink Floyd*. Und seinen Geschäftspartner durfte er nicht warten lassen.

»Hey Mann, was geht«, rief er ins Telefon und versuchte, so cool wie möglich zu klingen.

»Verschone mich mit deinem Jugendslang«, schallte es zurück. »Hast du alles erledigt, wie ich es dir aufgetragen habe?«

»Ja, alle Spuren sind verwischt. Der ganze Krempel ist verstaut, den findet keiner. Mach nicht schon wieder die Pferde scheu.« Er trocknete sich nebenbei ab, so gut es ging. Die Pfütze am Boden würde er später aufwischen.

»Gut. Aber wenn die Bullen abgedampft sind, müssen wir wieder loslegen. Unsere Abnehmer warten.«

»Was? Ich dachte, wir sollen erst mal die Füße stillhalten.«

»Schon, aber nur so lange, wie es nötig ist. Du kennst unsere Abnehmer. Mit denen ist nicht zu spaßen.«

»Ich weiß. Können wir nicht einfach aussteigen?«

»Vergiss es. Außer du willst eine Kugel zwischen die Augen.«

»Scheiße, auch das noch«, sagte er laut zu sich, denn sein Partner hatte das Telefonat bereits beendet. Dann betrachtete er die Pfütze am Boden und stieß einen lauten Fluch aus. Warum hatte er sich nur auf diesen Mist eingelassen?

Sibylle Schwinghammer verlor keine Zeit. Sie war sich sicher, dass Dedric nur nach außen hin klein beigegeben hatte. Und wem sein nächster Besuch galt, war ihr auch klar. Sie musste also den kurzen Weg nehmen. Das Telefon. Wachtmeister Frevert hob sofort ab. Ohne große Umschweife fragte ihn Sibylle, ob er von Dedric gehört habe.

»Der Privatdetektiv? Der kommt gleich«, entgegnete Frevert. Sibylle hatte also den richtigen Riecher gehabt. Sie warnte ihn eindringlich vor Dedric. Um ihren Worten Gewicht zu verleihen, teilte sie ihm mit, der Detektiv habe den Verdacht geäußert, das Exilnordlicht würde mit den Haberern unter einer Decke stecken.

»So ein Schuft«, schimpfte Frevert. »Der wird was erleben!«

»Nein, Klaas, halt dich bedeckt und sag ihm einfach nichts.«

Frevert bedankte sich für den Tipp und legte auf, denn Dedric stand tatsächlich schon vor seiner Tür. ›Das wäre erledigt‹, dachte sich Sibylle, der allerdings der Nachmittagstermin im Magen lag. Welche Erkenntnisse mochte Natasha Polcek den versammelten Kommissaren auftischen? Würde die Fallanalytikerin etwas von Sibylles Geheimnis erzählen? Sie war kribbelig, als würden ihr Ameisen unter der Haut tanzen.

Auch Fritz Biber war innerlich weiterhin aufgewühlt. Er saß am Tresen und starrte gedankenverloren in den Fernseher, ohne wahrzunehmen, was dort lief, so versunken war er in seine Gedanken. Sicher, der Lösung seiner beiden Probleme war er einen Schritt nähergekommen, mehr aber nicht. Arlberger glaubte er, am Haken zu haben. Zumindest war er sich sicher, dass dieser Dreck am Stecken hatte. Die Nachbarschaft und Lupolenz' rätselhafter Fund, das viele Bargeld, obwohl er arbeitslos war, seine Spielschulden. Beweisen konnte man ihm allerdings bislang nichts. Es gab lediglich Verdachtsmomente. Das weitere Vorgehen würde er abends mit Sibylle besprechen, dafür hatte man ja eine Polizistin in der Truppe.

Die Geschichte mit Simone lag ihm schwer im Magen. Affären sind so lange wunderbar, so lange sie genau das sind: Affären. Er mochte Simone gern, wollte aber die Trennung von ihrem Mann verhindern. Und vielleicht sogar mehr. Diese Erkenntnis kam ihm nicht erst seit seinem Gespräch mit Hermann. Sie reifte seit gestern schon in ihm. Eigentlich wollte er das Techtelmechtel beenden. Aber wie? Natürlich konnte er sich wie ein Arschloch benehmen und schroff sein, brüsk oder ein Macho, sodass Simone die Lust an ihm verlor. Diese Tour zog, aber das hatte sie nicht verdient. Seine politische Gegenspielerin war auf jeder Bühne – in der Politik und im Privatleben – ein liebenswerter, redlicher Mensch. Nein, Fritz hatte keine Idee, wie er selbst die Affäre beenden könnte. Er vertraute darauf, was er Hermann eingetrichtert hatte. Und auf den Champagner. Auch wenn Zweifel blieben. Liebestrank? Ihm fehlte der Glaube. Für solchen Hokuspokus war er eigentlich nicht empfänglich, aber einen Versuch war es allemal wert.

Dann gab sich Fritz einen Ruck. Er schaltete den Fernseher aus, stellte die Getränke kalt, räumte die Küche auf und richtete das Essen so weit her, dass Maxi, seine Vertretung, alleine den Laden schmeißen konnte.

Dann ging er ins Bad, um sich zu duschen und zu rasieren. Er nahm einen Spritzer After Shave mehr als normal. An diesem Abend wollte er besonders elegant erscheinen. Dies galt auch für die Kleidung. Nur mit Unterhose und Socken marschierte er in sein Wohnzimmer und stellte sich vor seinen Kleiderschrank. Diesem fehlte eine Tür, seit Charlie Strohball einmal betrunken hineingefallen war, aber das störte Fritz nicht weiter. So bekämen seine Klamotten wenigstens Frischluft und mieften nicht, redete er sich zumindest ein.

Er überlegte ein wenig hin und her und beschloss schließlich, sich in Schale zu werfen. Sein weißes *Boss*-Hemd war gerade gut genug, dazu ein leichter grauer Sommeranzug sowie seine beste Krawatte. Noch beim Ankleiden betrachtete er sich im Spiegel. Dieser hatte zwar einen Sprung, aber das war Fritz egal, schließlich sah er sich so auch noch genau. Und was er in diesem Moment sah, gefiel ihm. Sicher, er war grau an den Schläfen, das Deckhaar aber noch dicht und dunkel, ein Mann von Welt, selbstbewusst und schick.

Ja, die schöne Verpackung musste heute sein. Das lag keineswegs an der Tagesordnung, die wenig Prickelndes zu bieten hatte. Die letzte Stadtratssitzung vor der Sommerpause war traditionell eine müde Veranstaltung, die man besser gleich im Biergarten hätte abhalten können.

Auf der Fahrt ins Rathaus überlegte sich Fritz die eine oder andere ausgefeilte Formulierung, aber alles schien ihm zu gestelzt, zu unehrlich, zu hinterfotzig. »Sei einfach ehrlich«, forderte er sich selbst auf.

Auf dem Parkplatz sah er Simone. Sie wartete in ihrem Wagen und spielte mit dem Handy. Es war offensichtlich, dass sie ihn abpassen wollte. Natürlich ging Fritz auf das Spielchen ein und tat überrascht, die Bürgermeisterin zu sehen. Mit seiner donnernden Stimme begrüßte er sie.

Unsicher ging Simone auf ihn zu. Es fiel ihr schwer, die Maske weiter zu tragen und den Schein zu wahren.

»Heute sage ich meinem Hermann alles«, raunte sie ihm zu. »Dann gibt es kein Zurück mehr.«

»Überleg es dir gut«, entgegnete Fritz leise. »Dein Mann ist vielleicht ein wenig behäbig, aber er liebt dich über alles.« Er sah sie ernst an, hob jedoch plötzlich die Stimme. »Na, das werden wir mal sehen, Frau Bürgermeister«, schmetterte Fritz, dass man es im Nachbarort noch hören konnte. »Da haben wir Sozis aber auch noch ein Wort mitzureden!«

Simone Badhauser war kurzzeitig verwirrt. Was war mit ihrem Lover los? Aber dann sah sie, wie zwei Mitglieder ihrer Fraktion auf sie zugingen, und war beruhigt. Fritz hatte für die beiden die übliche Show abgezogen.

Die Sitzung begann mit einer Gedenkminute und einigen warmen Worten für Manfred Lupolenz. Die kurzen Reden waren an Heuchelei nur schwerlich zu überbieten und ausgerechnet diejenigen CSU-ler, die ihn besonders missachtet oder verspottet hatten, lobten ihn plötzlich am meisten als grünes Gewissen der Stadt.

Alles ging seinen gewohnten Gang. Georg Strobl, ein langjähriger Mitstreiter der Bürgermeisterin, drängte mehrmals auf schnelle Abstimmungen. Er hatte das übliche Demokratieverständnis der CSU in den Genen. Wozu groß debattieren, es gab schließlich eine Mehrheit. Außerdem trieb ihn an diesem heißen Tag der Durst an und die Aussicht auf eine frische Maß ließ ihn noch ungeduldiger als normal werden.

Nach der Sitzung suchte Fritz schnell das Weite. Er gab vor, seine Vertretung Maxi im *Fuchsbau* ablösen zu müssen, und fuhr davon. Traurig blickte ihm Simone Badhauser hinterher. Sie spürte einen schweren Druck auf ihrer Brust. Natürlich war es ihr nicht verborgen geblieben, dass Fritz von ihrem Ansinnen nicht sonderlich begeistert war. Aber insgeheim hatte sie sich Rückendeckung von ihm erwartet, darauf gehofft, er würde sie in den Arm nehmen und ihr gut zureden. Es wäre ihr wichtig gewesen, von ihm in ihrem Vorhaben bestärkt zu werden, verlangen konnte sie es freilich nicht.

Hermann und sie waren schon so lange zusammen, dass es gar nicht mehr wahr ist, wie man in Bayern sagt. Aber Gewohnheit durfte nicht mit Liebe verwechselt werden. Das Feuer in ihr war erloschen. Und in ihm loderte auch nichts mehr. Diesen Eindruck hatte Simone zumindest seit geraumer Zeit. Nicht nur ihr Unterleib, auch das Herz war durch die Affäre mit Fritz wieder aufgewacht, hatte zu pulsieren begonnen.

Als Bürgermeisterin war sie es durchaus gewohnt, schlechte Nachrichten zu übermitteln. Es gab in diesem Amt nicht nur Sonnenseiten. Doch privat war es etwas völlig anderes. »Hermann, wir müssen reden.« Das wollte sie ihm zuerst sagen. Auch wenn es das Überflüssigste überhaupt war, schließlich hatte sie ihm eine Aussprache angekündigt.

Mit einem beklemmenden Gefühl sperrte sie die Tür auf. Kaum hatte sie die Schwelle überschritten, spürte sie, dass etwas anders war. Nur was? Ein Geruch hing in der Luft, den sie schon lange nicht mehr wahrgenommen hatte, zuhause zumindest.

»Hermann?«, rief sie verunsichert.

»Da bin ich, Spatzl«, schallte es aus dem Wohnzimmer.

Simone zog sich die Schuhe aus und schlüpfte in ihre Schlappen. Dann ging sie zu ihrem Mann, um eine große Überraschung zu erleben.

Hermann hatte die fünf größten Trophäen aus seiner Bierkrugsammlung herausgeholt und auf Hochglanz poliert. Darunter ein Mettlach-Krug von *Villeroy & Boch* etwa von 1880. Abgebildet war eine Wirtshausszene mit einem Gast und der Wirtin. Daneben stand der Spruch »Das Geld ist futsch, die Tasche leer, Frau Wirtin habt Geduld, bis wieder einst ich komme her, bleib ich in Eurer Schuld.« Hermann liebte diesen Krug. Er war nicht der größte Stolz seiner Sammlung. Das war ein Steinkrug aus der Tegernseer Gegend, aus dem König Ludwig II. längere Zeit getrunken haben soll.

Das Ungewöhnliche war nicht, dass Hermann seine Krüge putzte und bewunderte. Das zählte zu seinen Lieblingsbeschäftigungen. Nein, es war der Inhalt. Denn in den fünf Lieblingskrügen steckten Rosensträuße. Von der klassisch roten Baccara bis hin zur zartrosa Lady.

Simone war überwältigt. Wann hatte sie zum letzten Mal von ihrem Mann Blumen bekommen? Und dann noch fünf verschiedene Arten von Rosen!

»Was ist jetzt das?«, fragte sie unbeholfen. Ihr fiel nichts Geistreicheres ein.

»Ja, nach was schaut's denn aus?«, entgegnete Hermann in seiner behäbigen Art. »Gefallen sie dir nicht, die Rosen?«

»Freilich«, lächelte Simone. Erst jetzt bemerkte sie ein weiteres ungewöhnliches Utensil, was in ihrem Haushalt lange nicht mehr zu sehen war. Auf dem Tisch stand ein Kübel mit Eis, aus dem ein alubemäntelter Flaschenhals ragte. ›Champagner‹, durchzuckte es Simone. Daneben standen passenderweise zwei ihrer schönsten Sektkelche.

»Wir müssen reden«, presste Simone angesichts des ungewohnten Anblicks heraus.

»Machen wir«, entgegnete Hermann. Er hatte sich sein bestes Hemd angezogen und dafür auf die weißen Socken verzichtet. »Aber erst trinken wir einen Schluck Schampus.« Dann nahm er die Flasche aus dem Kübel und wickelte das Alu ab.

Sibylle lachte jäh auf, und das so laut, dass ein paar Enten erschrocken aufflatterten. Dabei hatte sie sich die Stunden zuvor niedergeschlagen gefühlt, fast schon depressiv. Dedric, das wusste sie, blieb eine Bedrohung. Und dann war es knüppeldick gekommen. Das Meeting mit der Profilerin kam einer Kriegserklärung gleich, zumindest hatte es Sibylle so empfunden.

Weinrich hatte zur Einstimmung erklärt, dass die ganze Konzentration von nun an den Haberern gelte, denn alle anderen Spuren seien im Sand verlaufen. Es habe sich kein weiteres Motiv, kein weiterer Verdachtsmoment ergeben. »Dieser archaischen Form der Selbstjustiz sage ich hiermit den Kampf an!«, erklärte er martialisch. Dann übergab er das Wort an Natasha Polcek. Diese hatte sich ein wenig hübsch gemacht, was Sibylle wunderte. Zumindest zu diesem Zeitpunkt. Die Fallanalytikerin hatte dezent die Augen mit Kajal umrahmt und einen sinnlichen Lippenstift aufgetragen. Ihr Haar trug sie weiterhin streng nach hinten gebunden, ihr Gesichtsausdruck aber erschien weicher, freundlicher. Sibylle hatte sogar das Gefühl, Natasha lächle sie an.

Nach einem kurzen Vorgeplänkel, in dem die Profilerin ihre Vorgehensweise und ihre Materialbasis erläuterte und ferner zu verstehen gab, wie unsicher und lediglich vorläufig alle Ergebnisse seien, legte sie los.

»Der Anführer ist laut Zeugenangaben zwischen 1,85 und 1,95 Meter groß. Er versteht es, sich gewählt und pointiert auszudrücken, man kann also davon ausgehen, dass er gern in der Öffentlichkeit steht und dort auch spricht. Ein Lokalpolitiker möglicherweise oder ein Vereinsvorstand. Ferner hat er bei einigen Haberer-Attacken Anspielungen gemacht, die auf eine fundierte Bildung, möglicherweise sogar literarische Bildung schließen lässt. So hat er bei der Attacke auf den Bauern, der seinen eigenen Stall angezündet haben soll, ein Zitat aus Dantes ›Göttlicher Komödie‹ einfließen lassen.

Zudem tritt er selbstbewusst auf und weiß, was in Obernstall und Umgebung los ist. Wir haben es also mit einem großen Mann zu tun, der rhetorisch versiert, kulturell interessiert und voll in das hiesige Gesellschaftsleben integriert ist.«

Sibylle blieb der Atem weg. Eine treffendere Charakterisierung von Fritz Biber hätte sie kaum liefern können.

»Kennen Sie jemanden, auf den diese Beschreibung zutrifft?« Weinrich schaute Sibylle an. »Sie sind schließlich ortskundig.«

»Naja«, stotterte die Polizistin, »so lange lebe ich auch noch nicht hier, aber ich mache mich schlau.«

Weinrich gab sich mit dieser Antwort zufrieden und wies Natasha Polcek an fortzufahren.

»Kommen wir zu dem zweiten Mann, der sich äußerlich kaum von dem Anführer unterscheidet. Auch er ist kräftig und groß, vermutlich ein wenig kleiner, dafür stärker. Wir wissen von mehreren Opfern, dass Haberer Nummer zwei einen Griff wie ein Schraubstock hat. Da er das Reden dem Anführer überlässt, dürfte es sich um eine weniger eloquente Persönlichkeit handeln, möglicherweise ist er auch simpler gestrickt.«

Wieder wurde Sibylle befragt, ob sie eine Idee habe. »Bitte überschätzt mich nicht. So genau kenne ich die Leute hier nicht, zumal ich die freien Wochenenden immer noch in München verbringe. Selbst die Leute aus Obernstall wissen nicht, um wen es sich handeln könnte«, rechtfertigte sie sich.

»Das sind aber keine Polizisten«, wandte Weinrich ein.

»Ich mache mich schlau«, versprach Sibylle erneut, die innerlich eine unglaubliche Spannung spürte. Als Nächstes kam sie an die Reihe. Was würde Natasha Polcek über sie sagen?

»Nummer drei ist eine Frau. Sie dürfte kein Luxusweibchen oder Heimchen am Herd sein, sondern eine, die zupacken kann. Sie ist wehrhaft, kann sich also körperlich verteidigen, möglicherweise betreibt sie eine Kampfsportart. Ich gehe davon aus, dass sie eine eher maskuline Frau ist. Wie die beiden Männer hat sie einen ausgeprägten Gerechtigkeitssinn. Sie ist couragiert und kennt keine Angst vor großen Namen.«

Sibylle wollte am liebsten im Erdboden versinken. Was die Profilerin sagte, passte haargenau auf sie. Und jeder, der ihre Vita kannte, musste zu demselben Ergebnis kommen. Sie fühlte sich ertappt, ja nachgerade überführt.

»Allzu viel kann ich ansonsten nicht über diese Frau sagen, ich vermute allerdings stark, dass sie ortsansässig und die Partnerin von einem der beiden Männer ist.« Damit schloss die Fallanalytikerin ihre Ausführungen.

Wie bitte? Sibylle merkte auf. Hatte Natasha Polcek eben gesagt, die Frau wäre mit einem der Haberer liiert? Damit hatte sie wenigstens einen Punkt genannt, der nicht auf sie zutraf.

Wie benommen stand sie auf. Für sie war Feierabend. Weinrich wollte sich noch mit seinen Kollegen von der Kripo beraten, Wachpolizisten waren dabei unerwünscht. So fuhr Sibylle nach Hause. Eigentlich wollte sie mit Fritz sprechen, doch den erwischte sie nur noch, als er schon im Auto saß und zur Stadtratssitzung fuhr.

In ihrer Verzweiflung rief sie Charlotte an, doch die ging nicht ans Telefon. Aus, es war aus und vorbei. Sie ließ die letzten Wochen und Monate Revue passieren und erkannte immer mehr, dass es schon länger nicht mehr gestimmt hatte, dass sie die Zeichen nur nicht lesen konnte, vielleicht auch nicht wollte. Schließlich war es ihr nicht möglich, ihre berufliche Situation zu ändern. Und damit ihren Wohnort.

Sie konnte und wollte Charlotte aber noch nicht abhaken. Nein, sie würde kämpfen. Am Wochenende würde sie nach München fahren, egal, was in Obernstall auch passierte. Dann würde sie sich mit Charlotte treffen und sie würden sich aussprechen. Bis dahin musste sie aber schauen, wie sie aus dem Fadenkreuz von Dedric und Natasha Polcek kam.

Sibylle wusste, dass ihr in dieser Situation nur eines helfen konnte: Sport. Laufen machte ihren Kopf frei. Also zog sie ihre verschwitzten Klamotten aus und schlüpfte in ihre Sportkleidung. Sie fuhr zum Inzeller Moor, einer ihrer Lieblingsstrecken. Dort parkte sie das Auto und lief los. Die Luft war noch heiß, fast zu heiß zum Laufen. Mückenschwärme standen in der Luft wie Rauchsäulen. Schon nach wenigen Metern lief ihr der Schweiß hinunter.

Schnell fühlte sie sich besser, lockerer. Sie rief sich ihre heutigen Erlebnisse und Gespräche noch einmal ins Gedächtnis. Was hatte

Dedric gemeint mit der Bezahlung? War es möglich, dass Lupolenz die Detektei nur für drei Tage bezahlt hatte und sie deshalb nicht länger an dem Fall arbeiten würden? Dann müsste sie Dedric eigentlich nur hinhalten und er würde verschwinden. Das war die Idee. Und wie man das genau anstellte, würde sie abends mit ihren beiden Mitstreitern klären.

Dann dachte sie an Natasha Polcek. Die Profilerin hatte ihr nach einem kurzen Gespräch eröffnet, sie kenne Sibylles Geheimnis. Warum hatte sie die Polizistin dann nicht enttarnt? Warum hatte sie von einer ortsansässigen Partnerin gesprochen? Das passte nicht zusammen. Wollte sie Sibylle aus irgendwelchen Gründen doch schützen? Warum aber hatte sie dann eine relativ genaue Beschreibung von Sibylle abgeliefert?

Als sie bereits auf der zweiten Runde war, versuchte Sibylle verzweifelt herauszufinden, woher ihr Natasha Polcek bekannt vorkam. Und plötzlich fiel es ihr ein. Es begann mit einem Grinsen, einem innerlichen Grinsen, das sich allerdings zu einem mittelprächtigen Anfall auswuchs, sodass sie nicht mehr weiterlaufen konnte. All die Entspannung der letzten Tage entlud sich wie ein reinigendes Hitzegewitter am Ende eines schwülen Tages in diesem Lachkrampf.

15

Fritz Biber spülte gerade Weißbiergläser ab, als er zwei energische Stimmen hörte. Eigentlich wollte er an diesem Abend früher Schluss machen. Denn er brannte darauf, seinen Mitstreitern von seinen Erkenntnissen zu berichten und ihre Meinung zu hören. Es musste Kriegsrat gehalten werden. Vor allem die Frage, wie man mit Arlberger vorgehen sollte, mussten sie klären. Doch die Realität warf seine Pläne erst einmal über den Haufen.

Die beiden rauen Stimmen gehörten nämlich Luis Arlberger und Charlie Strohball. Sie hatten sich zu einer Revanche verabredet, was Fritz Biber nicht Recht war, zumal er Spiele um hohe Summen in seiner Kneipe nicht duldete.

»Alles cool«, beschwichtigte ihn Arlberger, »Wir spielen nur um Hunderter.« Dann gingen die beiden Kontrahenten in das Nebenzimmer.

Im Barraum tummelten sich mehr Leute als normalerweise an einem Sommertag. Offensichtlich hatten die heißen Temperaturen den Durst der Obernstaller so richtig entfacht. Denn die Halbe verdunstete bei vielen deutlich schneller als im Winter. An der Theke saßen mehrere Stammgäste, die hitzig über die nächste Fußballsaison debattierten. Den natürlichen Kontrapunkt zu den einheimischen Bayernfans bildete Jo Deister, der aus alter Verbundenheit den Leipziger Verein mit dem roten Bullen im Emblem favorisierte.

Aber auch das weibliche Element fehlte nicht. Ein Frauentisch hatte sich eingefunden. Dort wurden die modernen Klassiker Hugo's und Aperol Sprizz getrunken und heiß über das neue Fitnessstudio diskutiert, das im September seine Pforten öffnen würde. Angeblich böte dieses auch Pilates, Hot Iron und sogar Poweryoga an, was einen enormen Fortschritt darstellte.

Der nächste weibliche Gast gesellte sich allerdings nicht an diesen Tisch, sondern setzte sich in gewissem Sicherheitsabstand zu den Fußballphilosophen an die Theke. Fritz Biber erkannte sofort, dass es seiner Untermieterin nicht gut ging. Sie sah verheult aus und ließ die Mundwinkel hängen. Zudem bestellte sie einen kräftigen Rotwein. Sibylle trank aber selten. Nur, wenn es etwas zu feiern gab oder wenn sie niedergeschlagen war.

»Was ist?«, raunte ihr Fritz zu und blickte sie besorgt an.

Sibylle schüttelte nur den Kopf. Dann nahm sie ihr Handy heraus, wischte ein wenig herum und legte ihm eine What'sApp-Nachricht hin. Sie war von einer Freundin aus München abgeschickt worden, die Fritz vom Namen her kannte. Den ausführlichen Begleittext überflog der Wirt nur, das Bild sagte nämlich alles aus. Es zeigte Charlotte Geith, die heftig mit einer anderen Frau knutschte.

»Angeblich geht das schon seit vier Wochen mit denen«, sagte Sibylle mit erstickter Stimme.

Fritz versuchte, sie zu trösten, machte sich jedoch auch über sich selbst Gedanken. Denn Charlotte Geith war seine Alibifreundin. Wenn sie wegfiele und nicht mehr nach Obernstall käme, musste er sich etwas überlegen. Sollte freilich Simone ihre Ankündigung wahrmachen und ihre Affäre outen, könnte ihm eh keine fiktive Geliebte dieser Welt mehr helfen.

»Und weißt du, mit wem Lotte jetzt rummacht?«, fragte die Polizistin, den Tränen nahe. »Mit einer Metzgerfachverkäuferin. Sie, die Vegetarierin! Da hat sie auf einmal Fleischeslust entwickelt.« Sie selbst konnte über ihren bitteren Scherz nicht lachen.

Fritz hätte sich gern mehr um Sibylle gekümmert, aber ständig war irgendwo ein Glas leer. Es war eben der Abend eines heißen Tages. Zwischendurch ging der Wirt auch ins Nebenzimmer, um zu kontrollieren, ob wirklich nur um Hunderter gespielt wurde. Das Duell hatte wie am Vorabend auch ein paar Zuschauer angezogen. Als Biber die Tür öffnete, sah er einen Luis Arlberger, der die Faust reckte und einen kurzen Jubelschrei losließ. Offensichtlich hatte er eine Partie gewonnen.

»Heute zieh ich dir das Fell über die Ohren«, sagte er siegesgewiss.

»Träum weiter«, entgegnete Strohball und überreichte ihm einen Schein.

»Das ist heute Bayern gegen HSV«, stichelte Arlberger. Charlie war nämlich im Fanoutfit seines Heimatvereins angereist. Er trug Trikot und Kappe mit der schwarz-weißen Raute des Bundesliga-Dinos.

»Genauso spielst du, als würdest du den Unterschied zwischen einem Lederball und einem Dart-Pfeil nicht erkennen«, konterte Strohball. Dann drückte er ein Auge leicht zu, warf und traf genau die Triple-20. »Ich hoffe, du hast eine Menge Scheine dabei.«

Die harmlose Frotzelei ging permanent weiter, was Fritz Biber beruhigte, aber langweilte. Deshalb ging er wieder in den Barraum, hielt hier und da ein kleinen Plausch und machte aus leeren Gläsern wieder volle, bis er sich endlich Sibylle widmen konnte. In Kürze erzählte er ihr, was er über Arlberger herausgefunden hatte.

»Das könnte wirklich unser Mann sein«, raunte sie. »Aber wie sollen wir ihn überführen?«

»Seit das Flüstern erfunden worden ist, versteht man nichts mehr«, feixte plötzlich jemand von den Bayernfans. Ein wenig Gruppenzwang gab es auch im *Fuchsbau*.

»Wir unterhalten uns nur über Kultur, also nichts, was dich interessiert«, fuhr Fritz seinem Stammgast über den Mund, was Gelächter und Geraune zur Folge hatte. Dann wandte sich der Wirt wieder Sibylle zu. »Ich habe keine Ahnung. Wir können ihm nur nachweisen, dass er mehrfach gelogen hat«

»Und die sind nicht strafbar«, seufzte die Polizistin und trank ihren Rotwein aus. Ein solches Trinktempo hatte sie das ganze Jahr noch nicht an den Tag gelegt, aber wenn man verlassen wird und auch noch mit solch verletzenden Bildern konfrontiert wird, kann auch eine Gelegenheitstrinkerin mal Trost im Alkohol suchen.

Fritz nahm das Glas und hob es demonstrativ, woraufhin Sibylle nur nickte. Ja, an diesem Abend brauchte sie einen zweiten Schoppen. Plötzlich schnippte sie mit den Fingern. »Die Haare!«, rief sie halblaut aus.

»Wennst welche gfunden hast, gibst mir auch ein paar ab«, entgegnete einer der Stammgäste, der schon als Junger eine Halbglatze bekommen hatte.

»Du mit deinen paar Federn, du bräuchtest schon einen Hippie in der Mauser, dass bei dir wieder was wächst«, frotzelte einer der Bayernfans.

»Welche Haare?«, fragte Fritz so leise wie möglich, als er Sibylle das Weinglas hinstellte.

»Die vom Tatort. Da wurden ein paar dunkle, lange gefunden.«

Der Wirt hob die Augenbrauen. »Wie die von Arlberger?«

»Genau«, nickte Sibylle. Die Idee hatte ihre Laune sichtlich gebessert. »Wir sollten eh die Nachbarn noch einmal befragen, da schaue ich morgen bei Arlberger vorbei und hole eine DNA-Probe.«

»Mach das«, entgegnete Fritz, der sich anschickte, wieder in den Nebenraum zu gehen.

»Übrigens«, hielt ihn Sibylle zurück, »mir ist eingefallen, woher ich die Profilerin kenne.«

»Schieß los«, sagte Fritz neugierig. So wie seine Untermieterin grinste, musste es sich um eine gute Geschichte handeln.

»Vom *Café Edelheiß*. Das ist ein einschlägiges Szenelokal in München.« Sibylle grinste über das ganze Gesicht.

»Soll das heißen, die Polcek hat dieselbe erotische Orientierung wie du?« Auch Fritz zeigte sich amüsiert.

Sibylle nickte. »Und als sie zu mir sagte, sie kenne mein Geheimnis, meinte sie nicht, dass ich bei den Haberern wäre.«

Fritz lachte lauthals auf.

»Was ist denn so lustig?«, fragte die Fußballrunde am Tresen nach.

»Der ist gut«, sagte Fritz zu Sibylle, tat also so, als hätte sie ihm einen Witz erzählt.

»Dann lass mal hören!«, forderte einer der Stammgäste.

Um den Schein zu wahren, erzählte Fritz einen Witz, ein wenig derb musste er sein, aber nicht allzu sehr, schließlich musste es glaubhaft sein, dass ihn Sibylle erzählt hatte.

Goran Dedric war ein disziplinierter Mensch, der auch einmal zwei Tage ohne Nahrung auskommen konnte. Mit der bayerischen Küche konnte er wenig anfangen, mit der klassischen serbischen allerdings genauso wenig. Zu deftig, zu fleischlastig. Dennoch beschloss er, an seinem letzten Abend in Obernstall den *Hopfenbräu* mit seinem Besuch zu beehren.

Er mochte die rustikale Einrichtung in den Traditionsgaststätten nicht, ebensowenig die Geweihe von toten Gämsen oder Rehböcken. Auch keine Schützenteller, keine Bilder mit röhrenden Hirschen oder Sonnenuntergängen in den Alpen. Er hasste weiß-blaue Tischdecken, die so dick wie eine Winterjacke waren, Besteck in Steinkrügen und Salat mit Apfelessig. Dennoch nahm er all das in Kauf, um mit seinen Recherchen weiterzukommen.

Es hatte ihn Überwindung gekostet, nur das Sakko anzuziehen und ansonsten T-Shirt und eine beige Leinenhose zu tragen, aber er durfte auf keinen Fall einen distinguierten Eindruck machen, sonst würde er auf verschlossene Münder stoßen. Und er wollte das Gegenteil erreichen. Unspezifische Recherche, nannte er es, wenn er sich nur umhören wollte.

Als er das stickige Wirtshaus betrat, verpasste ihm die Atmosphäre eine Watschn. Zu seiner Verwunderung war die Bude proppenvoll. Dedric setzte sich an den letzten freien Tisch. Gemächlich schlappte Hermann Lohinger zu ihm und legte ihm die ledergebundene Speisekarte vor. »Was magstn trinken?«, fragte er.

Der Privatdetektiv war zwar ob des familiären Du etwas pikiert, wusste aber um die Gepflogenheiten auf dem Land, wo das Sie eher als Ausdruck von Antipathie und Ablehnung galt, und spielte das Spielchen mit.

»Bring mir ein Weißbier!« Er hatte fast alles richtig gemacht und kein Weizen geordert, was eine Herkunft jenseits des Weißwurschtäquators verraten hätte. Allerdings gab es im *Hopfenbräu* – wie in jeder anständigen bayerischen Wirtschaft – mehrere Weißbiersorten beziehungsweise -marken. Dedric entschied sich für das Wieninger Weißbier.

Dann studierte er die Speisekarte. Wobei es nicht viel zu studieren gab. Zwischen Leberknödelsuppe und Schweinshaxe gab es nur die klassischen Kasspatzn, das übliche Quotengericht für Vegetarier. Dedric wusste, dass sie ihm schwer im Magen liegen würden, aber er wollte nicht nur einen Beilagensalat bestellen, sonst hätte ihn niemand mehr ernst genommen.

»Bist a Vegetarier?«, fragte ihn der Wirt, nachdem er Dedrics Bestellung aufgenommen hatte. Der Privatdetektiv nickte und wappnete sich, einen dummen Spruch einzufangen. »Weißt du, wie wir in Obernstall eine fette Vegetarierin nennen?« Natürlich wusste es Dedric nicht. »Bio-Tonne«, sagte Lohinger und zog lachend ab.

Anstandhalber lächelte der Privatdetektiv über den Scherz. Dann begann er, den Raum mit seinen Habichtaugen abzutasten. Er musterte die Menschen und sah sich um. Über seinem Tisch bemerkte er einen Zeitungsartikel. Als ihm Sibylle Schwinghammer auf dem Foto auffiel, stand er auf und las sich den Text durch. Er war belanglos, ein Fahrradunfall mit Fahrerflucht. Sibylle Schwinghammer hatte jedoch beherzt eingegriffen und Schlimmeres verhindert. Dedric holte zuerst sein Vergrößerungsglas aus der Tasche, das er immer dabei hatte, und betrachtete eingehend das Gesicht von Sibylle Schwinghammer. Es wies deutliche Kratzspuren auf. Dann nahm er sein Tablet und öffnete die Datei mit den Befragungen der Haberer-Opfer. Hermann Brenninger interessierte ihn besonders. Der Anschlag auf ihn war am 1. Mai passiert. Der Zeitungsartikel datierte auf den 4. Mai, das Foto war also zwei Tage nach dem Angriff der Haberer aufgenommen worden. »Dieser Dreckschleudern, dieser Gifthenne habe ich ein paar Haare ausgerissen und sie sauber im Gesicht gekratzt.« Das hatte Hermann Brenninger ihm gegenüber wortwörtlich gesagt. Gemeint hatte er damit die Frau im Haberer-Trio.

»Die Sibylle ist eine Heldin«, sagte Lohinger, der Dedric den in Apfelessig ertränkten Beilagensalat brachte.

»Ohne Zweifel«, sagte der Privatdetektiv. ›Und ein Haberer‹, dachte er sich. ›Sibylle Schwinghammer, jetzt habe ich dich am Wickel.‹

Gegen Mitternacht hatte sich der Barraum weitgehend geleert. Lediglich die vier Fußballfans konnten das Fachsimpeln nicht lassen. Jeder hätte einen prima Nationaltrainer abgegeben. Sibylle war so müde, dass sie ihren zweiten Wein nicht mehr ausgetrunken hatte. Er hatte sie allerdings bettschwer gemacht. Insofern hoffte sie, schlafen zu können, wenngleich es ihr weiter schlecht ging. Es ist immer schwer, wenn man verlassen wird. Die Ex aber mit der Nachfolgerin zu sehen, ist die Höchststrafe. Sibylle verfiel in einen unruhigen Schlaf, der durch die Hitze in der Wohnung noch verstärkt wurde.

Hitzig war es offensichtlich auch im Nebenzimmer zugegangen. Fritz sah es seinem alten Kumpel sofort an, als er hereinkam. Charlie Strohball war geladen. Sein Gesicht glühte und seine Nasenflügel bebten. Er hielt sein leeres Weißbierglas demonstrativ in die Höhe.

Aus dem Nebenraum drangen Stimmen, die immer lauter wurden. Kaum hatte Strohball am Tresen Platz genommen, sprang schon Arlberger herein.

»Das ist total uncool von dir«, moserte er herum.

»Geh heim zu Mami und wein dich aus!«, entgegnete Strohball.

»Was ist denn mit euch zwei Streithanseln dauernd los?«, erkundigte sich Fritz. Er war nicht scharf auf Ärger mit Arlberger, schließlich glaubte er, diesen am Haken zu haben. Vielmehr wollte er ihm ein wenig auf den Zahn fühlen, was aber schwierig war, wenn schon wieder die Bude brannte.

»Ich hab ihn abgezockt und jetzt will er nicht mehr, der Feigling!«, giftete Arlberger.

»Abgezockt? Es steht heute vier zu drei für dich und mir reicht es jetzt einfach. Ich hatte einen harten Tag und meine Konzentration ist im Arsch.« Fritz stellte ihm das frische Weißbier hin, das Strohball sofort nahm und bis zur Hälfte leerte.

»Harter Tag? Du arbeitest doch nichts. Hat dich deine Alte wieder recht geschunden?« Mit überheblicher Siegermiene blickte er zu Charlie hinüber. »Die hat keine Haare auf den Zähnen, wie man hört. Der wachsen schon die Rastazöpferl raus.« Höhnisch lachte Arlberger auf.

Charlie reagierte nicht auf die Provokation. Er stierte einfach geradeaus, ohne Arlberger eines Blickes zu würdigen. Fritz wusste aber sehr genau, dass sein Freund ein Vulkan war, in dem gerade das Magma brodelte. Es brauchte nicht mehr viel zum Ausbruch. Denn Lisa war seine Schwachstelle. Er selbst konnte einiges einstecken, aber dumme Sprüche über seine Frau waren für ihn ein rotes Tuch.

Fritz roch die Gefahr und forderte Arlberger auf, den Mund zu halten. Sicherheitshalber ging er um den Tresen auf die beiden Kontrahenten zu.

Der Drucker lehnte sich lässig an die Theke und sagte laut. »Ich hab den Stubauer Didi gefragt, wie deine Alte im Bett ist.« Dietmar Stubauer war der größte Schürzenjäger zwischen Bad Reichenhall und Berchtesgaden. Er hat bloß gemeint: »Ich fand sie super, aber von den anderen sagt einer so und der andere so.«

Fritz konnte gerade noch dazwischen gehen, bekam aber die Faust von Charlie an die Schulter, sodass er nach hinten kippte und gegen Arlberger stieß. Aufgrund seiner Größe und seiner kräftigen Statur konnte sich der Wirt allerdings auf den Beinen halten. Er packte seinen Freund an den Oberarmen und versuchte, ihn zu beruhigen, doch der spuckte Gift und Galle in Richtung Arlberger. Am sinnvollsten wäre es natürlich gewesen, einen der beiden Hähne hinauszuwerfen, aber Charlie war sein Freund und Arlberger wollte er noch ein paar pikante Fragen stellen. Also beruhigte er die Szenerie, wobei ihm die anderen Gäste beistanden, und er setzte die beiden möglichst weit auseinander. Nun konnten sie sich noch über Distanz angiften, was aber keinem Spaß machte.

Trotz der angespannten Situation machte keiner der beiden Streithähne Anstalten, nach Hause zu gehen. Arlberger bestellte sich ein weiteres Pale Ale.

»Sag mal, Luis«, fragte ihn Fritz, als er ihm sein Bier hinstellte, »wo arbeitest du gleich wieder?«

Arlberger nannte die Traunsteiner Druckerei.

»Komisch«, fuhr der Wirt fort, »mit denen hatte ich vor ein paar Tagen zu tun. Bei denen lasse ich meine Speisekarten drucken, weißt du. Und die haben mir gesagt, dass sie dich ausgestellt haben.« Fritz blickte ihn durchdringend an.

»Hey, spionierst du mir nach? Bist du vom CIA oder was?«, entgegnete Arlberger sichtlich angefressen.

»Nein, noch schlimmer, der ist von der SPD«, warf einer der Stammgäste zur allgemeinen Erheiterung ein.

»Ich mein ja nur. Du hast gestern mit den großen Scheinen nur so um dich geschmissen. Und das, obwohl du arbeitslos bist.« Fritz ließ nicht locker.

»Ich hab was geerbt und deshalb gekündigt. Aber das geht euch Deppen einen Dreck an«, sagte Arlberger patzig.

»Jetzt mal runter vom Gas«, sagte Fritz laut und bestimmt. »So führt sich hier keiner auf.«

Arlberger griff in seine Hosentasche und zog ein Bündel Scheine heraus. Dann warf er einen 20er auf die Theke. »Stimmt schon.« Seine Rechnung betrug zwar etwas mehr, aber Fritz wollte sich nicht wegen 90 Cent streiten.

Luis Arlberger stand auf, strich sich über den Pferdeschwanz und ging zur Tür. Als er die Klinke bereits in der Hand hatte, drehte er sich noch einmal um. »Das Saufen hier ist teurer als die Schlampe vom Strohball«, sagte er grinsend. Sofort sprang Charlie auf, konnte aber mit aller Mühe von den Fußballfans zurückgehalten werden. Allerdings schickte er Arlberger noch eine Menge an Beleidigungen und Drohungen hinterher.

16

Sie sah Dedric im *Hopfenbräu* sitzen. Er war wieder allein. Vor sich hatte er ein Gericht, das aber mit einer – für die Lokalität untypischen – Cloche bedeckt war. Laut fragte sich der Privatdetektiv, was es denn heute für ein Schmankerl gebe. Als er den Edelstahldeckel lüftete, lag der Kopf von Sibylle auf dem Teller, gebraten, mit einem Apfel im Mund und Petersilie in den Nasenlöchern. Genussvoll säbelte sich Dedric ein Scheibchen von der saftigen Backe ab.

Da schreckte Sibylle schweißgebadet hoch. Sie hatte die ganze Nacht schon unruhig geschlafen. Ihre inneren Dämonen ließen sie nicht los, vor allem die Gedanken an Charlotte. Und nun träumte sie auch noch von Dedric. Sie war hellwach, obwohl es erst kurz nach 5 Uhr war. Nachdem sie sich gewaschen hatte, legte sie sich auf die Decke und meditierte. Als sie endlich wieder hätte einschlafen können, klingelte der Wecker.

Sibylle fühlte sich, als hätte sie eine Bleiweste an. Ein Gutes hatte die kurze Nacht wenigstens. Sie hatte Zeit gehabt, sich ihr Vorgehen genau zu überlegen. Als sie aus ihrem Zimmer ging, hörte sie noch das laute Sägen von Fritz Biber, was ihr den ersten Schmunzler an diesem Tag entlockte.

Sibylle traf Weinrich in der improvisierten Kommandozentrale in der Polizeimeisterei. Er war wie immer geschäftig, der Boss, der Macher. Allerdings hatte er mittlerweile Respekt vor Sibylle und hörte gelegentlich auf sie.

»Und? Haben Sie ein paar Kandidaten, die als Haberer in Frage kommen?«, fragte er fordernd, kaum dass Sibylle zur Tür hereingekommen war.

»Nein, aber etwas Besseres!« Sibylle lächelte und versuchte, ihre Niedergeschlagenheit und Müdigkeit zu überspielen.

Der Kommissar schüttelte ärgerlich den Kopf. »Das war aber ihr

Job. Sie sollen sich verdammt nochmal an das halten, was ich Ihnen auftrage! Verstanden?«, blaffte er sie an.

»Morgen nenne ich Ihnen ein paar Namen, versprochen, heute aber einen dringend Tatverdächtigen.« Dann erzählte sie von Luis Arlberger, dessen Frisur zu einigen Haaren am Tatort passte, der über seine berufliche Situation log, aber mit den großen Scheinen herumwedelte und einiges mehr.

»Ich wollte die Nachbarn sowieso noch einmal befragen. Gute Gelegenheit, diesem Drucker auf den Zahn zu fühlen.« Sogleich ging Weinrich zur Tür und bedeutete Sibylle mit einer Kopfbewegung, sie solle mitkommen.

Fritz Biber war gegen 8 Uhr aufgestanden, für seine Verhältnisse also zu nachtschlafender Zeit. Auch er fühlte sich unruhig, angespannt. Außerdem hatte er eine Menge zu erledigen. Nach dem Frühstück fuhr er zu Hermann Lohinger. Der Wirt des *Hopfenbräus* hatte eine kleine aber feine Brauerei, um die sich sein Sohn kümmerte. Dieser stand freilich im Ruf, selbst sein bester Kunde zu sein. Das Helle des *Hopfenbräus* stand auf jeden Fall auch bei den Gästen des *Fuchsbaus* hoch im Kurs.

Lohinger war schon seit halb 8 Uhr in der Brauerei. Er brauchte nicht mehr viel Schlaf und ging immer zeitig ins Bett. Denn nach ihm konnte man seine Uhr stellen. Er sperrte seine Kneipe pünktlich um 22 Uhr zu, selbst wenn die Queen von England oder der Herrgott persönlich noch eine Halbe geordert hätten. Nicht einmal der Seehofer Horst hätte noch was in den Steinkrug bekommen.

Lohinger hatte bereits zwei Fässer für Fritz Biber vorbereitet. Die beiden Wirte waren keine engen Freunde, mochten und respektierten sich aber, auch wenn Lohinger ein durch und durch Schwarzer war. Als Biber ankam, redeten sie erst ein wenig über die Hitzewelle und dann über die dramatischen Ereignisse in Obernstall.

»Dieser gschleckte Münchner war gestern bei mir. Der mit den vielen Schneckerln.« Lohinger grinste über seinen Witz.

»Du meinst diesen Dedric?«, fragte Fritz zurück, während er ein 30-Liter-Fass in sein Auto stemmte.

»Genau den. Wennst dem seinen Schädel mit *Nivea*-Creme einschmierst, brauchst keinen Spiegel mehr.« Lohinger stand an der Kasse und ließ die Rechnung heraus.

»Ich glaube, ich kaufe ab jetzt nur noch 20-Liter-Fässer«, keuchte Fritz. »Was hat er denn wollen bei dir, der Dedric? Bloß essen?«

Lohinger winkte ab. »Der ist doch so ein Grasfresser. Bei dem wird das Essen welk. Nein, im Ernst, der hat Fragen gestellt, wer die Haberer sein könnten. Aber keiner hat ihm nie nicht was gesagt, gell Das wäre ja noch das Schönste. Zum Schluss hat er sowieso einen rechten Fetzen gehabt. Der verträgt das Weißbier nicht.«

»Ein Münchner halt. Die sind 0,33-Gläser gewohnt«, spottete Fritz. Ressentiments gegen Großstädter verbanden.

»Und geschnupft hat er die ganze Zeit. Sakra, dass das so ein geschniegelter Pinsel macht. Schon komisch, gell?«

»Ist doch auch eine schöne Form der Integration, wenn Leute vom Balkan unseren Schmeizler entdecken«, meinte Fritz süffisant. Dann packte er das zweite Fass und verstaute es unter lautem Ächzen in seinem Kofferraum. »Was bin ich schuldig?«

Lohinger reichte ihm die Rechnung. »Dasselbe wie immer. Wir haben keine Inflation.«

Fritz wandte sich zum Gehen, als Lohinger noch etwas einfiel. »Ach ja, den Zeitungsartikel hat er genau studiert.«

Biber blieb wie vom Blitz gerührt stehen. »Welchen?«, fragte er, obwohl er sich die Antwort selbst geben konnte.

»Na, den von der Sibylle halt. Unserer Heldin. Er hat ihn sogar mit so einer Art Lupe angeschaut und irgendwas wegen ihren Kratzspuren dahergeredet. Genau hab ichs nicht verstanden.«

Fritz Biber durchzuckte es heiß. Der Privatdetektiv war Sibylle auf die Schliche gekommen. Nun musste er handeln. Schnell handeln.

Der Feuerkorb war voll. Es hatte nicht alles auf einmal hineingepasst. Deshalb wollte er zuerst die kleinen Teile verbrennen und dann den

Baseballschläger. Diesen hatte er schon in kleine Stücke geschnitten, an denen noch Blut klebte. Das Blut von zwei Männern. Er spürte keine Reue, kein bisschen. Ganz im Gegenteil, in ihm machte sich ein wohliges Gefühl der Genugtuung breit, ja der Rache. Obwohl speziell diese beiden ihm nichts getan hatten. Sie standen stellvertretend für alle.

Er spritzte Flüssiganzünder auf den kleinen Scheiterhaufen und warf ein Zündholz hinein. Sofort züngelte eine blaue Flamme empor.

»Ja«, sagte er halblaut zu sich, »brenne, vernichte alles. Und keiner wird mich jemals kriegen.« Dann lachte er heiser auf.

In wenigen Minuten würden die letzten Beweise seiner Schuld nur noch Asche sein. Aber auch diese musste noch entsorgt werden. Man konnte sie einfach im Wald verstreuen oder besser noch vergraben und kein Mensch könnte ihn mehr belangen.

Er hatte minutiös geplant, wie er alle Spuren beseitigen würde. Die Geräte und Maschinen hatte er fein säuberlich zerlegt und nach Materialien unterteilt. Das Holz auf einen Haufen, die Plastikteile, das Blech, das Alteisen. Dies alles wurden wieder jeweils in zwei verschiedene Kisten gepackt. Dann war er extra mit seinem Wagen nach München gefahren, wo er die eine Kiste im Wertstoffhof Trudering ablud, die andere im Wertstoffhof Großhadern. Allein das verseuchte Holz wurde sofort von der Presse gefressen. Und auch die anderen Container schluckten das belastende Material anstandslos und würden es nie wieder ausspucken.

Die Chemie hatte er am Tag zuvor bereits entsorgt. So konnte niemand eine Verbindung zu ihm herstellen. Alle Beweise würden vernichtet sein, wenn das Feuer hier seine gefräßige Arbeit vollbracht hatte. Das Papier war schnell verbrannt und er konnte die blutigen Teile des Baseballschlägers in den Feuerkorb werfen. Das angetrocknete Blut zog sich zusammen, warf Bläschen und wurde schließlich schwarz, löste sich in Rauch und Asche auf. Er war ein freier Mann! Innerlich jubelte er. Er hatte es allen gezeigt, diesem ganzen dreckigen Kaff hatte er es gezeigt!

Das *Hotel Faderholz* war das größte und älteste in Obernstall. Es war freilich auch das einzige, was Fritz Biber die Suche erleichterte. Nach dem Geschäftsbesuch bei Lohinger hatte er sich das Hirn zermartert, wie er Sibylle helfen konnte. Oder retten, wenn man es genau betrachtete. Denn Dedric, da war sich der Wirt sicher, würde noch an diesem Tag seine Rechercheergebnisse brühwarm Weinrich erzählen, schließlich musste der Detektiv wieder nach München, um eine untreue Ehefrau zu observieren. Deshalb war dieser gezwungen, an diesem Tag seine Obernstaller Arbeit abzuschließen. Das hatte Sibylle zumindest aus dem belauschten Telefonat geschlossen.

Da Obernstall langsam aber sicher auch vom Tourismusboom der Berchtesgadener Region profitierte, wurde das Hotel optisch aufgepäppelt und um den mittlerweile obligaten Wellnessbereich ergänzt. Fritz Biber betrat die Großbaustelle und erkundigte sich an der Rezeption nach Dedrics Zimmernummer, die ihm umgehend mitgeteilt wurde. Seine Befürchtung, der Privatdetektiv habe bereits ausgecheckt, hatte sich glücklicherweise nicht bewahrheitet.

Als Fritz den Flur im zweiten Stock entlangging, zog er sich einen Aidshandschuh aus seinem Erste-Hilfe-Köfferchen über die linke Hand. Diese steckte er in die Tasche seines hellen Leinensakkos. Dann kam der letzte Teil der Vorbereitung. Möglicherweise machte er sich lächerlich, aber das musste er in Kauf nehmen. Denn er klammerte sich an einen sehr dünnen Strohhalm. Und sollte dieser sich tatsächlich als Rettungsanker erweisen, dann musste alles schnell gehen. Verdammt schnell.

An der Türklinke von Zimmer 25 hing ein rotes Schild. Goran Dedric wollte nicht gestört werden. Da sich Biber nicht als Mitglied des Room Services verstand, klopfte er zweimal laut. Es dauerte einige Sekunden, bis eine missmutige Stimme zu hören war.

»Können Sie nicht lesen?«, grummelte Dedric, dessen gute Umgangsformen offensichtlich noch im Tiefschlaf waren.

»Doch, kann ich«, entgegnete der Wirt mit seiner bassig-festen Stimme. »Fritz Biber hier, ich möchte mit Ihnen sprechen.«

Dedric steckte den Kopf heraus. »Um was geht's?«, fragte er genervt.

›Da hat einen aber einen Kater‹, dachte sich Fritz, behielt seine Beobachtung jedoch für sich. »Ich wollte mit Ihnen über die Haberer reden.«

Das war das Zauberwort, das ihm sofort Einlass gewährte. Dedric bewohnte ein Doppelzimmer. Ein Bett war ungemacht, auf dem anderen lag sein aufgeklappter Trolley, der bereits halb eingeräumt war. Fritz tastete das ganze Zimmer blitzschnell ab. Ihn interessierte nur ein kleiner Gegenstand, der erwartungsgemäß nicht zu sehen war. Aber vielleicht zu spüren.

»Also, was können Sie mir sagen, was ich nicht weiß?« Der Privatdetektiv war meilenweit von seiner aalglatten Freundlichkeit entfernt. Vermutlich plagten ihn Kopfschmerzen, eins der Weißbiere am gestrigen Abend musste schlecht gewesen sein. Außerdem drängte die Zeit. München und sein alter Auftrag warteten, vorher aber musste er Weinrich Bericht erstatten und diese Schwinghammer überführen. Er wollte sich mit Biber nicht länger beschäftigen als nötig, zumal er ihm nicht traute. Ganz im Gegenteil, er hatte ihn in Verdacht, Anführer der Haberer zu sein.

»Wissen Sie, als Wirt hört man in der Kneipe ja so einiges.« Fritz Biber erging sich in Allgemeinplätzen, um Zeit zu gewinnen. Neben dem Trolley sah er schließlich das Sakko, das Dedric in diesen Tagen getragen hatte, auch gestern, wie ihm Lohinger mitgeteilt hatte. Unauffällig ging er darauf zu, lobte auf einmal den herrlichen Blick aus dem Hotelfenster mit dem unvergleichlichen Alpenpanorama. Plötzlich täuschte er einen Schwächeanfall vor und ließ sich auf das Sakko fallen.

»Was ist? Geht es Ihnen nicht gut?« Dedric zeigte keine Empathie, nur Ungeduld.

»Nein, mir geht's bestens«, entgegnete Fritz erfreut, denn er hatte den gewünschten Gegenstand gespürt. Blitzschnell griff er mit seiner linken Hand in Dedrics Sakkotasche und holte die Schnupftabakdose hervor, während er mit der rechten aus seiner Innentasche eine Plastiktüte herauskramte, wie man sie bei der

Polizei für Beweismittel benutzte. Als der Privatdetektiv reagieren wollte, hatte Fritz das Corpus delicti schon fest verstaut.

»Was soll das? Geben Sie mir sofort meinen Schnupftabak!« Dedrics Kopf färbte sich ins Puterrote.

»Schmeizler made in Kolumbien, oder?« Fritz lächelte Dedric triumphierend an. »Dass einer wie Sie sich die Nasenschleimhäute mit bayerischem Schnupftabak reizt, habe ich nie geglaubt, zumal Sie auf das charakteristische Niesen verzichtet haben. Also, dachte ich mir, muss der Herr Detektiv etwas anderes in sein Hirn hinaufziehen. Koks war das Erste, was mir eingefallen ist. Und das einzige.«

»Das ist Diebstahl. Und Hausfriedensbruch«, stammelte Dedric.

»Nanana, Sie haben mich freiwillig hereingelassen. Und wenn Sie wollen, dass ich gehe – genau das habe ich vor. Mal schauen, was Oberkommissar Weinrich von meiner Entdeckung hält. Und Ihre Bosse. Die sind doch bestimmt nicht darüber erfreut, dass einer ihrer Mitarbeiter Drogen nimmt.« Sogleich ging Fritz Richtung Tür, wurde aber von Dedric aufgehalten, der sich mit aufgeplustertem Brustkasten vor ihm aufbaute.

»Sie gehen nirgendwo hin«, sagte er drohend.

»Wirklich? Wie willst du mich aufhalten, du Zwetschgenmandl?« Auch Fritz setzte seinen entschlossensten Blick auf und machte sich kampfbereit. Immerhin war er einen halben Kopf größer und deutlich kräftiger als der drahtige Dedric. ›Ein bisschen auf den Putz hauen und angeben‹, dachte er, ›kann in dieser Situation nicht schaden‹.

Doch Dedric griff in seine Gesäßtasche und zog blitzschnell ein Butterflymesser heraus, das er Fritz an den Hals hielt. »So vielleicht, du Sprüchemacher? Her mit dem Koks!«

»Du gibst es also zu, dass das kein Schnupftabak ist?«

»Soll ich es dir schriftlich geben? Her damit!«, giftete der Privatdetektiv. Er sah zu allem entschlossen aus.

»Sonst was? Sonst stichst du mich mit deinem Messer ab?« Die Klinge ritzte bereits in Bibers Hals, sodass ein paar Blutstropfen herausquollen.

»Ja, dann stech ich dich ab wie eine Sau«, entgegnete Dedric kalt.

»Okay«, sagte Fritz. Er zog seine rechte Hand aus der Sakkotasche, in der er den vermeintlichen Schnupftabak verstaut hatte. Allerdings kam ein Handy zum Vorschein. »Sibylle, hast du alles gehört?«

»Ja. Und mitgeschnitten.«

»Scheiße«, fluchte Dedric und nahm das Messer von Bibers Hals weg. »Ihr habt mich reingelegt.« Er bebte vor Wut. Am liebsten hätte er Fritz das Messer in seinen Leib gerannt, doch er beherrschte sich.

»Nicht unbedingt«, entgegnete der Wirt diplomatisch. Er spürte, wie es in Dedric brodelte. »Quid pro quo. Und niemand erfährt etwas.«

»Was wollen Sie von mir?« Dass sich die Situation leicht entspannte, merkte man daran, dass die beiden Kontrahenten vom Du wieder zum förmlichen Sie übergegangen waren. Wenn man sich aufplustert oder jemandem Gewalt androht, dann ist die Höflichkeitsform so effektmindernd.

»Liegt das nicht auf der Hand?«, erwiderte Biber.

Dedric nickte. »Eigentlich schon. Ich soll dem Herrn Oberkommissar ausrichten, dass ich leider nichts herausgefunden habe, bedauerlicherweise also ohne vorzeigbare Ergebnisse Obernstall verlassen muss.«

Fritz grinste. »Und zwar für immer.«

Das Haus von Arlberger war eines der ersten in der Fuchssiedlung. Ein 50er-Jahrebau, der sichtlich Patina angesetzt hatte. Die Fenster waren morsch und spotteten jeder Wärmedämmrichtlinie. Die Außenmauern hatten lange schon keinen Pinsel mehr gespürt, sodass sie rußig aussahen, alt, heruntergekommen. Arlberger hatte das Häuschen von seinen Eltern geerbt. Ein paar Jahre hatte er es mit seiner Schwester bewohnt, bis diese kurz vor ihrer Heirat auszog. Arlberger machte dann aus dem Einfamilienhaus eine astreine Junggesellenbude.

Als Sibylle, sie war wieder als Chauffeurin engagiert worden, in die Zielstraße einbog, beendete Weinrich gerade sein Telefonat. Er hatte sich auf die Schnelle über Arlberger schlau gemacht. »Von einer Erbschaft ist nichts bekannt«, teilte der Oberkommissar mit. »Dann wollen wir dem Herrn Drucker mal auf den Zahn fühlen, wovon er derzeit lebt.«

Sibylle parkte den Wagen vor der Einfahrt. Die beiden Polizisten stiegen gleichzeitig aus und gingen zu dem gusseisernen Gartentor, dessen charmefreies Grau auch schon abblätterte. Weinrich klingelte, doch es rührte sich nichts im Haus.

»Wahrscheinlich schlaft er noch«, brummte Weinrich. »Wir können ruhig annehmen, dass er zu Hause ist.« Die Garage stand offen, man konnte also Arlbergers silbernen BMW X1 Sport Line bewundern. »Solche Typen gehen doch keinen Meter zu Fuß.«

Sibylle pflichtete ihm bei. Als er nach mehrmaligem Klingeln immer noch kein Lebenszeichen gab, drückte Weinrich die Klinke. Das Gartentor war offen, was die Polizisten als Einladung betrachteten. Schweigend gingen sie über die gepflasterte Einfahrt zur Haustür, wo sich eine weitere Glocke befand. Als sie Weinrich betätigte, hörten sie ein lautes Bimmeln.

»Vielleicht war ja nur die Außenglocke defekt«, merkte der Kommissar an. »Die Klingel weckt auf jeden Fall Tote auf.«

Doch wieder rührte sich nichts im Haus. Weinrich seufzte. »Was machen wir jetzt? Gefahr im Verzug können wir noch nicht melden.« Nur so hätten sie ohne Durchsuchungsbefehl in das Haus eindringen können.

»Vielleicht schauen wir mal durch ein Fenster?«, schlug Sibylle vor.

»Machen Sie das, ich halte hier die Stellung.«

Weinrich wollte sich nicht die Finger schmutzig machen. Immerhin hätte Arlberger, wenn er die Polizisten um das Haus herumschnüffeln sähe, auch Ärger machen können.

Vorsichtig ging Sibylle um das Eck in den kleinen Garten. Beete und Blumen gab es dort keine, lediglich zwei Apfelbäume und eine Lärche. Der Rasen war ungepflegt und stellenweise ausgebrannt.

Der Streifen zwischen Rasen und Mauer war mit Kies aufgefüllt. Sibylle beschlich ein seltsames Gefühl, eine Intuition, dass mit Arlberger etwas nicht stimmte.

Das erste Fenster an der Westseite gehörte zur Küche. Die Polizistin schaute nur kurz hinein. Im Gegensatz zum verlotterten Äußeren legte Arlberger offensichtlich Wert auf die Einrichtung. Die komplette Küche sah ebenso neu wie hochwertig aus. Zudem war sie pikobello sauber und aufgeräumt.

Als Nächstes kam das Wohnzimmer, das noch den zweifelhaften Charme der 50er-Jahre besaß. Abgewetzte braungestreifte Polstersessel, Raufasertapeten, die als Zeitdokument für manch historisches Museum interessant gewesen wären, sogar ein Nierentisch stand herum, auf dem ein paar Zeitschriften lagen. Auch der große Teppich musste angeschafft worden sein, als Adenauer Kanzler gewesen ist. Erstaunlich war allerdings, was sich darauf befand. Weinrich hatte definitiv Unrecht, als er meinte, die Klingel würde Toten wecken. Für Arlberger zumindest würden nur noch die Totenglocken läuten.

Sibylle wollte bereits Weinrich alarmieren, als sie noch einmal genau hinschaute. Arlberger hielt etwas in seiner Hand, etwas, das Sibylle verdammt bekannt vorkam.

»Oh nein«, hauchte sie. Am liebsten wäre sie im Boden versunken. Doch dann straffte sie sich und überlegte. Weinrich konnte sie von hier aus nicht sehen. Also zückte sie kurzerhand ihr Handy und rief Fritz an. Er musste ihr erzählen, was letzte Nacht noch passiert war.

17

Bei den Strohballs hing der Haussegen schief, denn Lisa hatte die Eskapaden ihres Mannes satt. Er war um halb 7 Uhr heimgekommen, da war sie gerade aufgestanden. Wieder hatte er um Geld gespielt und wieder hatte er mehr als ein Weißbier getrunken, wie man an seinem Atem riechen konnte. Lisa war sauer, stinkesauer, und sie machte das, was ihren Liebsten am meisten traf: Sie ignorierte ihn. Kein Wort sprach sie mit ihm, so flehentlich er ihr auch noch hinterherhechelte, so sehr er auch um Vergebung bat und gelobte, bis zu seinem Ableben keinen Tropfen Bier mehr zu trinken.

Wortlos machte sie Frühstück nur für sich selbst, obwohl ihr Mann bereits Toast und Rühreier hergerichtet hatte. Auch den frisch zubereiteten Kaffee ließ sie geflissentlich stehen. Wortlos räumte sie das Geschirr in die Spülmaschine, verschwand noch für ein paar Minuten im Bad und zog sich dann die Stiefel über. Als sie ihre Handtasche an sich nahm, klingelte es plötzlich. Ein kurzer Ausruf des Erstaunens – um diese Uhrzeit kam nie jemand zu Besuch und für die Post war es zu früh – war der erste Laut, den sie an diesem Tag von sich gab.

Fast hätte sie Charlie gefragt, ob er jemanden erwarte, erinnerte sich dann aber daran, dass sie sich gegenüber ihrem Göttergatten ein Redeverbot auferlegt hatte. Also ging sie zur Tür und öffnete. Fast hätte sie der Schlag getroffen. Polizei! Sie waren gleich zu dritt aufmarschiert. Zwei in Uniform – es waren Sibylle Schwinghammer und Klaas Frevert – und einer in Zivil. Dabei handelte es sich um den leitenden Kommissar. Lisa erkannte ihn von den Fotos im *Berchtesgadener Anzeiger*.

»Wohnt hier ein Karl Strohball?«, fragte der Kommissar.

Lisa stotterte eine Antwort und rief dann ihren Mann. Ihr Schweigegelübde war überflüssig geworden.

»Was ist denn los?«, fragte sie verblüfft.

»Das sagen wir ihm schon selbst«, brummte Weinrich.

Lisa wurde bang zumute. Sie wusste, dass ihr Charlie ein guter Mensch war, einen weichen Kern hatte, aber leider eine manchmal raue Fassade. Und dass er nicht immer der friedlichste Zeitgenosse war.

Charlie schlurfte barfuß zur Haustür. Er hatte vom Esszimmer aus gehört, dass die Bullen etwas von ihm wollten. Auf Polizei war er prinzipiell nicht gut zu sprechen. Etwas beruhigte ihn der Anblick von Sibylle. Allerdings hatte sie die Mundwinkel zusammengekniffen und sah geschäftig, fast schon ein wenig angsteinflößend aus.

»Jaja, ich weiß«, sagte Charlie lapidar, »ich hab mal wieder den Arsch von meinem Auto im Halteverbot geparkt. Ich fahr gleich weg.«

Weinrich ging nicht auf die Bemerkung ein, sondern zückte stattdessen ein offizielles Schreiben, das er Charlie vor die Nase hielt.

»Karl Strohball, Sie sind hiermit festgenommen. Sie werden beschuldigt, in der letzten Nacht Luis Nepomuk Arlberger heimtückisch ermordet zu haben. Alles, was Sie sagen, kann und wird vor Gericht gegen Sie verwendet werden.«

»Sagt mal, habt ihr nicht alle Gurken im Glas, oder was?« Charlie fiel aus allen Wolken. Er ging einen halben Schritt zurück und nahm seine Kampfposition ein. »Aber so leicht kriegt ihr mich nicht!« Sibylle blickte ihn entgeistert an, Frevert dagegen legte die Hand auf seine Dienstwaffe und Weinrich trat einen Schritt zurück.

Die heftigste Reaktion aber kam von Charlies Frau. »Bist du jetzt vollends übergeschnappt!«, schrie Lisa und schlug ihm wütend mit den Fäusten auf seinen bulligen Nacken. »Willst du dich mit der Polizei prügeln? Lass dich gefälligst festnehmen, du Irrer! Du Trunkenbold!« Aus der zierlichen Lisa sprudelte es nur so. Die angestaute Wut platzte aus ihr heraus.

Charlie drehte sich aus Scham nicht einmal zu ihr um. Er streckte den Polizisten bereitwillig die Hände entgegen. »Ich war's nicht, aber ich komme mit.«

Einen Verhörraum gab es nicht auf der Wache in Obernstall. Oberkommissar Weinrich wollte jedoch nicht nach Traunstein fahren, deshalb führten sie Strohball in die improvisierte Einsatzzentrale. Er ließ diesem die Handschellen abnehmen und ein Glas Wasser bringen. Allerdings rückte er den Tisch zwischen ihnen zur Seite. Weinrich hatte alle möglichen Verhörtechniken studiert und seine eigene kultiviert. Er wollte bei jeder Vernehmung immer den ganzen Menschen sehen, eben auch, wie er mit den Füßen oder Händen reagierte. Das sagt oft mehr aus als Worte.

Der Verdächtige durfte auch nicht eingeschüchtert werden, nein, man musste ein Vertrauensverhältnis aufbauen, nur so würde er reden. Und wenn man Glück hatte, würde man ihm die Zunge lockern, sodass er mehr reden würde, als er eigentlich vorhatte, würde sich vielleicht sogar verraten, damit er sein zentnerschweres Gewissen erleichterte.

Weinrich duldete die beiden Wachpolizisten Schwinghammer und Frevert im Raum, wies diese aber an, sich im Hintergrund zu halten und auf keinen Fall etwas zu sagen. Nach kurzem Vorgeplänkel begann der Oberkommissar mit dem Verhör. Als Erstes wollte er einfach wissen, was am Vorabend im *Fuchsbau* los gewesen sei. Charlie Strohball erzählte von der Revanche und der Partie tags zuvor, als Arlberger um große Beträge gespielt hatte und weiterspielen wollte. Der Bericht war ein wenig wirr und durcheinander, aber Weinrich konnte sich ein Bild von den Abläufen machen.

»Kam es zu Auseinandersetzungen? Oder gar Handgreiflichkeiten?«, fragte der Kommissar schließlich.

Strohball, der noch dieselbe Kleidung wie am Vorabend trug und auch noch nicht gewaschen oder rasiert war, fuhr sich über sein stachliges Gesicht. Er veränderte seine Sitzhaltung, beugte sich nach vorne und stierte kurz in den Boden, was Weinrich natürlich registrierte. Charlie überlegte, ob er es machen sollte wie bei Lisa:

tröpfchenweise die geschönte Wahrheit erzählen. Aber es gab zu viele Zeugen. Und die würden eher dramatisieren als verharmlosen.

Also gab er unumwunden zu, Arlberger an ihrem ersten Dart-Abend an die Gurgel gegangen zu sein.

»Ich verstehe das«, meinte Weinrich nickend, »wer so provoziert wird, muss auch das Recht haben, sich zu verteidigen.«

»Klar. Und gestern kam er wieder daher, diese Flitzpiepe. Ich bin ein gutmütiger Mensch und verabscheue Gewalt, ehrlich.«

›Und deshalb warst du auf dem Sprung zum Profiboxer‹, dachte sich Weinrich, der innerlich schmunzelte und sich freute, dass er Strohball die Handbremse im Mund gelöst hatte.

»Aber wissen Sie, was das Problem von Arlberger ist? Der kann einfach nicht verlieren, der Scheißkerl«, schimpfte Strohball. Sibylle wurde ganz heiß, als sie merkte, wie sich ihr Kumpel um Kopf und Kragen redete. Sie konnte ihn freilich unmöglich unterbrechen. »Wenn ich sage, jetzt ist Schluss, dann ist Schluss. Und mit was kommt er daher? Mit meiner Frau, die er als Schlampe beschimpft. Ich meine, das kann man sich doch nicht bieten lassen, oder?«

»Auf keinen Fall«, bestätigte ihn Weinrich. »Für meine Frau könnte ich auch töten.«

»Eben«, pflichtete Strohball bei, der sich freute, dass ihn endlich einmal ein Polizist verstand. Sibylle stöhnte innerlich auf. Charlie hatte soeben ein Mordmotiv zugegeben. »Und dieses Sackgesicht lässt nicht locker.«

»Und da wollten Sie ihm ein paar in die Fresse hauen, wie er es verdient hatte«, fragte Weinrich weiter.

»Klar, aber die anderen haben mich zurückgehalten. Und Fritz hat dann den Arlberger rausgeworfen.« Strohball signalisierte mit jedem Wort, welche Wut er immer noch auf seinen Dart-Gegner hatte, als wäre dieser quietschlebendig.

»Und was haben Sie dann gemacht?« Weinrich sprach mit einer weichen Stimme, wie sie Sibylle bislang nicht von ihm kannte.

»Dann hab ich mir noch zwei Weißbier reingepfiffen und einen Burger, bis ich mich abreagiert habe. Fritz macht sauleckere Burger.

Sollten Sie mal probieren.« Charlie leckte sich die Lippen.

»Guter Tipp«, heuchelte Weinrich, »mach ich auf jeden Fall. Und dann?« Der Kommissar hob die Augenbrauen und blickte Strohball erwartungsvoll an.

»Naja, Fritz wollte mir ein Taxi rufen, aber ich habe das Auto schon am Tag zuvor stehenlassen und Lisa war stinkewütend.«

»Die Frauen«, pflichtete Weinrich kopfschüttelnd bei. »Verstehen einfach nicht, dass wir uns ab und an mal ausleben müssen.«

»Genau. Also, ich wollte deshalb nicht wieder das Taxi nehmen, war aber zu blau zum Fahren. Darum habe ich mich auf die Rückbank gelegt und bis 6 in der Früh geschlafen.«

»Das haben Sie klug gemacht. Aber Zeugen gibt es dafür wohl nicht?«, fragte Weinrich nach.

Charlie zuckte mit den Schultern. »Keine Ahnung, vielleicht sind ein paar Nachtschwärmer vorbeigekommen und haben mich gesehen.«

»Die werden wir sicher ausfindig machen«, lächelte der Oberkommissar. »Hatten Sie gestern eine Kopfbedeckung auf, als Sie in den Fuchsbau gingen?«

»Klar, mein HSV-Käppi«, gab Charlie unumwunden zu. »Das ist von Uwe Seeler höchstpersönlich signiert. Mein absolutes Schmuckstück!«

»Und wo haben Sie das jetzt?«, fragte Weinrich nach.

Strohball zog die Stirn in Falten. »Scheiße ja, wo ist die Mütze … keine Ahnung, vielleicht im Auto?«

»Oder woanders«, entgegnete der Oberkommissar, der sich an dieser Stelle ein überlegenes Grinsen nicht völlig verkneifen konnte. Dann nahm er sein Handy aus der Hosentasche, wischte ein wenig herum und zeigte Strohball ein Bild. »Könnte das Ihre Mütze sein?«

Strohball beugte sich nach vorne und betrachtete das Foto. Es war eine stark verpixelte Nahaufnahme. Dennoch sah man das Blau-Weiß des HSV-Logos und in Schwarz die Buchstaben »eele«, die zweifellos Teil einer Signatur waren. »Das ist mein Käppi«, rief Strohball erfreut aus. »Wo haben Sie das denn gefunden?«

»Bei Arlberger«, sagte Weinrich. Dann machte er das Foto etwas kleiner. Nun sah man eine Hand, die wie eine Kralle die Mütze festumklammert hielt.

»Wie kommt mein Käppi da hin?«, fragte Strohball verwundert.

»Das wollte ich Sie fragen.« Weinrich blickte Strohball erwartungsvoll an. Schließlich zeigte er ihm das komplette Foto. Es war von außen durch das Wohnzimmerfenster aufgenommen worden. Arlberger lag auf dem Bauch. Er war zweifellos tot. An seinem Hinterkopf klaffte eine Wunde, sein Pferdeschwanz war blutverklebt. Neben seinem Kopf hatte sich eine kleine Blutlache gebildet, die bereits eingetrocknet war. Und in seiner Hand hielt er die von Uwe Seeler signierte HSV-Mütze.

»Ich kann mir das nicht erklären. Das war nicht ich …«, stotterte Charlie Strohball, dem allmählich dämmerte, dass er unter Mordverdacht stand.

»Es sieht aber ganz anders aus, Herr Strohball«, sagte Weinrich plötzlich ernst und mit einem bohrenden Blick. Das Verhör war deutlich besser gelaufen, als er sich erhofft hatte. Strohball hatte die Zeit, die Gelegenheit und das Motiv. Nur die Mittel waren noch zu überprüfen, aber da musste er die Ergebnisse der Spurensicherung und des Forensikers abwarten. Außerdem gab Strohball zu, wütend gewesen zu sein und alkoholisiert. Die endgültige Überführung würde nur eine Frage von Tagen, vielleicht sogar Stunden sein.

»Sie bleiben vorläufig festgenommen.« Sogleich wies er die beiden Wachpolizisten an, Strohball abzuführen. »Eine kleine Zelle habt ihr ja immerhin in eurer Wald-und-Wiesenwache«, sagte er spöttisch.

An Sibylle perlte die Hochnäsigkeit von Weinrich nur noch ab. Es kostete sie allerdings einige Überwindung, Charlie als normalen Delinquenten zu behandeln, zumal sie Angst hatte, dieser würde sich ihr gegenüber zu kumpelhaft benehmen. Doch Strohball war zu konsterniert und ließ sich bereitwillig abführen. Ein schlechtes Gewissen hatte Sibylle nicht, weil sie Weinrich von der Mütze erzählt hatte. Sie war Augenzeugin und hätte sich nur verdächtig gemacht, wenn sie ihr Wissen für sich behalten hätte.

Fritz hatte ihr am Handy erzählt, soweit er sich erinnere, sei Charlie vom Darten ohne seine Mütze gekommen, habe diese also im Spielzimmer liegenlassen. Es gäbe dann zwei Möglichkeiten: Entweder hatte sich Charlie sein HSV-Heiligtum noch geholt, als er den Barraum verlassen hatte, oder ein anderer hatte sie an sich genommen. Es hätte sogar Arlberger sein können. Das wäre durchaus plausibel. So hätte er nach dem Ärger und den Drohungen seinem Konkurrenten noch eins auswischen können.

Als Sibylle Schwinghammer und Klaas Frevert wieder zurückgekommen waren, befand sich Weinrich immer noch allein in der Zentrale. Er stierte auf sein Handy und las eine Nachricht.

»Herrschaften«, sagte er schließlich, ohne aufzublicken, »dieser Fall dürfte klar sein. Und auch bei dem Mord an Manfred Lupolenz sind wir ein Stück weiter. Die langen Haare am Tatort stammen eindeutig von Luis Arlberger. Wir können davon ausgehen, dass der Tote einer der drei Haberfeldtreiber war.«

»Aber Arlberger war doch ziemlich groß und hager und passt so vom Körperbau gar nicht zu einer der drei Beschreibungen«, wandte Sibylle ein.

»Das stimmt so nicht«, widersprach der Oberkommissar. »Die vier Opfer der Haberer haben durchaus widersprüchliche Angaben gemacht. Außerdem kann sich Arlberger verkleidet haben, ein Kissen um den Bauch und schon verwandelt er sich augenscheinlich in einen Bullen. Als Boss des Trios kommt er allerdings für mich nicht in Frage. Er passt nicht in das Profil, das uns Frau Polcek erstellt hat. Zu wenig eloquent, zu wenig Alphamännchen. Wir suchen also mit Nachdruck den Anführer und die Frau. Auf geht's.« Weinrich klatschte in die Hände und stand auf.

Es war ein Pflichttermin, der 100. Geburtstag von Theresia Gloifinger. Da wurde von allen Honoratioren der Stadt ein Anstandsbesuch erwartet. Der Oppositionsführer musste genauso wie die Bürgermeisterin erscheinen, schließlich war auch die Presse anwesend. Ein Foto ohne Fritz Biber war kein Foto. Wenn es irgendwie möglich war, lächelte der Wirt in jede Kamera, die auf ihn gerichtet war. Es zählte zu seinen zahlreichen Talenten, dass er auf Bildern immer natürlich lächelte, als würde er den größten Spaß seines Lebens haben, selbst wenn ihn die Veranstaltung anödete.

Zum Jubiläum der ältesten Einwohnerin Obernstalls kam er aber mit einem flauen Gefühl im Magen. Sibylle hatte ihn kurz benachrichtigt, was mit Charlie passiert war.

»Der Trottel redet sich um Kopf und Kragen!«, stöhnte die Polizistin.

Fritz versprach, ihm einen Anwalt zu besorgen, einen richtig ausgebufften Winkeladvokaten, der mit allen juristischen Wassern gewaschen war.

Er fuhr aber noch aus einem anderen Grund ungern zu Theresia Gloifinger. Denn natürlich war auch die Bürgermeisterin anwesend. Und diese hatte verkündet, sie würde die Affäre mit ihm publik machen. Vielleicht suchte sie heute die Öffentlichkeit? Die Presse war da, jeder wichtige Repräsentant der Stadt. Es gäbe kein besseres Forum für das Outing des verrücktesten Techtelmechtels von Obernstall.

Als Fritz vorfuhr, parkten jede Menge Autos vor dem Haus der Jubilarin. Es herrschte also bereits Hochbetrieb. Auch der Catering-Wagen von Manfred Bogler stand da. Er war mit einem lachenden Comic-Schweinchen lackiert, das vor einer dampfenden Schüssel mit Würsten saß und Messer und Gabel in Händen hielt. Fritz wusste nicht recht, was dieses Logo ausdrücken sollte. Wollte Bogler eine Kannibalensau zeigen oder meinte er, man müsse ein Schwein sein, um seine Würste zu mögen?

Fritz nahm sein Geschenk vom Beifahrersitz und stieg aus. Er hatte ein Kistchen handgerollter Zigarren aus Kuba besorgt. Theresia Gloifinger war trotz ihres fortgeschrittenen Alters eine passionierte Raucherin und liebte vor allem die Produkte von der Zuckerinsel, zumal sie ein eingefleischter Che Guevara- und Fidel Castro-Fan war.

Kaum hatte er geklingelt, öffnete ihm ein gestresster Enkel

die Tür. Bertl Gloifinger führte ihn ins Wohnzimmer, wo es Bogler'schen Leberkäs mit Brezen gab. Fritz ging natürlich als Erstes zum Geburtstagskind und gratulierte. Theresia Gloifinger war sicher schon um 10 Zentimeter geschrumpft und von dem einen oder anderen Alterszipperlein geplagt, aber geistig war sie noch fit. Und ihren eigenen Willen konnte sie auch problemlos behaupten.

»Ja, der Biber Fritz, alter Hallodri, bist aa da?«, sagte sie freundlich lächelnd. Dabei wippte ihr Kinn auf und ab und sie strahlte über das ganze Gesicht.

»Aber natürlich. Die einzige Linke des ganzen Orts, da muss ich doch gratulieren«, schwadronierte er so laut, dass es auch im Nachbarhaus noch zu hören war. Dann überreichte er ihr das Präsent. »Mit roten Grüßen von Che und Fidel.«

»O mei, da sind bestimmt Zigarren drin«, jubelte die 100-Jährige. »Mein Doktor tät mich gscheid schimpfen, aber mir ist das wurscht. Weißt du, es gibt viele alte Zigarrenraucher, aber wenig alte Ärzte.«

Die beiden lachten kurz über das Bonmot, da stürzte Horst Wedler herein. Der Lokalredakteur zog natürlich die ganze Aufmerksamkeit auf sich. Sogleich dirigierte er eine kleine Gruppe für das Pressefoto zusammen. In diesem Moment nahm Fritz zum ersten Mal Simone Badhauser wahr. Die Bürgermeisterin hatte sich mit einer Scheibe Leberkäse und zwei Brezen in eine Ecke verzogen, wo sie mit der Vorsitzenden des Frauenbunds über den nächsten Schmankerlbasar im Pfarrheim plauderte. Fritz hatte das Gefühl, sie würde seinem Blick ausweichen. Überhaupt kam sie ihm irgendwie anders vor, er konnte es sich nur nicht erklären, wie und weshalb.

»Hallo Fritz«, sagte sie kurz angebunden zu ihm. Nur ein geschäftiges Lächeln huschte über ihr Gesicht, dann verschwand es wieder. Sie stellte sich vom Fotografen aus rechts von der Jubilarin auf, Fritz – wie es sich für einen SPD-Oppositionsführer gehörte – links von ihr. Dazu gruppierten sich noch Vereinsvorsitzende und die engere Verwandtschaft um Theresia Gloifinger. Horst

Wedler kommandierte die Leute noch ein wenig herum, bis es dem Geburtstagskind zu bunt wurde.

»Jetzt drück schon endlich auf dein Knopferl, ich hab Durst!«, forderte sie ihn lachend auf.

Sogleich blitzte es mehrmals hintereinander und der kleine Akt für die Presse war erledigt. Am nächsten Tag konnten sich alle in der Zeitung bewundern und Fritz Biber würde lachen, wie er immer lachte. Herzlich, natürlich, ansteckend, obwohl alles nur Show war.

Er holte sich eine dünne Scheibe vom Leberkäs und löffelte eine dicke Schicht süßen *Händlmaier*-Senf darauf, sodass auch das Feinschmeckerprodukt aus dem Hause Bogler genießbar war. Dann mischte er sich unter die Leute, hatte aber immer ein Auge auf Simone. Diese wurde jedoch permanent von diversen Honoratioren umschwärmt. Fritz wollte und konnte jedoch nicht ewig warten. Er musste sich um seinen Laden und vor allem um Charlie Strohball kümmern. Also ging er zur Bürgermeisterin und begrüßte charmant zwei Damen vom Frauenbund sowie den Herrn Pfarrer, der gern den Hahn im Korb spielte, wenngleich jeder im Ort wusste, welche Henne sich regelmäßig zu ihm in den Stall gesellte.

»Dürfte ich die Frau Bürgermeisterin für eine Sekunde entführen?«, fragte Fritz.

»Aber nur, wenn du sie wieder heil zurückbringst«, entgegnete Dagmar Belau lachend.

»Das kann ich nicht versprechen. Es geht um die neue Kläranlage und da wird einer Federn lassen müssen«, erklärte Fritz. Er wollte einen Grund vorschieben, damit niemand auf dumme Gedanken kommen konnte.

»Da stinkt er einem von euch zwei«, warf der Pfarrer ein und bekam dafür seine Lacher.

Fritz deutete Simone an, ihr zu folgen. Er ging durch eine große Glastür ins Freie. An diesem Vormittag war es bedeckt und es konnte jederzeit regnen. Deshalb hatte man die Feierlichkeiten nach drinnen verlegt, sodass die die beiden im Garten ungestört waren.

»Alles klar bei dir?«, fragte Fritz, der mit gedämpfter Stimme sprach, obwohl sie allein waren.

»Ja«, antwortete Simone verlegen und schaute zu Boden. »Oder nein. Ich weiß nicht, wie ich es dir sagen soll.« Sie druckste herum wie ein kleines Mädchen vor der ersten Beichte.

»Frei von der Leber weg«, sagte Fritz. Es zerriss ihn fast vor Spannung. Was wollte sie ihm mitteilen? Nach dem großen Outing ihrer Affäre klang es nicht.

»Ich glaub, es ist aus«, hauchte sie verschämt. Sie schluckte schwer und war offensichtlich den Tränen nahe.

Fritz wurde himmelangst. Simone hatte mit ihrem Mann Schluss gemacht und nun hatte er die Wahl zwischen Pest und Cholera. Entweder er würde eine Beziehung mit ihr beginnen, worauf er überhaupt keine Lust hatte, oder sie würde ihn als ehrlosen Casanova brandmarken, der eine Ehe zerstört, dann aber den Schwanz eingezogen und sich vor der Verantwortung gedrückt hatte. Seine Reputation dürfte in jedem Fall einen irreparablen Schaden erleiden. Gespött oder Abscheu, eins von beidem war ihm sicher.

»Es war echt schön mit dir«, fuhr Simone mit tränenerstickter Stimme fort, »aber ich glaube, meinen Hermann liebe ich halt doch mehr.«

Wie? Was war das? Fritz glaubte, seinen Ohren nicht zu trauen. Frau Bürgermeisterin sprach davon, ihn zu verlassen, nicht ihren Mann. Fritz hätte am liebsten laut losgejubelt!

»Mach dir um mich keine Sorgen«, sagte er mit getragener Stimme, seine Freude verbergend.

»Weißt du, gestern war's so ganz anders. Es war wie früher. Obwohl, früher hat er's auch keine viermal geschafft«, druckste Simone herum und gluckste verschämt auf. Ihre Wänglein bekamen sogar Farbe. »Es war, als hätte ihm einer so ein Viagra gegeben.«

»Das würde doch der Hermann nicht nehmen!«, wandte Fritz ein, wohlwissend, was wirklich passiert war. Der Trank von Laura Endorfin hatte seine Wirkung gezeitigt. Aber nicht nur beim

Mann. Fritz hatte die Flasche Champagner so präpariert, dass gleich zwei Personen dem Liebestaumel verfallen konnten. Und es hatte funktioniert.

»Nein, ich bin ja gestern auch so narrisch gewesen. Ich bin echt heimgekommen und wollte Schluss machen. Aber weißt du, was der Hermann gemacht hat? Mich mit Blumen und Schampus empfangen. Und dann war's um mich geschehen.«

Fritz hätten ein paar pikante Details mehr durchaus interessiert, aber Simone Badhauser beließ es bei diesen Andeutungen.

»Wir bleiben aber Freunde«, sagte sie und schaute ihn treuherzig an.

»Natürlich.« Diesen abgedroschenen Satz aus der Schlussmachkiste hatte Fritz noch nie so gern gehört wie in diesem Moment. »Und für alle anderen sind wir politische Gegner, die sich bis aufs Blut bekriegen!«

»Übertreib nicht!«, lachte Simone und wandte sich zum Gehen.

18

Die Wachpolizisten riegelten das Haus am Friebeweg 3 ab. Allerdings war der Andrang Schaulustiger diesmal nicht so stark. Die zweite Leiche war offensichtlich nicht mehr so interessant wie die erste.

Ein ganzer Trupp der Spurensicherung war über den Tatort hergefallen. Als Weinrich und Sibylle dort eintrafen, lief die Untersuchung bereits auf voll Touren. Am Eingang hielt sie ein Kollege auf und reichte ihnen Plastikhandschuhe sowie Stulpen für die Schuhe, damit sie nicht den Tatort kontaminierten. Weinrich wies Sibylle nur an, sich still hinter ihm zu halten. Die Polizistin gehorchte, auch wenn es ihr schwer fiel. Das Verhör und Charlies törichtes Verhalten hatten sie aufgewühlt und sie wollte mit Weinrich über dessen Haberer-Theorie sprechen, aber der Kommissar war nicht zugänglich.

Sibylle fühlte sich elend. Sie kam nicht zur Ruhe. Kaum war eine Gefahr gebannt, stand schon die nächste vor der Tür. Was wäre, wenn Charlie im Suff tatsächlich Arlberger umgebracht hatte? Diese Möglichkeit wollte sie eigentlich nicht in Betracht ziehen, konnte aber nicht völlig ausgeschlossen werden.

Kaum waren sie in das Haus gegangen, begrüßte Weinrich einen Kollegen, Leo Banner, den Leiter der Spurensicherung. Er sah ein bisschen wie ein Wiedergänger von Bud Spencer aus, kräftig, bärtig, Liebhaber der bayerischen Küche und guter Weine. Seinem Resonanzkörper entsprechend hatte er eine tiefe, aber weiche Stimme, die einem die Ohren streichelte. Wäre er zum Radio gegangen, er wäre der Schwarm aller Ladys gewesen und hätte ein Wunschkonzert moderiert.

»Und? Habt ihr schon Ergebnisse?«, fragte Weinrich fordernd.

»Gib uns noch zwei Minuten, dann sind wir mit dem Tatort fertig«, entgegnete Banner. »Aber wir haben tatsächlich etwas Ungewöhnliches entdeckt.«

Banner ging mit den beiden zur Kellertür. Von dort führte eine gewundene Betontreppe hinunter in die Katakomben des Hauses. Es war kühl im Souterrain und die Luft war stickig. Der Gang war mit rötlichbraunen Fliesen bedeckt.

»Hier ist der Heizungskeller«, Banner deutete auf einen schwere Metalltür, »und hier eine Art Rumpelkammer.« Durch die geöffnete Tür sahen die beiden Polizisten Kisten mit alten Klamotten, zwei Holzstellagen, die vor Spielen, Luftmatratzen und anderem Krimskrams überquollen. Auch Bücher standen herum. Auf ihnen hatte sich bereits eine dicke Staubschicht gebildet. Überhaupt schaute der Raum eher aus, als wäre er ein ideales Biotop für Spinnen und Asseln.

»Da hat sich was angesammelt bei Arlbergers«, kommentierte Weinrich. Dann grinste er Sibylle an. »Ich hoffe für Sie und Ihre Kollegen, dass wir das nicht durchsuchen müssen. Sonst holt ihr euch eine Staublunge.«

›Natürlich, für die niederen Drecksarbeiten würde er wieder die dummen Dorfpolizisten einsetzen‹, dachte sich Sibylle, zeigte jedoch keine Reaktion auf Weinrichs Bemerkung.

»Diesen Sperrmüll wollte ich euch auch nicht zeigen«, sagte Banner schließlich. Er mochte den Überlegenheitsgestus seines Kollegen nicht. Zielstrebig führte er sie zum dritten und letzten Kellerraum. Dort öffnete er die Holztür, schaltete das Licht an und ging hinein. Am Boden waren dieselben Fliesen verlegt wie auf dem Gang. Ansonsten war der fensterlose Raum leer, vollkommen leer. Und nicht nur das, er war sauber geputzt. Kein Futzelchen Dreck war zu sehen. Es roch sogar noch ein wenig nach Putz- und Desinfektionsmittel.

Weinrich ging in die Mitte des Kellers und drehte sich um die eigene Achse. »Das gibt's doch nicht. Alles blitzblank.«

»Genau«, pflichtete Banner bei. »Und deshalb steht dieser Raum in starkem Kontrast zum restlichen Haus. In der ganzen Bude wurde wenig geputzt und kein Wert auf Ordnung gelegt. Arlberger war ein Schlamper vor dem Herrn, der nicht gern zu Eimer und Lappen gegriffen hat.«

»Was war hier los? Was hat dieser Arlberger hier unten gemacht?«, murmelte Weinrich vor sich hin.

»Keine Ahnung«, entgegnete Banner. »Dieser Keller ist auf jeden Fall letzte Nacht geputzt worden. Wir haben nur noch ein paar Mikrofasern gefunden und kleine Spuren von chemischen Substanzen, die ins Labor geschickt wurden.«

»Vielleicht hat Arlberger mit Drogen gehandelt? Oder selbst welche hergestellt?« Sibylle meldete sich zu Wort. »Das würde erklären, warum er offensichtlich so viel Geld hatte, obwohl man ihn rausgeschmissen hat.«

»Nicht ausgeschlossen«, sagte Banner. »Auch wenn wir bislang keine eindeutigen Hinweise gefunden haben.«

Weinrich strich sich übers Kinn und legte die Stirn in Falten. »Drogen«, sinnierte er. »Für eine Chrystal-Meth-Küche ist der Raum zu klein.«

»Nicht unbedingt«, wandte Banner ein. »Aber wenn wir unsere Proben analysiert haben, sind wir vielleicht schlauer.«

Dann gingen die drei Polizisten wieder ins Erdgeschoss hinauf.

»Habt ihr sonst schon etwas Zählbares vorzuweisen?«, fragte Weinrich den Chef der Spurensicherung.

»Noch nicht viel. An der Haustür gibt es keine Einbruchspuren«, entgegnete Banner. »Das heißt, dass Arlberger seinen Mörder vermutlich hereingelassen hat.«

»Außer der Täter hatte das perfekte Picking-Werkzeug oder Arlberger hat vergessen, die Tür abzuschließen«, wandte Weinrich ein. »Wie wurde Arlberger umgebracht?«

Sibylle hielt sich im Hintergrund, versuchte aber trotzdem jedes einzelne Wort in sich aufzunehmen. Die Zeit drängte. Charlie saß in der Falle, es blieb ihr nichts anderes übrig, als parallel zu Fritz Recherchen anzustellen. Und dazu musste sie wiederum möglichst alles wissen, was bei den offiziellen Untersuchungen herauskam.

»Ein Schlag mit einem stumpfen Gegenstand gegen den Hinterkopf hat genügt, um Arlberger zu töten«, erklärte Banner.

»Gute Arbeit«, sagte Weinrich anerkennend. »Seid ihr schon fertig mit dem Tatort?«

»Schon alles vermessen, fotografiert, und gesichert. Du kannst keine Spuren mehr vernichten«, grinste Banner.

Sogleich gingen die beiden Kriminaler zum Wohnzimmer. Sibylle folgte ihnen. Arlberger lag weiterhin auf dem alten muffigen Teppich, der schon lange nicht mehr gereinigt worden war und ein Fall für den Sondermüll würde, denn die Blutlache konnte bestimmt nicht mehr entfernt werden. Arlberger trug Badeschlappen als Hausschuhe, ansonsten aber dieselbe Kleidung wie abends im *Fuchsbau*.

»Können wir den Tathergang rekonstruieren?«, fragte Weinrich.

»Ich denke, ja«, entgegnete Banner. »Du musst dir Arlberger aufgerichtet vorstellen, dann hat man seinen Standpunkt. Er ist nicht weit gefallen. Er wandte dem Mörder also den Rücken zu. Vermutlich schaute er auf den Fernseher.«

Banner deutete auf ein 65-Zoll-Gerät. Es hatte mit Sicherheit locker 1000 Euro gekostet und stellte den einzigen modernen Gegenstand dar, der sich im Wohnzimmerschrank befand.

»War der Fernseher an?«, fragte Weinrich nach.

»Nein, das muss aber nichts heißen, ich denke, der schaltet sich nach einer Zeit von selbst aus«, erklärte der Leiter der Spurensicherung.

»Gut, ich muss das erst einmal sacken lassen. Du machst den Bericht heute noch fertig?« Der Oberkommissar wollte den Tatort schon wieder verlassen, da schaltete sich Sibylle ein.

»Entschuldigung, aber mir ist da einiges unklar. Wenn der Mörder Arlberger mit einem Schlag töten konnte, dann musste der Gegenstand eine gewisse Größe und auch ein gewisses Gewicht haben.« Sie sah die beiden Kriminaler zögerlich an. Bei Weinrich wusste sie nie so richtig, ob er ihre Kommentare goutierte oder rüffelte.

Banner nickte zustimmend. »Vielleicht ein Baseballschläger.«

»Dann musste Arlberger die Tatwaffe gesehen haben«, fuhr Sibylle fort. »Aber offensichtlich hatte er keine Angst, damit angegriffen zu werden, sonst hätte er dem Täter nicht den Rücken zugekehrt. Das Opfer muss seinen Mörder nicht nur gekannt, es muss ihm vertraut haben. Außerdem scheint ihn der Anblick des Gegenstands nicht weiter erstaunt zu haben.«

Verblüfft blickten Weinrich und Banner die Polizistin an.

»Nicht unbedingt«, widersprach der Oberkommissar. »Der Mörder könnte Arlberger aufgelauert haben.« Weinrich ging neben die Eingangstür. »Hier könnte er gewartet haben. Das Opfer kommt herein, will den Fernseher einschalten und bekommt einen tödlichen Schlag übergezogen.«

»Möglich«, erwiderte Sibylle. »Aber dann kann es nicht Karl Strohball gewesen sein. Arlberger hat mindestens eine Stunde vor ihm die Kneipe verlassen.«

Weinrich schüttelte den Kopf. »Wir wissen nicht, ob Arlberger gleich nach Hause gegangen ist. Der kann noch einen Kneipenwechsel gemacht oder privat einen gehoben haben.«

»Um Mitternacht hat in Obernstall fast nichts mehr auf«, wandte Sibylle wiederum ein.

»Aber eben auch nur fast. Wir werden das nachprüfen.« Dann blickte Weinrich wieder Banner an. »Haben wir Spuren von der Mordwaffe?«

»Ja, wir haben feine Holzpartikel sichergestellt, die bereits auf dem Weg ins Labor sind«, erklärte Banner.

»Könnte es sich um dieselbe Mordwaffe wie im Fall Lupolenz handeln? Einen Dreschflegel?« Sibylle traute sich nun mehr zu.

»Natürlich«, gab Banner zu. »Das werden wir bald wissen.«

»Ich hätte da eine Theorie«, sagte Sibylle selbstbewusst, schaute aber Weinrich an, ob er sie auch hören wollte.

Der Oberkommissar lächelte überheblich. »Normalerweise sage ich in so einem Fall, wenn der Kuchen spricht, haben die Krümel Sendepause, aber Sie haben sich heute gut geschlagen. Redeerlaubnis ist erteilt.«

»Arlberger und ein Herr X bringen Lupolenz um. Entweder weil sie die Haberer sind, die sich bedroht fühlen, oder aus einem anderen Grund, den wir noch nicht kennen.«

Weinrich lachte kurz auf und sagte dann zu Banner gewandt. »Meine liebe Kollegin von der Wachpolizei glaubt nicht, dass die Haberfeldtreiber hinter dem Mord stecken.«

»Auf jeden Fall besucht unser Herr X mit der Tatwaffe Arlberger. Unser Unbekannter ist aufgebracht, vermutlich sagt er seinem Mittäter, dieser müsse die Mordwaffe verstecken oder entsorgen. Deshalb ist Arlberger arglos und dreht ihm den Rücken zu. Dann schlägt Herr X zu.«

»Und warum?«, fragte Weinrich nach.

»Vielleicht hatte er Angst, Arlberger könnte etwas ausplaudern. Oder es bestand die Gefahr, dass dieser auffliegen und dann seinen Komplizen verraten würde. Unser Herr X musste sich seines Mittäters entledigen, um nicht überführt zu werden.« Damit schloss Sibylle ihre Ausführungen.

Weinrich murmelte etwas und ging im Wohnzimmer auf und ab. Er wiegte den Kopf hin und her. Plötzlich blieb er stehen. »Sehr gut kombiniert, Polizeimeisterin Schwinghammer. Das ist eine denkbare Variante. Was aber bedeutet diese für unseren Verdächtigen Strohball?« Weinrich blickte Sibylle fordernd an.

»Wenn er der Mörder ist, dann hat er Arlberger nicht umgebracht, weil sich diese gestritten haben beziehungsweise weil Arlberger Strohballs Frau beleidigt hatte«, fuhr Sibylle fort.

Weinrich nickte anerkennend. »Sie hätten das Zeug zur Kriminalerin, Kollegin Schwinghammer. Meine Erziehung hat schon gefruchtet. Wenn Strohball aber nicht der Täter ist, stellt sich eine Frage.« Der Oberkommissar blickte Sibylle erwartungsvoll an.

»Wie kommt Strohballs heiliges Uwe-Seeler-Käppi in die Hand des toten Arlberger?«, entgegnete Sibylle selbstbewusst.

Weinrich klatschte. »Sehr gut.« Dann wandte er sich wieder Banner zu. »Kann man klären, ob die Mütze dem Opfer post mortem in die Hand gedrückt worden war?«

»Ich denke schon«, meinte Banner mit seiner tiefen Stimme,

die den Raum füllte. »Und der Abgleich der Holzpartikel mit der Mordwaffe im Fall Lupolenz müsste in einer Stunde erfolgt sein.«

»Bis dahin befragen wir diesen Fritz Biber«, sagte Weinrich. »Ich will genau wissen, was gestern Abend passiert ist.«

»Fahren wir«, sagte Sibylle und wandte sich zum Gehen.

»Wir nicht«, sagte der Oberkommissar streng. »Sie sind zu befangen, kennen Biber zu gut. Sie gehen meinen Kollegen zur Hand und checken Arlberger. Seine Finanzen, seine Verbindungsdaten, das ganze Umfeld. Aber vorher dürfen Sie mich noch chauffieren!«

Vor lauter Aufregung hatte Fritz Biber etwas vergessen, was er normalerweise nie vergaß, nämlich das Rauchen. Und auch jetzt, als er unter der Linde seines kleinen Biergartens saß und sich die Sucht bei ihm meldete, ließ er seine *Gauloises* einfach stecken. Denn er hatte noch zwei weitere Herausforderungen zu meistern. Dabei hatte er an diesem Tag schon so viel erlebt – und erledigt. Dedric hatte er mit einem Husarenstreich aus dem Verkehr gezogen. Einen Privatdetektiv so zu überführen und aufs Kreuz zu legen, das war eine Meisterleistung. Dann hatte sich sein amouröses Problem in Wohlgefallen aufgelöst. Er spürte eine enorme Erleichterung. Zudem beschlich ihn das Gefühl, er hätte diese Amour fou schon viel früher beenden sollen.

Als Nächstes auf seiner To-do-Liste stand die Aufgabe, einen Anwalt für seinen Freund und Mitstreiter Charlie Strohball zu engagieren, einen echten Winkeladvokaten und Rechtsverdreher. Nur kannte er keinen. Wie auch? Er war bislang nicht mit dem Gesetz in Konflikt geraten. Also rief er Andi Wagner an, einen alten Bekannten, der beim LKA in München arbeitete. Zu seiner großen Freude ging dieser an sein privates Handy.

Nach kurzem Smalltalk schilderte Fritz seinem alten Spezi sein Anliegen.

»Du willst einen echten ausgebufften Profi, der auch Judas oder Kain frei bekommen hätte?«, lachte Hauptkommissar Wagner. »Da gibt's schon mehrere in unserer schönen Stadt. Klopf mal bei

Michael Mello an. Jeder Münchner Kriminalbeamte bekommt Stresspusteln, wenn er diesen Namen nur hört.«

»So schlimm?«, lachte Fritz Biber.

»Milzbrand auf zwei Beinen. Aber teuer natürlich.«

›Dann muss Charlie ein paar seiner Luxusuhren verkaufen‹, dachte sich Fritz, und bedankte sich für den Tipp. »Bei dir alles klar? Ich bin nämlich ganz überrascht, dass du ans Handy gehst. Um diese Uhrzeit!«

»Ich habe heute einen freien Tag«, erklärte Wagner, »weil ich die letzten 14 Tage durchgearbeitet hatte. Bitte frag jetzt nicht nach Details, aber du hast sicher gehört, dass 20-Euro-Blüten im Umlauf sind. Und zwar von hoher Qualität. Wir vermuten, dass sie in Deutschland oder Österreich hergestellt werden. Mehr kann ich dir nicht sagen.«

Fritz hätte die Geschichte zwar durchaus interessiert, aber natürlich ließ er Nachfragen sein. Er bedankte sich bei seinem alten Freund und beendete das Gespräch, um sofort die Kanzlei Michael Mello anzurufen. Nach einer gefühlten Ewigkeit in der Warteschleife – der Anwalt hatte ironischerweise den »Jailhouse Rock« als Pausenmusik – konnte er endlich mit dem gefürchteten Advokaten sprechen. Mello hatte eine Stimme wie eine Bulldogge: Er bellte jedes Wort. Die Geschichte war ganz nach seinem Geschmack und er versprach, sofort einen seiner Mitarbeiter nach Obernstall zu schicken.

»Der ist schneller wieder frei, als er furzen kann«, sagte Mello und legte auf, ohne sich zu verabschieden. Fritz fand den Umgangston zwar befremdlich, aber wenn der Rechtsanwalt seinen Kumpel wirklich rausboxen konnte, sollte ihm das egal sein.

Schließlich hatte er noch etwas zu erledigen. Doch bevor er sich an die größte Herausforderung des Tages machte, zündete er sich eine Zigarette an. Er genoss die ersten Züge und blies hörbar den Rauch wieder aus. Dann nahm er einen tiefen Schluck von seinem *Lugana*. Normalerweise trank er mittags keinen Alkohol, heute aber brauchte er ein Viertel zur Entspannung. Und Anregung.

Denn er hatte keine Idee für sein nächstes Vorhaben. »Dankeschön für Hexe« stand auf seiner To-do-Liste. Ursprünglich zumindest, mittlerweile hatte er das Wort Hexe durchgestrichen und Laura darübergeschrieben.

Sie hatte ihn mit ihrem Liebestrank aus einer misslichen Lage befreit. Außerdem hielt sie gegenüber der Polizei dicht. Deshalb wollte er ihr ein Geschenk machen. Nur welches? Kosmetika oder Parfums konnte man ausschließen, die klassischen lehnte sie ab und alternative stellte sie selbst her. Blumen? Aber Laura lebte inmitten einer gigantischen Blumenwiese. Rosen wären möglich, aber vielleicht würde Laura bemängeln, dass die Arbeiter in den Rosenfarmen Pestiziden ausgesetzt wären. Pralinen? Die Hälfte seiner weiblichen Kundschaft zählte Kalorien und setzte Süßigkeiten mit Arsen oder Zyankali gleich.

»Es war schon einmal leichter, Frauen etwas zu schenken«, seufzte Fritz. Da kam ihm eine Idee. Eigentlich nichts Besonderes, aber er dachte sich, er könne Gleiches mit Gleichem danken. Und wenn er sich ein wenig Mühe gäbe, würde das Ergebnis auch gut aussehen. Sogleich drückte er seine Zigarette aus, nahm einen Schluck *Lugana* und sprang auf. Da zögerte er wieder. War das nicht zu aufdringlich? Zu direkt? Und was sagte dieser Einfall über ihn aus? Könnte es sein, dass er zu Laura fahren wollte, nicht nur um ihr »Vergelts Gott« zu sagen? ›Mag sein‹, schmunzelte Fritz in sich hinein.

Gerade, als er sich ans Werk machen wollte, hielt ein Wagen vor seiner Kneipe. Ein Polizeiauto. Sibylle saß am Steuer, stellte jedoch den Motor nicht ab. Dafür stieg Oberkommissar Weinrich aus. Das Geschenk musste wohl noch eine Weile warten.

19

Manch Allergiker hätte sofort einen Schock erlitten. Die Decke muffelte, als wäre sie Heimstatt einer ganzen Legion, von Motten und auf der Pritsche lag eine dicke Staubschicht. Die Ecken zierten Spinnweben und auch der Boden hatte schon länger keinen Kontakt mehr mit Wasser gehabt.

Charlie Strohball war seit über einem Jahr der erste Gast in der einzigen Zelle der Obernstaller Polizeiinspektion. Der letzte war ein Trunkenbold gewesen, den man für drei Stunden ausgenüchtert und danach wieder nach Hause geschickt hatte. Allerdings ohne Auto und ohne Führerschein. Deshalb wusste jetzt auch keiner recht, wie man mit dem Verhafteten umgehen sollte.

Strohball, der mit einem enormen Appetit gesegnet und vor allem für seine Fleischorgien bekannt war – er behauptete zumindest, dass Rinder zu zittern anfingen, wenn er sie gierig anschaute –, verlangte ein Mittagessen. Und zwar etwas Gescheites, Deftiges, und rein quantitativ eine echte Männerportion.

»Nichts für den hohlen Zahn«, polterte er.

Wachtmeister Klaas Frevert fühlte sich unwohl, nachgerade bedroht von Strohball. Und außerdem überfordert. Selbst sein Chef wusste nicht recht, wo er eine anständige Mahlzeit besorgen sollte. Denn den original italienischen Pizzaservice – betrieben von einem Kurden und einer Usbekin – lehnte Strohball ab. Also holten sie beim Metzger Bogler eine Ladung Leberkäse, die für alle Teilnehmer von Heidi Klums Hühnerparade eine Woche lang gereicht hätte, dazu vier Brezen und einen Kübel süßen Senf und sie hatten ihre Ruhe.

Allerdings nicht lange, denn Strohball verlangte sein Smartphone. Diesen Wunsch verwehrten ihm jedoch die Polizisten. Da wurde Charlie sauer und schlug auf den Putz.

»Ich brauche Internet, ihr Flitzpiepen.«

Zur Bekräftigung drosch er mehrmals mit voller Wucht auf die Zellentür ein, sodass es in der Wache donnerte. Die Polizisten versuchten, ihm zu erklären, warum ein Delinquent keinen Internetzugang bekommen könne, doch Strohball ließ nicht locker. Ganz im Gegenteil, er wurde immer wütender.

»Ich habe Geschäfte zu tätigen, ihr Beamtenschädel«, schimpfte er und sein Kopf färbte sich tomatenrot. »Wenn ich nicht sofort den Goldkurs checken kann, mache ich jede Menge Miese und dann verklage ich euch.«

Langsam sahen die beiden Beamten ein, dass sie keine Chance hatten. Sie einigten sich darauf, dem Insassen einen Laptop zur Verfügung zu stellen, einer der Polizisten müsste aber neben ihm Platz nehmen und überwachen, was er so triebe.

»Aber wehe, du plauderst irgendetwas von meinen Geschäften aus«, drohte Strohball, »dann gibt's was zwischen die Hörner, verstanden?«

Als Pedro Solano die Polizeiinspektion Obernstall betrat, wunderte er sich über die Begrüßung. Normalerweise waren die Polizisten immer reserviert, manchmal sogar feindselig, wenn ein Anwalt hereinschneite. In München genügte allein der Name der Kanzlei Mello, um böse Blicke zu ernten. Hier aber hatte er das Gefühl, als hätte man auf ihn gewartet. So freundlich war er noch niemals von Polizisten empfangen worden.

Und als er zu der Zelle geführt wurde, in der sein Mandant saß, traute er seinen Augen nicht. Dieser Strohball surfte im Internet! Das war absolut verboten. Aber neben ihm saß ein Wachpolizist und schaute dem Insassen zu. Mit strengem Blick und schneidendem Tonfall stellte sich der Münchner Anwalt vor. Er trug einen 2000-Euro-Anzug und 500-Euro-Schuhe. Normalerweise verliehen ihm sein Äußeres und sein Auftreten jede Menge Autorität, nicht aber in diesem Fall. Sein Mandant schaute nur kurz auf, dann wandte er seinen Blick wieder dem Laptop zu.

»Nein, das gibt's doch nicht!«, rief Strohball erzürnt aus. »Dieser Vollpfosten hat mir die *Patek Philippe* weggeschnappt. Der

Blitz soll ihn beim Scheißen treffen, diese Sackratte!« Sogleich hackte er wie irre in die Tasten, um schließlich auf eine andere Seite mit gebrauchten Luxusuhren zu wechseln.

Pedro Solano unternahm einen zweiten Versuch, sich als Strohballs Anwalt vorzustellen. Allerdings verlief auch dieser nicht erfolgreicher.

»Halt mal die Luft an, du Hutständer«, schnaubte Strohball, ohne aufzublicken. »Das ist ne *Rolex*. Und die muss ich haben. Unbedingt.«

Der Münchner Anwalt beschloss, den Uhrendeal abzuwarten. Zeit war zwar Geld, aber nicht seins. Immerhin belief sich sein Stundenhonorar auf 400 Euro.

Die Regenwolken hatten sich nach einem kurzen Schauer wieder verzogen, aber es war schwülwarm, also feucht-heiß, sodass Fritz das Hemd schon halb durchgeschwitzt hatte. Dennoch war es draußen angenehmer als drinnen, wo sich die Hitze staute. Deshalb saßen die beiden Männer unter der Linde.

Fritz gab sich leut- und redselig und zeigte sich von seiner besten Seite. Er behandelte den Kommissar zuvorkommend und freundlich, bot ihm Kaffee und Wasser sowie kleine Häppchen an, die vom Vortag noch übrig waren. Weinrich nahm alles dankend an. Ein Außenstehender hätte geglaubt, dass die beiden beste Freunde wären, so nett gingen sie miteinander um. Dabei misstrauten sie einander und jeder wollte den anderen nur einlullen.

Fritz schilderte wahrheitsgemäß den Vorabend. Die Revanche beim Dart, den Streit zwischen Strohball und Arlberger und was danach passierte. Er versuchte, nichts wegzulassen und nichts zu beschönigen.

»Das HSV-Käppi«, fragte Weinrich, der sich die gebackenen Hühnerfetzen mit Ketchup schmecken ließ, »hatte es Strohball auf, als er vom Dart zurückkam?«

Fritz fuhr sich über den Mund und zog die Stirn in Falten. Dann versuchte er, sich das Geschehen vor Augen zu führen, als würde er einen Film anschauen. Schließlich schüttelte er den Kopf.

»Er hatte es nicht mehr auf. Ich denke, es war zu heiß im Spielzimmer. Deshalb hat er die Mütze abgenommen.«

»Aber ist sie für einen so 100-prozentigen Fan nicht eine Art Reliquie?«, hakte Weinrich nach.

»Natürlich. Charlie hat zuhause einen Schrein, in dem er all seine Fußball-Devotionalien aufbewahrt«, entgegnete Fritz süffisant. »Trotzdem ist so etwas bei ihm keine Seltenheit. Er hat seine Mütze schon mindestens zweimal bei mir vergessen. Ab dem sechsten Weißbier kann das passieren.«

»Und wie viele waren es gestern«, fragte Weinrich nach, dem ein Lächeln über das Gesicht huschte.

»Sieben, aber in weniger als drei Stunden. War halt ein durstiger Abend«, grinste Fritz. »Wir Wirte müssen auch leben.« Dann nannte er dem Kommissar alle Personen, die zu dieser Zeit noch in der Kneipe waren und die das Käppi hätten mitnehmen können.

»Arlberger können Sie aber ausschließen«, ergänzte Fritz. »Er ist sofort aus dem Haus verschwunden, nachdem er den Barraum verlassen hatte. Das habe ich durch die Glastür genau beobachten können. Und ungesehen kommt der nicht wieder herein.«

»Dann können nur Strohball und eine Handvoll Gäste die Mütze entwendet haben«, sinnierte Weinrich. »Wer auch immer es war, er oder sie hat die Kappe bei der Leiche deponiert. Haben Sie eine Ahnung, wer das getan haben könnte?«

Fritz schüttelte den Kopf. An Spekulationen wolle er sich nicht beteiligen, außerdem war ihm die Integrität seiner Gäste wichtig. »Ich kann mir das schwer vorstellen. Eine andere Möglichkeit gibt es nicht?«, fragte Fritz.

»Doch natürlich«, entgegnete der Kommissar. Dann nahm er das letzte Stückchen gebackenes Huhn und kaute genüsslich darauf herum. Als er hinuntergeschluckt hatte, blickte er Fritz emotionslos an. »Sie könnten die Mütze an sich genommen haben.«

Pedro Solano hatte bereits ranghohe Mitglieder der Russenmafia verteidigt, Links- und Rechtsradikale, die Anschläge verübt hatten, einen italienischen Auftragskiller und zahlreiche Psychopathen, von denen jeder schon auf den ersten Seiten der Boulevardblätter gelandet war. Aber ein Mandant wie Karl Strohball war ihm noch nicht untergekommen.

Seit einer Viertelstunde versuchte er ihn zu überzeugen, dass sie unter vier Augen reden sollten. Das wollte Strohball im Prinzip auch, nur bedeutete das, dass Klaas Frevert, der wachhabende Polizist, verschwinden müsste und mit ihm der Laptop. Charlie war aber gerade so richtig in Fahrt. Der Goldpreis gab leicht nach und er hatte jede Menge interessanter Uhren entdeckt.

Der Rechtsanwalt wusste nicht, ob er lachen oder weinen sollte, als Frevert Strohball fragte, ob er ihm nicht eine billige Rolex vermitteln könnte. Sein Schwager habe auch so eine Uhr und würde auf unerträgliche Weise damit angeben.

»Rolex und billig ist wie Schweinsbraten und Veganer. Das geht sich nicht zusammen«, erklärte Strohball und ließ einen Sermon über Uhrwerke, Zertifikate, Preise und die ganze Marktsituation los, dass der Polizist irgendwann nicht mehr wusste, ob er Männlein oder Weiblein war. »Aber ich hätte da was Erschwingliches«, sagte Strohball schließlich.

»Und was?«, fragte der Polizist erfreut.

»Eine fantastische Uhr. Die haut deinen Schwager vor Neid aus den Latschen. Allerdings ist die an eine Bedingung geknüpft.«

Solano kannte solche Deals von vielen Schwerverbrechern, mit denen er zusammengearbeitet hatte. Allerdings im Gefängnis, nicht auf der Polizeiwache. Was mochte nun kommen? Internetzugang den ganzen Tag? Ein paar Insiderinformationen über die Ermittlungen des Kommissars?

»Und zwar hätte ich mein Essen lieber vom *Hopfenbräu*. Vom Bogler-Leberkäs bekomme ich Sodbrennen.«

»Ist gebongt.« Klaas Frevert hob den Daumen. »Ich war heute Mittag schon im *Hopfenbräu*. Der Kalbsbraten mit Semmelknödel und Rahmschwammerl war der Hammer. Musst du probieren!«

»Ich hab jetzt schon einen hohlen Magen, in den eine halbe Kuh hineinpasst«, freute sich Strohball und klopfte sich auf den Bauch.

Solano stand wie ein Kleiderständer an der Zellentür. Er konnte es nicht fassen. Die beiden duzten sich. Er war wirklich auf dem Land. Wahrscheinlich spielten sie in ihrer Freizeit noch Schafkopf. Es hätte Solano nicht verwundert, hätten die beiden die Brotzeitteller ausgepackt. Noch nie in seiner Karriere war er sich so überflüssig, ja missachtet vorgekommen. Endlich war dieser Strohball soweit. Deshalb bat der Anwalt um einen abhörsicheren Raum, in dem er ein vertrauliches Gespräch mit seinem Mandanten führen konnte.

»Abhörsicher? Ja, glauben Sie, dass die NSA hier herumspioniert?«, fragte Frevert mit einem Schuss ehrlicher Naivität.

Normalerweise machte Solano solche Polizisten rund, aber in diesem Fall hatte er das Gefühl, es wäre überflüssig.

»Verlassen Sie einfach diese Zelle und sorgen Sie dafür, dass uns niemand belauscht«, seufzte der Rechtsanwalt.

»Ist gebongt, Meister.« Frevert stand auf und ging zur Tür. Dann wandte er sich zu Strohball um. »Ach, was ich noch vergessen habe: Magst du auch Nachtisch?«

»Ist der Papst katholisch?«, jubelte Strohball. »Kaiserschmarrn mit Apfelkompott. Das ist einfach nur geil.«

Solano konnte es kaum fassen. Der Blick auf seine Uhr verriet ihm, dass er rund 20 Minuten dumm herumgestanden hatte.

»Was ist das für ein Modell? Darf ich sehen?« Strohball erhob sich und ging neugierig auf Solano zu.

Genervt nahm der Rechtsanwalt seine *Longines* ab.

»Das ist eine *Lindbergh Hour Angle Watch*«, hauchte Strohball ehrfürchtig. Eine Neuauflage eines Modells, das in den 1930ern für den Atlantikflieger gebaut worden war. »Dass ich dieses edle Teil mal in den Händen halten darf.«

Solano wartete auch diesen Begeisterungssturm ab, drängte

aber langsam dazu, mit der Besprechung des Falls zu beginnen. Er wollte sich schon auf die Pritsche setzen, als er jedoch den Staub wahrnahm, beschloss er, lieber auf dem harten Stuhl an dem kleinen Esstisch Platz zu nehmen. Er stellte sich Strohball vor und bat diesen, ihm so detailliert wie möglich den Fall zu schildern. Als Solano von der Verhaftung und der Vernehmung hörte, musste er zum wiederholten Mal stöhnen. Sein Mandant hatte alles falsch gemacht, was man falsch machen konnte. Es würde nicht leicht sein, ihn bei dieser Faktenlage schnell aus der U-Haft zu holen.

»Aber ich werde mein Menschenmögliches tun«, versprach der Rechtsanwalt. »Eins will ich Ihnen noch mit auf den Weg geben: Ohne mich machen Sie keine Aussage mehr.«

»Die *Rolex* darf ich dem Frevert aber schon verkaufen, oder?«

Solano nickte gönnerhaft.

Der Besuch von Weinrich und dessen unverhohlene Drohung hatten Fritz aufgewühlt. Er traute dem Kommissar keinen Millimeter über den Weg. Was aber wusste Weinrich? Was ahnte er? Auf jeden Fall ließ sich der Kriminalbeamte nicht in die Karten schauen. Weder von Fritz noch von Sibylle oder einem anderen Mitglied der Obernstaller Polizeiinspektion.

Im Prinzip half nur eins. Der Mörder musste so schnell wie möglich überführt werden. Nur auf diese Weise konnte man den lästigen Kommissar wieder loswerden. Denn der Fall der Haberer war nichts für die Kriminalpolizei. Fritz beschloss, abends mit Sibylle den üblichen Kriegsrat zu halten und sich jetzt erst einmal um sein Privatleben zu kümmern.

Er war kein Bastler vor dem Herrn und auch kein Florist, aber er besaß so etwas wie ein ästhetisches Empfinden. Und mit Worten konnte er sowieso gut umgehen. Als er mit seinem kleinen Präsent fertig war, betrachtete er es eingehend von allen Seiten und war zufrieden.

Gerade als er sich in seinen Wagen setzte, ging im Westen ein gigantischer Blitz herunter. Rund 15 Sekunden später grollte der dazugehörige Donner. Fritz fluchte. Er fuhr direkt in das Gewitter. Und tatsächlich, als er das Ortsschild von Inzell passierte, prasselte es plötzlich auf seine Scheibe ein, dass er am Straßenrand anhielt, weil er kaum mehr etwas sah.

Auf *Bayern5 aktuell* kam ein Feature über Geldfälscher. In Passau wurde ein Prozess gegen zwei Männer eröffnet, die mit einem Farbdrucker 100-Euro-Scheine hergestellt hatten. Mit diesen Blüten bezahlten sie vorrangig Prostituierte aus dem Grenzgebiet zu Tschechien. »Lustblüten« nannte der Journalist die leicht zu entlarvenden Fälschungen. Am Ende des Beitrags wurde noch einmal auf die ungewöhnlich gut getürkten 20-Euro-Scheine hingewiesen, die derzeit im Umlauf seien. Sie würden sich nicht sonderlich von dem Falschgeld unterscheiden, das in Bulgarien hergestellt worden war. Die Bande war erst vor wenigen Tagen von der Polizei bei einer Razzia gestellt worden. Bei dem Gefecht waren alle Mitglieder ums Leben gekommen. Fritz konnte sich erinnern, den Vorfall in der Zeitung gelesen zu haben.

Als die Sportnachrichten kamen, ließ der Regen nach und Fritz fuhr weiter. Es war nicht mehr weit von Inzell zum Hexenhaus. Fritz stellte seinen Wagen vor dem Stadl ab. Das Gewitter hatte sich verzogen, aber es fielen noch schwere Tropfen vom Himmel. Also öffnete er die Fahrertür, nahm seinen Schirm und spannte ihn auf. Dann grinste er und winkte in die Kamera, in der Hoffnung, dass ihn Laura sah.

Es war nicht leicht, den glitschigen, regennassen Abhang hinunterzugehen, in der linken Hand einen Schirm und in der rechten ein Geschenk. Es kostete Fritz einiges an Körperbeherrschung, nicht wegzurutschen. Seine Schuhe waren völlig durchnässt, als er unten an der Wiese ankam. Aber er sah, dass sich seine Mühen gelohnt hatten. Denn Laura erwartete ihn vor ihrer Haustür.

»Was verschafft mir denn diese große Ehre?«, fragte sie erfreut, als Fritz an der Gartentür angekommen war. Sie war barfuß und lehnte kokett an der Mauer. Ihre wilde Mähne war diesmal nicht durch Bänder oder Schleifen gebändigt.

»Ich will mich bedanken«, schmetterte Fritz mit seinem Bariton und öffnete mit einem Bein das nur angelehnte Tor.

»Ich wüsste nicht wofür«, entgegnete Laura. »Aber Geschenke nehme ich trotzdem an.« Sie hielt ihm die Tür auf und bat ihn ins Wohnzimmer. Dort angekommen überreichte ihr Fritz sein veredeltes Präsent. Er hatte zwei Flaschen von dem *Brunello* mit breiten rotgoldenen Schleifen zusammengebunden. An diese hatte er Amaryllis, Rosen und Nelken befestigt. Schließlich hatte er schneeweißes Büttenpapier zusammengerollt und zwischen die Blumen gesteckt.

»Willst du mich zum Alkohol verführen?«, lachte Laura, die sich sehr über das Geschenk freute. »Schöne Blumen. Solche wachsen hier nicht.«

»Eben deshalb habe ich sie ausgewählt.« Mithilfe der *Blumenhandlung Taschenbrenner* allerdings.

Laura stellte das fragile Konstrukt auf den Wohnzimmertisch, entfernte dann behutsam die Papierrolle. Sie war neugierig, was Fritz geschrieben hatte. Ein Kalligraf war nicht an ihm verloren gegangen, aber die Buchstaben waren regelmäßig und geschwungen. Außerdem hatte Fritz Tinte benutzt, keinen Kugelschreiber.

Laura las die Verse laut vor: »Wie sich die Herzen / wogend erheben! / Wie alle Sinne / wonnig erbeben! / Sehnender Minne / schwellendes Blühen / schmachtender Liebe / seliges Glühen! / Ach in der Brust / jauchzende Lust! / Du mir einzig bewusst / höchste Liebeslust!« Sie blickte beeindruckt auf. »Wo hast du das denn her?«

»Das ist aus dem ersten Akt von Wagners ›Tristan und Isolde‹«, erklärte Fritz lächelnd.

»Jetzt verstehe ich.« Laura lachte auf. »Der Liebestrank. Da hast du natürlich an Tristan und Isolde gedacht.«

»An was sonst?« Fritz hob die Arme, dann setzte er sich auf die Couch und zog seine nassen Schuhe aus und auch noch die Socken.

»Du bist ja ein richtiger Romantiker«, sagte Laura mit einem ironischen Unterton, meinte es aber durchaus anerkennend. »Hätte ich dir gar nicht zugetraut.«

»Das bin ich nur bei bestimmten Damen«, erwiderte Fritz und versuchte, so sanft und rauchig wie möglich zu klingen. Ihm war, als hätte er ein kurzes Erglühen von Lauras Wänglein entdeckt. »Dein Elixier hat mir auf jeden Fall große Dienste erwiesen«, fuhr er fort. »Es hat mich aus einem Schlamassel befreit und dazu noch ein Paar zusammengeführt, das zusammengehört.«

»Mehr will ich gar nicht wissen«, entgegnete Laura. Sie bot Fritz an, seine nassen Sachen in der Waschküche aufzuhängen, aber Fritz winkte ab. »Die werden so schnell eh nicht trocken. Dann laufe ich eben barfuß herum wie die Hausbesitzerin. Zu einem Tee würde ich allerdings nicht nein sagen.«

Laura versprach, eine besondere Sorte aufzusetzen. Natürlich einen Aufguss aus selbst gesammelten und getrockneten Kräutern. »Keinen Liebestee, keine Angst. Aber einen, der das Innere zart streichelt.«

Als sie das Wohnzimmer verließ, hatte Fritz kurz das Gefühl, als würde sie sich anders bewegen als sonst.

20

Als Sibylle gegen 18 Uhr die Polizeiinspektion verließ, wünschte sie sich, dass endlich wieder ruhigere Zeiten kämen. Es war nicht nur der berufliche Stress, ganz im Gegenteil, sie fand es unheimlich spannend, bei Mordermittlungen mitzumischen. Und die letzten Stunden hatten es in sich.

Arlberger hatte weder geerbt noch im Lotto gewonnen. Wie er seinen Lebensstandard finanzierte, konnte nicht geklärt werden. Die Kommissare gingen von illegalen Tätigkeiten aus. Synthetische Drogen, das war die heißeste Hypothese. Arlberger habe in dem leergeräumten und perfekt geputzten Keller ein Labor für Crystal Meth oder etwas Ähnliches betrieben. Die Techniker hatten Spuren bestimmter Chemikalien festgestellt, diese aber noch nicht genau bestimmen können.

Außerdem ergab die Analyse der Holzpartikel in Arlbergers Wunde, dass mit großer Wahrscheinlichkeit derselbe Gegenstand als Waffe benutzt worden war wie beim Mord an Manfred Lupolenz.

In der improvisierten Einsatzzentrale wurde hitzig diskutiert. Auch Sibylle meldete sich zu Wort, aber Weinrich rief sie erst auf, nachdem er sie minutenlang ignoriert hatte.

»Sie wissen, dass ich immer an der Haberer-Theorie gezweifelt hab«, hob Sibylle an, »aber scheint es nun nicht evident, wenn wir es mit einer Drogenbande zu tun haben? Können wir nicht diesen Strohball laufen lassen? Offensichtlich gibt es ein ganz anderes Motiv für den Mord an Arlberger als die Wut von Strohball, weil Arlberger dessen Frau verunglimpft hatte.«

Es kamen zustimmende Kommentare. So mancher Kommissar schloss sich Sibylles Meinung an, nicht aber der Leiter.

»Es ist schön zu sehen, dass auch Wachpolizisten mitdenken«, sagte er spöttisch, »aber ihr Schluss ist nicht zulässig. Erstens: Die

Haberfeldtreiber sind Kriminelle. Warum sollen sie nicht auch ein Drogenlabor betreiben? Zweitens: Woher wissen wir, dass es nur drei Haberer gibt? Sie sind zwar bislang nur als Trio aufgetreten, aber das bedeutet nicht, dass zu dieser Bande nicht weitere Mitglieder zählen. Drittens: Dieser Strohball ist unser Hauptverdächtiger. Übrigens hat er auch für die Nacht des Mordes an Manfred Lupolenz kein Alibi. Er hat sich sogar nachweislich lange Zeit in der Gaststätte *Fuchsbau* herumgetrieben. Außerdem war er früher Boxer und hat Vorstrafen wegen Gewaltdelikten. Ich habe verfügt, dass er heute noch in die JVA Stadelheim transportiert wird. Dann ist er näher bei seinem Anwalt und muss sich nicht das Essen vom *Hopfenbräu* liefern lassen. Internetzugang hat er dann leider auch nicht.«

Weinrich blickte Sibylle wütend an. So hatte sie ihn noch nie erlebt. Offensichtlich war ihm brühwarm erzählt worden, wie zuvorkommend der Häftling Strohball in der PI behandelt worden war.

»Und nun möchte ich etwas über den Zeugen Fritz Biber berichten«, fuhr Weinrich wieder sachlich fort. »Dazu möchte ich die Kollegin Schwinghammer jedoch bitten, den Raum zu verlassen. Sie wohnt bei Biber zur Untermiete und könnte etwas ausplaudern.«

»Aber …«, versuchte Sibylle zu erwidern.

»Kein Aber«, sagte Weinrich streng und deutete zur Tür. Eine gespenstische Stille kehrte plötzlich ein. Sibylle hatte das Gefühl, als hätte ihr jemand mit einem Holzhammer auf den Kopf geschlagen. Eine solche Demütigung hatte sie in ihrer Karriere noch nie erlebt. Wie ein begossener Pudel schlich sie hinaus. Kaum hatte sie die Tür hinter sich geschlossen, liefen ihr Tränen der Wut und Ohnmacht über die Wangen. Sie hielt die Hände vors Gesicht, weil sie nicht wollte, dass einer ihrer Kollegen sie heulend sah. Sie hatte einen Ruf als taffe Polizistin. Jeder in der PI respektierte sie, auch wegen ihrer Vorgeschichte.

Da sie kein Büro hatte und es keinen Zufluchtsort gab, steuerte Sibylle auf die Toilette zu, um sich dort ein paar Minuten zu verkriechen, bis die Tränen getrocknet waren. Doch kurz vor dem Klo öffnete sich die Tür und Natasha Polcek trat heraus.

»Was ist denn mit Ihnen los?«, fragte sie bestürzt und legte einen Arm auf Sibylles Schulter.

»Nichts«, stammelte die Polizistin mit erstickter Stimme.

»Ich glaube, wir führen das Gespräch in meinem Kämmerchen weiter.«

Für die Profilerin hatte man ein kleines Büro improvisiert. Normalerweise war es ein Abstellraum, der auch als Archiv benutzt wurde. So hatte Natasha Polcek auch gleich Zugang zu sämtlichen Akten. Ein kleiner Bürotisch mit harzbeschichteter Spanplatte sowie zwei einfache Stühle waren das ganze Mobiliar. Selbst mitgebracht hatte die Profilerin eine Kühlbox, in der sie Getränke und ihre Brotzeit aufbewahrte. Diese bestand meist aus Früchten und zuckerfreiem Magermilchjoghurt. Sofort bot sie Sibylle ein Glas frisches Wasser an, was die Polizistin dankend annahm.

Als sie ihr das Getränk hinstellte, fuhr Natasha Polcek Sibylle tröstend über den Kopf.

»Nun erzählen Sie mir von Ihrem Kummer. Schütten Sie Ihr Herz aus. Ich bin eine wunderbare Zuhörerin.« Die Profilerin sah wieder blendend aus. Ihr streng nach hinten gebundenes Haar betonte ihr feines, symmetrisches Gesicht, ihre sinnlichen Lippen, ihre schmalen Wangen, ihre glänzenden Augen.

Sibylle erzählte von Weinrich und den fortgesetzten Demütigungen. Natürlich musste sie einiges verschweigen, schließlich durfte sie sich nicht als Mitglied der Haberer verraten. Aber es tat ihr gut, sich den Kummer von der Seele zu reden, sodass sie auch noch ihren Liebesschmerz loswurde. Natasha Polcek wusste sowieso, dass sie lesbisch war. Also berichtete sie, wie sie von Charlotte Geith schmählich verlassen worden war.

Einfühlsam legte die Profilerin ihre Hand auf die von Sibylle und streichelte sie sogar ein wenig. »Ich hoffe, es klingt nicht aufdringlich, aber ich reise morgen wieder nach München ab. Hätten Sie vielleicht Lust, mit mir heute Abend essen zu gehen?«, fragte

Natasha Polcek mit einem Schlafzimmerblick, dem Sibylle nichts entgegenzusetzen hatte.

Fritz warf die nassen Schuhe und Socken in den Kofferraum und beschloss, barfuß nach Hause zu fahren. So beschwingt hatte er sich schon lange nicht mehr gefühlt. Lag es am Tee? Laura wollte die Zutaten ihrer Mischung nicht verraten, schenkte Fritz aber eine Packung, eine schmucklose beige Tüte, auf der per Hand geschrieben stand »Alles ist schon da«.

Der Sinnspruch regte ihn zum Nachdenken an, doch Fritz bemerkte schnell, dass er immer wieder abschweifte. Laura hatte ihm zum Abschied einen Kuss auf die Wange gegeben. Und er bildete sich ein, den Abdruck ihrer weichen Lippen noch zu spüren. Ihr wildes, unbezähmbares Haar noch zu riechen, das wirklich nach Haar roch, weil es seit Jahren mit keiner Chemikalie mehr in Berührung gekommen war.

Fritz lächelte, als er seinen Wagen in dem Carport unterstellte. Ein wenig kam er sich wie ein Teenager vor. Und genoss dieses Gefühl. Vor der Kneipe standen erwartungsgemäß zu dieser Uhrzeit die ersten Gäste, genauer gesagt Waldorf und Statler. Es war bereits Viertel nach sechs, was bedeutete, die beiden litten seit 15 Minuten an Unterhopfen.

»Ich mein allerweil, der Biber ist verliebt«, sagte Waldorf verschmitzt.

»Aber nicht mehr in seine Münchner Prada-Schicksn«, fuhr Statler fort. »Die hat ihren Porsche das letzte Mal hier geparkt.«

»Wahrscheinlich waren's ihr zu viele Kühe da in Obernstall.«

»Da hätt diese Kuh doch dazu gepasst.«

Fritz stellte seine Ohren auf Durchzug. Er verspürte nicht die geringste Lust, sich mit den beiden abzuhakeln oder sich sogar zu rechtfertigen.

»Zwei Weißbier?«, sagte er zu ihnen, was allerdings das Überflüssigste war, was er überhaupt von sich geben konnte, da die beiden Bierdimpfl seit dem Urknall nichts anderes getrunken hatten.

Dann sperrte Fritz seine Kneipe auf. Im Barraum war es dampfig, wie man auf Bairisch sagt, also schwülwarm.

»Vielleicht hat er was mit seiner Polizistin, was meinst?«, fragte Waldorf seinen Weißbierkumpel.

Fritz grinste in sich hinein. Die beiden hatten keine Ahnung und redeten nur ins Blaue. Sollen sie ruhig. Der Wirt ließ seine beiden Spülbecken volllaufen und richtete Gläser her, da schneite schon die Angesprochene herein.

»Sibylle, mein Augenstern«, schmetterte Fritz mit einem breiten Grinsen, »die beiden Herren dichten uns gerade eine Affäre an.«

Die junge Polizistin stand noch unter Spannung, zumal sie nicht lange Zeit hatte, sich für das heutige Date zu stylen. Und ein wenig in Schale schmeißen wollte sie sich schon. Es eilte also, aber einen kleinen Kommentar konnte sie sich doch nicht verkneifen.

»Affäre? Etwa so etwas mit Sex? Ausgerechnet ihr zwei Liebesexperten wisst noch, was das sein soll?« Die beiden alten Stammgäste nahmen den Seitenhieb mit Humor und gespielter Empörung. »Dann gehen wir zum Knutschen doch lieber raus«, sagte Sibylle wieder zu Fritz gewandt.

Sibylles Update war nicht für fremde Ohren bestimmt. Also marschierten die beiden hinaus unter die Linde. Fritz hatte sich eine Weißweinschorle eingeschenkt, Sibylle war mit einem stillen Wasser glücklich. Schnell brachte sie Fritz auf den neuesten Stand.

»Stadelheim«, sinnierte Fritz. »Das gefällt mir nicht.«

»Ach was«, winkte Sibylle ab, »Charlie kommt überall klar. Weinrich dagegen macht mir Sorgen.« Dann erzählte sie von dessen Briefing, vor dem er Sibylle extra rausgeworfen hatte, und blickte ihren Vermieter ernst an. »Ich weiß von einem Kollegen: Weinrich will die Suche nach den Haberern intensivieren. Und er hat dich im Visier.«

Zwei Stunden zuvor war in den Konferenzräumen von *LupoBiola* eine bewegende Zeremonie zu Ende gegangen. Die neue Geschäftsleitung hatte zu einer Gedächtnisfeier des Firmengründers geladen und an sein humanitäres und ökologisches Wirken erinnert. Der Verstorbene wurde als Musterbeispiel für einen »grünen« Unternehmer gelobt. Hans Baldach, der federführend im Amt war, versprach, nichts ändern zu wollen. Es würde weitergehen wie bisher, das Erbe von Manfred Lupolenz würde in dessen Geiste verwaltet. Außerdem versicherte man, dass es keine Kündigungen geben werde.

Therese Grabinger kam sehr bewegt in ihr Büro zurück. Sie trug ein schwarzes Spitzenkleid, eigentlich ihr schönstes Gewand für eine Beerdigung, da diese aber wegen der laufenden Ermittlungen noch auf sich warten ließ, zog sie es schon zu dieser Gedächtnisfeier an. Ein halbes Päckchen Tempo hatte sie in diesen Stunden verschnäuzt und so viele Tränen vergossen, dass man ihre Topfpflanzen damit hätte gießen können.

Die Chefsekretärin war jedoch nicht allein bei ihrer Rückkehr. Neben ihr hatte Jo Deister gesessen und neben diesem Heini Zipf, so etwas wie der Bursche für alles bei *LupoBiola*. Am Ende der Versammlung hatte Therese Grabinger diesem zugeraunt, er müsse noch ein Paket abholen und zur Post bringen, es stamme vom seligen Manfred Lupolenz persönlich.

»Als hätte er's gewusst«, flüsterte die Sekretärin Heini Zipf zu. »Er hat zu mir noch gesagt, wenn ihm was zustößt, soll ich das Packerl verschicken. Aber in dem ganzen Trubel habe ich's ganz vergessen. O mei, er war ja so ein guter Mensch.« Dann übermannten sie wieder die Tränen.

Das Erstaunliche war, dass sich auch der Chemiker anbot, das Paket wegzuschicken. »Ich muss heute noch zur Post, da könnte ich's gleich mitnehmen«, versprach Jo Deister.

Aber Therese Grabinger bestand auf der üblichen Arbeitsteilung. Der Laufbursche sammelte alles, was zum Verschicken war, und brachte es um Punkt 5 Uhr weg. Der Chemiker aber ließ sich nicht abwimmeln.

»Ein letzter Dienst für meinen Chef«, sagte er mit Trauerflor in der Stimme. Heini Zipf wollte schon abdrehen, aber die energische Sekretärin packte ihn am Arm und schleifte ihn mit.

So standen sie zu dritt in Therese Grabingers Büro. Die Sekretärin öffnete den Wandschrank und holte ein mittelschweres Paket hervor. »Das muss ordnungsgemäß mit allen anderen Drucksachen verschickt werden. Deshalb bekommt's der Heini. Außerdem steht da so eine komische Adresse drauf.«

»Tatsächlich«, murmelte der Bote, dem das Geraffel um das Päckchen unangenehm war. »Ja gibt's do gor koa richtige Straß ned?«

Schnell und wütend zog gegen Abend das zweite Gewitter des Tages auf und entlud sich in einem nachgerade tropischen Regenguss. Kein Regenschirm der Welt hätte dieses Trommelfeuer an Tropfen ausgehalten. So war es nicht verwunderlich, wenn der *Fuchsbau* eine Zeit völlig verwaist blieb. Waldorf und Statler waren bereits heimgegangen, die anderen trauten sich noch nicht aus dem Haus. Als erster Gast kam allerdings jemand herein, mit dem Fritz nicht gerechnet hätte. Und er hätte gern auf diesen Besuch verzichtet, denn Lisa Strohballs Mundwinkel hingen in der Leistengegend und ihr Blick war so finster wie die Gewitterwolken.

Sie überschüttete Fritz mit Vorwürfen, bezeichnete seine Kneipe wahlweise als Kaschemme, Abfüllstation und Weißbiertanke und forderte ein Hausverbot für ihren Mann, was Fritz ablehnte. Er gab sich allerdings diplomatisch und flüchtete sich in Allgemeinplätze, da er spürte, wie Lisa unter der Verhaftung von Charlie litt. Sie brauchte in diesem Moment seinen Beistand, keine Diskussion über das Recht der Männer auf freie Kneipenwahl.

»Wie geht's ihm denn?«, fragte Fritz schließlich, als sich die Wogen etwas geglättet hatten.

Lisa zuckte mit den Schultern und schüttelte den Kopf. »Ich weiß es nicht. Man hat den Eindruck, als würde er das Gefängnis als ein Abenteuer betrachten.«

›Was eine Menge über seine Ehe und sein Zuhause aussagt‹, dachte sich Fritz, wusste aber, wie es Lisa meinte. Selbst einem Gefängnisaufenthalt konnte Charlie mit seinem manchmal kindlich-naiven Gemüt noch etwas abgewinnen.

»Ich habe mir auf jeden Fall vorgenommen, dass ich mir das nicht länger anschaue. Wenn er in zwei Tagen nicht daheim ist, dann werfe ich ihn raus. Bei der Spedition Schillinger habe ich schon nachgefragt. Die schicken mir ein paar kräftige Männer, die Charlies ganzen Kram im Schuppen in Kisten packen und in einem Container verstauen. Er kann ja dann bei dir übernachten.« Mit zusammengekniffenen Augen schaute Lisa Strohball Fritz an und giftete noch ein bisschen weiter.

Als ihre Gewitterwolken abgeregnet waren, verzog sie sich wieder. »Noch ein Problem mehr«, seufzte Fritz. Denn die Dreschflegel der Haberer waren in Charlies Schuppen. Und sollten diese entdeckt werden, wäre Charlie geliefert.

Bei Sonnenuntergang klarte es wieder etwas auf und so kamen wenige Minuten nach Lisas donnerndem Abgang die nächsten Gäste. Die Frau Bürgermeister gab sich mit Gatten die Ehre. Beide waren schick herausgeputzt, Hermann trug eine beige Sommerhose und ein weißes Leinenhemd, Simone ihr Lieblingsdirndl.

Fritz wusste erst überhaupt nicht, was er von dem Besuch halten sollte, doch die beiden wirkten so verliebt wie zwei Twens auf Honeymoon. Sie umarmten sich, lachten viel und küssten sich sogar. Hermann bestellte Champagner, was seine Frau eigentlich nicht wollte, doch die Bürgermeisterin konnte sich nicht durchsetzen. So aufgekratzt hatte Fritz den behäbigen Urbayern noch nie erlebt. Vielleicht zeitigte der Liebestrank ja eine Langzeitwirkung?

Laut, sonst gäbe es ja keinen Effekt, ließ Fritz den Korken knallen und schenkte beiden seine Hausmarke, einen *Taittinger*, ein. Nach dem ersten Gläschen schwang sich Hermann vom Barhocker und suchte die Toilette auf. Sogleich wandte sich Simone an Fritz.

»Was hast du mit meinem Hermann angestellt?«, fragte sie flüsternd. Sie klang allerdings nicht vorwurfsvoll, sondern dankbar. »Ich weiß das vom Schampus und deiner, sagen wir Stilberatung. Aber das kann doch nicht alles gewesen sein.«

Fritz beugte sich ein wenig über die Theke. »Es gibt den Scherz: Liebe macht blind, aber die Ehe bringt die Sehkraft wieder zurück.

Ich glaube, dass es genau anders herum ist. Die Gewohnheit, nennen wir es Ehealltag, lässt einem das Herz erblinden. Und wenn man dann plötzlich vor der Trennung steht, öffnen sich die Gefühlsaugen wieder. Erst wenn du etwas verlierst, merkst du, wie sehr du es geliebt hast.«

»Du alter Romantiker«, sagte Simone, die ein wenig errötete. Das hörte Fritz an diesem Tag bereits zum zweiten Mal. Wenigstens eins seiner Probleme hatte sich tatsächlich gelöst, er konnte es kaum fassen.

21

Natasha Polcek hatte vom *Tucha* in den höchsten Tönen geschwärmt. Es lag am Ende der Fußgängerzone, aber noch vor der alten Saline, und sei das beste Lokal von ganz Bad Reichenhall. Cocktailbar und Restaurant zugleich, dazu modern und stilvoll eingerichtet, keine rustikale bayerische Bretterbude. Und darüber hinaus ein wunderbarer Service, kompetent und freundlich, eine Mischung, wie man sie weder auf dem Land noch in München oft bekomme.

Sibylle war hin- und hergerissen, wie sie sich stylen sollte. War das heute Abend ein Date? Oder ein Arbeitsessen? Oder wollte Natasha Polcek an ihrem letzten Tag einfach nicht mehr allein sein und sehnte sich nach etwas Gesellschaft? Diese dritte Möglichkeit erschien Sibylle am wahrscheinlichsten, deshalb wählte sie einen stilistischen Mittelweg. Sie zog ein Desigualkleid mit Rosenmuster an, dazu rote Plateausandalen. Dafür verzichtete sie auf Schminke. Sie wollte nicht den Anschein erwecken, als wäre sie auf ein Abenteuer aus.

Ganz im Gegenteil zu Natasha Polcek. Sie trug ihre Haare offen. Sibylle war erstaunt, wie lang, wellig und glänzend sie waren. Ihr Mund betonte ein Lippenstift mit dem Farbton »Wilde Kirsche«. Ihre schönen Augen wurden nur dezent mit Eyeliner hervorgehoben. Und aus ihrem Gesicht lächelte sie jegliche wissenschaftliche Kühle weg. Natasha Polcek war an diesem Abend nur sie selbst, nur Frau und keine renommierte Kriminalpolizistin.

Sibylle verschlug es fast die Sprache, so attraktiv, so zum Anbeißen schaute ihre Münchner Kollegin aus. Als sie sich setzte, kam bereits die Bedienung mit zwei Prosecco.

»Ich habe mir erlaubt, einen Aperitif zu ordern.« Dann hob sie ihr Glas und lächelte Sibylle an. Ein feiner hoher Ton erzitterte, als die beiden anstießen. »Übrigens«, sagte die Profilerin, »ich heiße Natasha. Meine Freundinnen nennen mich Tasha.«

»Sibylle«, entgegnete die Polizistin unsicher, »und meine Freundinnen nennen mich auch Sibylle.«

Natasha Polcek lachte artig über den kleinen Scherz. Sie lehnte sich nach hinten und blickte Sibylle aufreizend an. Dann versuchte sie, ein wenig Smalltalk, redete über ihre Eindrücke von der Gegend, von der Bergkulisse, die sie zwar ästhetisch fände, aber nur für einen Kurzurlaub. Leben könnte sie niemals in den Alpen. Dann schwärmte sie vom Essen und empfahl besonders die Gerichte aus dem Wok.

»Bevor wir zum gemütlichen Teil des Abends übergehen, möchte ich mit dir noch ein wenig über den Fall sprechen.« Natasha klang plötzlich wieder so korrekt und sachlich wie bislang bei den Sitzungen. Sie wirkte aber anders, wärmer, herzlicher, nahbarer. »Was hältst du von Oberkommissar Weinrich?«

Sibylle stammelte ein wenig herum, flüchtete sich in Allgemeinplätze und halbherzige Respektsbekundungen, betonte, sie sei lediglich eine einfache Schutzpolizistin und könne einen altgedienten Kriminaler nicht beurteilen.

»Das hast du aber diplomatisch ausgedrückt«, lächelte die Profilerin. »Weinrich ist ein Trottel und ein Macho dazu. Eine gefährliche Mischung, wenn Anmaßung, Beschränktheit und hormonell bedingte Überheblichkeit zusammenkommen.«

Sibylle hatte bei diesen offenen Worten das Gefühl, als würde ein Knoten in ihr aufgehen. Sie prustete los, sichtlich erfreut über diese Schmähung des Oberkommissars.

»Du scheinst meine Meinung offensichtlich zu teilen«, sagte Natasha lächelnd.

Sibylle nickte. »Aber wie kommst du darauf? Kennst du Weinrich schon länger?«

Natasha lehnte sich zurück, fuhr sich durch das Haar und schüttelte es dann ein wenig aus. »Nein, ich hatte bisher noch nicht das Vergnügen. Aber die Liste ist lang, meine Liebe. Wo soll ich anfangen? Der Einfaltspinsel glaubt ernsthaft, diese Haberfeldtreiber hätten etwas mit den Morden zu tun, dabei sieht jeder, der nur ein bisschen Polizeiverstand hat, dass sie als Sündenbock herhalten müssen.«

»Das habe ich ihm immer gesagt«, bekräftigte Sibylle. In diesem Moment kam die Bedienung, um die Bestellung aufzunehmen. Natasha entschied sich für Rinderfiletstreifen aus dem Wok mit Julienne-Gemüse, Sesam, Knoblauch, Erdnüssen und Sojasauce, Sibylle für die Garnelen mit Ingwer und Kokosmilch.

»Und er glaubt mir den Unsinn, den ich über die Frau dieser Haberfeldtreiber gesagt habe«, fuhr Natasha fort.

Sibylle erschrak, versuchte aber, sich nichts anmerken zu lassen. »Wieso? Hat dein Profil nicht gestimmt?«

Natasha lächelte spöttisch. »In meinem Profil steht: eine taffe, kräftige Frau, die auch austeilen kann, möglicherweise Kampfsport betreibt. Sie hat gelernt, sich in einer Männergesellschaft durchzusetzen. Außerdem wird sie von einem unbestechlichen Gerechtigkeitssinn getrieben, was ihr schon jede Menge Ärger eingebracht hat. Soll ich weiterreden?«

Sibylle wurde heiß. Aber sie hatte es von Anfang an befürchtet. Die Profilerin hatte sie entlarvt. »Und wann willst du deine Überlegungen Weinrich mitteilen?«

Natasha Polcek lachte kurz auf. »Meine Perlen vor dieses Schwein werfen? Nicht in diesem Leben, Schätzchen.« Dann beugte sie sich wieder nach vorne und blickte Sibylle tief in die Augen. »Ich bin keine Hellseherin, meine liebe Sibylle, die von ihren Freundinnen Sibylle genannt wird. Aber eins weiß ich sicher. Du hast selbst Überlegungen und Nachforschungen angestellt, vermutlich mit deinen beiden Mitstreitern. Erzähl mir davon.«

Sibylle zögerte. Da hakte Natasha nach.

»Du hast doch nicht etwa Angst, ich würde dich reinlegen?« Natasha hob die Augenbrauen und schüttelte amüsiert den Kopf. »Ich habe Weinrich ein falsches Profil vorgelegt. Wenn das herauskommt, kann ich meinen Job vergessen.«

»In Ordnung«, entgegnete Sibylle und entschied sich, unverblümt alles zu berichten, was sie herausgefunden hatten. Nur die Namen von Charlie und Fritz ließ sie weg. Sie erzählte von dem seltsamen Papier und den Silberfäden, die Lupolenz in Arlbergers Mülltonne gefunden hatte, von den teuren Pokerpartien. »Arlberger war Drucker, er konnte das Logo der Haberer problemlos imitieren. Eine Schablone hatte der sofort hergestellt und die genaue Farbe mit einem Blick erkannt.«

»Völlig einleuchtend«, stimmte die Profilerin zu. »Arlberger hat also definitiv mit einem anderen Täter Lupolenz umgebracht. Dieser zweite Mörder hat dann bald darauf Arlberger auf dieselbe Weise getötet. Warum? Weil Arlberger aufzufliegen drohte, das scheint mir die plausibelste Erklärung. Könnte jemand etwas von euren Recherchen mitbekommen haben?«

Sibylle überlegte und rief sich den Abend im *Fuchsbau* noch einmal in Erinnerung. »Nein«, sagte sie, allerdings zögerlich.

»Klingt nicht sehr überzeugend.«

»Vielleicht jemand mit sehr großen Ohren«, ergänzte die Polizistin.

»Das ist doch eine Spur. Lass sie uns gemeinsam verfolgen.« Natasha Polcek lehnte sich wieder zurück und fuhr sich durch das Haar.

»Wie meinst du das?«, fragte Sibylle irritiert.

»Na, ich bin auch Kriminalkommissarin. Morgen ist mein letzter Tag in Obernstall. Deshalb fordere ich dich für eine Spezialuntersuchung an. Ich brauche eine ortskundige Polizistin. Und dann mischen wir diesen Männerverein mal so richtig auf.«

Sibylle nickte lächelnd. »Klingt verdammt cool!«

In diesem Moment kamen die Getränke, eine Flasche Wasser mit Sprudel und eine Flasche kühler *Lugana*. Die Kellnerin ließ Natasha kosten und schenkte dann nach deren Zustimmung jeder etwa einen Deziliter in das Glas. Natasha stieß sofort an. »Auf unsere Zusammenarbeit.«

»Auf unsere Zusammenarbeit«, wiederholte Sibylle und nahm einen Schluck. »Wenn ich jetzt noch Wein trinke, kann ich aber nicht mehr fahren.«

Natasha fuhr sich mit der Zungenspitze über die Lippen, dann streichelte sie ganz sanft Sibylles Hände. »Das sollst du auch nicht mehr«, hauchte sie.

Alle waren gekommen. Und das auch noch, wie Fritz es sich erhofft hatte, nicht auf einen Schlag. Erwin Küffer und Willi Leder schneiten im Doppelpack herein. Sie waren Kumpel von Arlberger und hatten an beiden Abenden das dramatische Dart-Match hautnah miterlebt. Fritz hatte sie zu einer Halben Freibier eingeladen. Er wollte von ihnen minutiös wissen, was sie beobachtet hatten. Ihre Schilderungen waren anschaulich, letztendlich brachten sie Fritz aber keine neuen Erkenntnisse. Das hatte Fritz auch nicht unbedingt erwartet. Entscheidend war die Frage nach der HSV-Mütze.

»Lölölö«, sagte Willi Leder und strich sich übers Kinn. Diese Laute waren sein Markenzeichen, wenn er überlegte. Zur Belustigung seiner Freunde und Bekannten.

»Ich habe keine Ahnung mehr«, gab Erwin zu, besann sich dann jedoch eines Besseren. »Obwohl, jetzt wo du's sagst. Ich glaub allerweil, der Strohball hat sie bei dir im Barraum nicht mehr aufghabt.«

Willi bestätigte die Version, konnte jedoch zum Verbleib der Mütze nichts sagen. Gegen 21 Uhr kam Jo Deister und setzte sich an die Theke. Gute Freunde, mit denen er sich traf, hatte der Chemiker nicht. Am Tresen aber redete jeder mit jedem.

»Hast deine Kohle schon überprüfen lassen?«, fragte ihn sogleich Willi Leder.

»Wieso? Was soll damit nicht stimmen?« Deister wirkte irritiert und antwortete patzig.

»Na, du fährst doch jedes Jahr an diesen Goldstrand nach Bulgarien«, erläuterte Willi, »und da haben's in der Nähe eine Geldfälscherbande ausgehoben.«

»Und alle erschossen«, ergänzte Erwin Küffer.

»Die sollen eine Menge Blüten in Umlauf gebracht haben«, fuhr Willi fort.

»Keene Ahnung«, entgegnete Deister. »Ich zahl alles mit Karte.«

Auch ihn fragte Fritz nach der Mütze. Deister musste nicht lange überlegen. Er hatte die Kappe gesehen und schwor Stein auf Bein, dass sie auf dem massiven Holztisch gelegen habe. Der war für die Schafkopfer reserviert. Vor allem Charlie Strohball war dafür berüchtigt, wenn er einen Lauf hatte, die Karten mit der Faust auf den Tisch zu dreschen, dass dünnere Modelle in sich zusammengebrochen wären.

»Die hab ich beim Rausgehen gesehen, garantiert«, versicherte Deister. Tatsächlich war die Tür zum Spielzimmer mit einem Fenster ausgestattet, das einen Blick auf den Tisch erlaubte.

Zur späten Stunde erschienen noch Hobbsi Hufbauer, Goof Mayerkofer und Tom Sammerer, die drei verhinderten Nationaltrainer. Sie hatten alle schon leichte Schlagseite, waren aber ziemlich trinkfest, die eine oder andere Halbe ging bei allen noch. Sie berichteten, dass auch Weinrich sie aufgesucht und um eine Aussage gebeten hatte, wunderten sich deshalb, wieso Fritz sie noch einmal befragte.

»Weil ein guter Freund von mir unschuldig im Gefängnis sitzt und ich wissen will, was genau passiert ist«, erklärte Fritz

Mit dieser Antwort gaben sich alle zufrieden. Das Trio hatte am Vorabend kurz nach Deister den *Fuchsbau* verlassen. Hobbsi Hufbauer war bereits jenseits von Gut gewesen, wie er selbst zugab, und konnte nur noch auf eins aufpassen: Nicht über die Treppe zu fallen und den Heimweg ohne Sturz zu überleben. Augen für eine Kappe im Nebenzimmer hatte er nicht gehabt. Goof Mayerkofer und Tom Sammerer wären nicht einmal auf dem Land mehr als fahrtüchtig durchgegangen, aber ihre Wahrnehmung war nicht beeinträchtigt. Beide gaben ihm Brief und Siegel, dass die Kappe nicht mehr auf dem Tisch gelegen hatte.

»Und da seid ihr euch sicher?«, fragte Fritz skeptisch nach. Es war leicht zu sagen, ob man etwas bemerkt hatte, das Gegenteil aber war schwierig. Bei diesem Alkoholpegel zumal.

»Glaubst du, ich brauch eine Brille, bloß weil ich ein paar Halbe intus hab?«, gab Goof zurück.

»Wir haben uns nämlich gewundert, dass das kaputte Weißbierglasl noch am Tisch gestanden hat.« Das konnte sogar Hobbsi Hufbauer bezeugen. Auch Fritz erinnerte sich. Willi Leder hatte es umgestoßen, die Scherben aufgehoben, aber den zerschlagenen Stutzen stehen lassen. »Und wenn ich das sehe, dann wäre mir doch die grindige HSV-Mützn vom Strohball auch aufgefallen.«

»Von diesem Fischkopfverein«, warf Tom Sammerer ein.

»Das darfst dem Charlie aber nicht sagen. Der behauptet immer, nur die Bremer Fans sind Fischköpf.«

Alle lachten herzlich über diese unsinnige Differenzierung der Norddeutschen. Für einen Oberbayern waren alle in Küstennähe Fischköpfe und nichts anderes. Dann redete man wieder über Fußball und diskutierte die Chancen des FC Bayern, im nächsten Jahr die Champions League zu gewinnen.

Fritz Biber aber grübelte über die verschiedenen Aussagen. Sie passten nicht zusammen. Entweder hatten die drei Nationaltrainer gelogen oder Deister. Denn dass in der kurzen Spanne jemand unbemerkt in die Kneipe gekommen wäre und die Mütze aus dem Nebenzimmer geholt hätte, war nahezu unmöglich, schließlich hatte Fritz die Haustür durch die offene Tür zum Barraum im Blick gehabt. Den drei Stammgästen traute er keine Lüge zu. Hatte Jo Deister die Mütze an sich genommen?

Fritz hatte gehofft, dass Sibylle noch kommen würde. Zu seiner Verwunderung blieb sie jedoch aus. Er hatte versucht, sie gegen 11 Uhr auf dem Handy zu erreichen, doch es ging nach fünfmaligem Läuten nur die Mailbox ran. Als die drei Experten um 1 Uhr die Kneipe verließen, ging Fritz noch sicherheitshalber nach draußen und schaute, ob er Sibylles Wagen sah. Doch nichts. Die Polizistin war offensichtlich in Bad Reichenhall geblieben. Vielleicht lindert das ihren Herzschmerz‹, dachte sich Fritz und ging nach oben in seine Wohnung. Er goss sich noch ein letztes Glas Weißwein ein und dachte nach. Jo Deister, der unscheinbare Ossi, den die meisten nicht ganz ernst nahmen. Könnte der ein Doppelmörder sein? Fritz konnte es nicht glauben. Und was sollte das Motiv sein?

Dann klappte er seinen Laptop auf und rief *ecosia* auf, die »grüne« Suchmaschine. Er gab Baumwollpapier und Silberfäden ein und kam auf eine belanglose Seite nach der anderen. Doch als er bereits aufgeben wollte, stach ihm ein Link ins Auge.

22

Das Bett war leer und akkurat gemacht, bei der Bundeswehr gäbe es niemanden, der die Decke noch millimetergenauer zentrieren und straffer ziehen könnte. Und ihr Stofftier, ein lila Drache, den sie auf dem Oktoberfest beim Armbrustschießen gewonnen hatte, saß noch aufrecht wie am Tag zuvor. Sibylle war also definitiv nicht nach Hause gekommen. Sicherheitshalber hatte Fritz nach dem Aufstehen einen Blick in ihr Zimmer gewagt.

Es war bereits 10 Uhr. Er war um 3 auf der Couch eingeschlafen und um 5 kurz wach geworden. Dann hatte er den Laptop zugeklappt und sich ins Bett gelegt. Ohne einen Wecker zu stellen, was sich als Fehler erwies, denn er wollte mit seinen Recherchen früh weitermachen.

Eine Dusche und drei starke Espressos später, war er wieder frisch und auch mental dem Bett entstiegen. Als Erstes rief er seinen Kumpel beim LKA an. Denn ihm war gestern noch eine teuflische Idee gekommen.

Andi Wagner meldete sich tatsächlich auf dem Handy. »Servus Fritz. Und, habt ihr den Mello verpflichten können oder war er euch zu teuer?«, lachte der Polizist.

»Wir haben einen seiner Getreuen eingekauft«, entgegnete Fritz. »Aber deshalb rufe ich nicht an.«

»Mach's kurz, ich stehe unter Starkstrom.«

»Hör erst einmal zu, vielleicht interessiert dich mein Anliegen mehr, als du meinst. Könntest du dir vorstellen, zu was jemand Silberfäden und spezielles Baumwollpapier braucht?« Fritz nahm einen Schluck von seinem Orangensaft, mit dem er das flüssige Frühstück abschloss.

Der LKA-Beamte lachte lauthals auf. »Natürlich, das ist ja mein Metier. Geldfälscher brauchen das.«

»Vielleicht sitzen deine Fälscher in unserem Obernstall«, entgegnete Fritz.

»Im Ernst? Dann schieß mal los.« Wagners Neugier war geweckt.

»Ein arbeitsloser Drucker und ein Chemiker. Könnten die Geld fälschen?«, fragte Fritz erst einmal.

»Ich würde sagen, das ergibt eine perfekte Kombination. Der Drucker kennt sich mit Farben und Herstellungstechniken aus, der andere mit Chemie, also der Fixierung und Konservierung, wenn du so willst«, bestätigte Wagner, der in München an seinem Schreibtisch saß und mit jeder Sekunde größere Ohren bekam.

»Ich stelle mir das so vor: Die beiden lernen sich beim Zocken um hohe Beträge kennen. Zumindest der Drucker kann es sich nicht leisten, denn er verliert, hat aber kaum Einkünfte. Er braucht Kohle. Da kommen beide auf die Idee, Geld zu fälschen. Möglicherweise ist aber auch der Chemiker der Kopf des Unternehmens. Der fährt nämlich seit Jahren nach Bulgarien, genauer gesagt nach Goldstrand.«

»Genau da, wo man jetzt diese Bande ausgehoben hat«, rief der Kommissar aus. »Könnte natürlich Zufall sein.«

»Wäre es möglich, dass sich der Chemiker von den Bulgaren das Rohmaterial beschaffte?«

»Klar. Das hatte sicher seinen Preis, doch wieso sollen die nicht Geschäfte mit Deutschen machen?«

»Also gehen die beiden ans Werk«, fuhr Fritz fort. »Sie drucken 20-Euro-Scheine, weil die nicht überprüft werden. Außerdem sind es richtig gute Blüten, wie du bestätigt hast. Unsere Fälscher beherrschen ihr Handwerk. So verdienen sie eine Menge Geld.«

»Das alles klingt plausibel«, sagte Wagner. »Kannst du etwas beweisen?«

Dann berichtete Fritz von Lupolenz und seinen Funden in der Tonne von Arlberger, von den beiden Morden und der Aussage von Deister.

»Klingt nach einer handfesten Spur«, resümierte der LKA-Beamte. »Wir haben allerdings auch eine. Zumindest haben wir einen Mann festgenommen, der einen ganzen Koffer dieser gefälschten 20-Euro-Scheine in Umlauf gebracht hatte.«

»Wie seid ihr auf den gekommen?«, fragte Fritz neugierig nach.

»Der hat auf dem Strich im Münchner Norden seine Lust damit finanziert«, lachte Wagner. »Solche Fälle hatten wir schon öfters. Die meinen, Prostitution sei ein rechtsfreier Raum, da könnten sie mit Blüten zahlen. Aber weder die Nutten noch die Luden sind von gestern. Der kann froh sein, dass er noch lebt.«

»Und ihr wisst nicht, woher er diese Blüten hat?«

»Nein. Und wenn, dürfte ich es dir nicht sagen. Aber ich verspreche dir, ich checke diesen Arlberger und diesen Deister und bespreche das Weitere mit meinen Kollegen. Dann melde ich mich bei dir. Kann freilich ein paar Tage dauern.« Dann beendete Wagner das Gespräch.

Ein paar Tage. Die Zeit hatte Fritz nicht. Wenn morgen Charlies Stadl geräumt würde, würden sie auffliegen, vermutlich alle drei. Heute musste gehandelt werden. Also rief er Sibylle auf dem Handy an. Doch es ging sofort die Mailbox ran. Fritz fluchte. Dann beschloss er, Deister zu stellen. Er suchte sich dessen Telefonnummer heraus und rief bei ihm zuhause an, kommunizierte aber nur mit dem Anrufbeantworter. ›Logisch‹, dachte er sich, ›Deister muss in der Arbeit sein.‹ Also fuhr er kurzentschlossen zu *LupoBiola*.

Es war ausnahmsweise nicht der Wecker, es waren auch nicht die Sonnenstrahlen, die einen weiteren Sommertag ankündigten und bündelweise durch die nur mäßig dichten Vorhänge fielen. Sibylle wurde an diesem Tag von einem sanften Streicheln auf ihrer rechten Schulter geweckt. Und dort wurde es ihr wohlig warm. Vom heißen Atem Natashas, die Sibylles Schulter liebkoste.

Was für eine Nacht! Und was für ein Erwachen. Sibylle fühlte sich wie neugeboren. Nach der schmerzhaften Trennung und diesem Gefühl, weggeworfen zu werden wie ein gebrauchtes Tempo. Da waren die Küsse von Natasha eine Labsal, ein Jungbrunnen, eine unfassbare Wonne, die ihre Wunden vielleicht nicht heilten, sie aber zumindest vergessen ließen.

Sibylle schnurrte zufrieden, drehte sich langsam um und blickte

Natasha an. Diese Frau, die ihr anfangs so unterkühlt vorgekommen war, hatte sie mit ihren sanften Berührungen verzaubert. Und nun weckten diese Samtlippen Sibylle auf und verhießen Liebe und Behaglichkeit. Da meldete sich ihr Handy.

»Nein«, seufzte die Polizistin und wendete den Kopf zu ihrem Mobiltelefon, das auf dem Nachtkästchen lag.

»Nimm's einfach nicht an«, hauchte Natasha.

Sibylle schaute auf das Display. »Weinrich«, stöhnte sie. »Ich fürchte, da muss ich rangehen.«

»Wo bleiben Sie nur?«, bellte ihr sofort der Oberkommissar entgegen. »Es ist bereits halb 9.«

Mit der Wahrheit konnte Sibylle schlecht herausrücken, also murmelte sie, sie habe verschlafen und beendete das Telefonat. »Die Pflicht ruft.« Sibylle verzog das Gesicht und richtete sich auf. Da kam Natasha von hinten und schlang ihre Arme um sie.

»Ich hätte gern noch ein bisschen Zeit mit dir verbracht.« Dann saugte sie ein wenig an Sibylles Hals und überdeckte diesen mit Küssen.

»Glaubst du, ich nicht? Außerdem wollten wir doch heute auf eigene Faust recherchieren. Aber Weinrich besteht darauf, dass ich zu ihm komme. Sofort«, stöhnte Sibylle.

»Dann fahr zu deinem Oberschafkopf.«

»Sehen wir uns heute Abend?«, flüsterte Sibylle sehnsuchtsvoll.

»Da bin ich schon wieder in München«, entgegnete Natasha enttäuscht.

»Na und? Dann bin ich eben auch dort.« Die Polizistin drehte sich um und küsste Natasha leidenschaftlich. Es fiel ihr extrem schwer, sich loszueisen, aber Weinrich klang ziemlich angefressen und sie durfte es nicht riskieren, ihn vor den Kopf zu stoßen. Also stand sie auf und zog sich an. Dann schaute sie noch einmal auf ihr Handy. Fritz hatte mehrmals versucht, sie zu erreichen. Normalerweise hätte sie ihn während der Fahrt zurückgerufen, aber der Wirt war um diese Uhrzeit noch nicht wach. Außerdem zeigte ihr Handy an, dass der Akku nahezu leer war. Sie hatte nicht damit gerechnet zu übernachten, hatte also ihr Ladegerät nicht dabei. ›Egal‹, dachte sich Sibylle, ›ich werde Fritz schon erwischen.‹

Dann verabschiedete sie sich von Natasha. Besser gesagt, sie versuchte es. Denn es dauerte doch noch ein wenig länger als geplant, Adieu zu sagen.

Fritz hätte es nicht gewundert, wenn die Reifen geraucht hätten, als er vor dem Bio-Labor hielt. Auch wenn man weiß, dass die Zeitersparnis gering ist und es nichts bringt, treibt einen die Unruhe oft dazu, das Gaspedal durchzudrücken. Fritz stieg aus und ging schnellen Schrittes – gelaufen war er seit seiner Schulzeit nicht mehr – auf das graue Gebäude zu. Die Eingangstür war verschlossen. Deshalb drückte er die Klingel. Kurze Zeit später fragte ihn eine junge Frauenstimme nach seinem Begehr.

»Ich müsste Jo Deister sprechen«, entgegnete Fritz.

»Kleinen Moment«, schepperte es blechen aus der Sprechanlage. »Tut mir leid, Herr Deister ist heute nicht im Haus.« Damit war das Gespräch beendet.

Fritz fluchte. Was, wenn Deister das Weite gesucht hatte? Er ging zu seinem Auto, langsam und unschlüssig, was er tun sollte. Deister war nicht zu Hause und nicht in der Arbeit. Wo steckte der Kerl? Er hatte keine Freundin und – soweit Fritz wusste – keine engen Freunde. Natürlich konnte er am Thumsee liegen, einem idyllischen Bergsee zwischen Bad Reichenhall und Schneizlreuth, und sich in der Sonne aalen. Oder er könnte durchs Steinerne Meer wandern. Aber Fritz glaubte nicht daran, dass sich Deister irgendwelchen Vergnügungen hingab, nicht wenn er der Täter war.

In diesem Moment fuhr ein Lieferwagen vor. Zwei Männer in braunen Uniformen stiegen aus, öffneten die hinteren Türen und entnahmen der Ladefläche mehrere große Plastikbehältnisse. Kurzerhand marschierte Fritz hinter den beiden her. Sie klingelten, sagten, sie brächten Proben aus Rosenheim und Umgebung, und sofort summte der Türöffner. Fritz ging ungeniert ebenfalls hinein. An der Rezeption wurden die Lieferanten in ein Labor am Ende des Flurs geschickt, während Fritz fieberhaft nachdachte, wie die Chefsekretärin hieß. Er konnte sich erinnern, dass diese Sibylle wohlgesonnen war und ihr versprochen hatte, bei der Aufklärung des Mordes zu helfen.

»Ich müsste dringend zur Sekretärin von Herrn Lupolenz«, sagte Fritz mit einer Bestimmtheit, die keinen Zweifel aufkommen ließ, dass es sich um ein wichtiges Anliegen handelte.

Die junge Frau an der Rezeption schaute ihn ein wenig entgeistert an. »Sie meinen Frau Grabinger?«

»Genau die«, nickte Fritz.

»Wen darf ich melden?« Die für Hochsommer eher blasse Rezeptionistin schaute ihn fragend an.

Fritz beugte sich über den hölzernen Tresen und raunte leise. »Es geht um den Mord an Herrn Lupolenz.« Dann hielt er seinen Zeigefinger vor den Mund.

»Gut. Fahren Sie mit dem Lift in den ersten Stock, die dritte Tür links.« Auch die junge Frau flüsterte. Es war ihr bewusst, dass es sich um etwas Geheimes handelte.

Auf dem Weg zu Therese Grabingers Büro hatte Fritz Zeit, sich ein wenig zu sammeln und zu überlegen, was er eigentlich sagen sollte. Mit der vollen Wahrheit konnte er nicht rausrücken, sich als Polizist ausgeben aber auch nicht. Er entsann sich, was Sibylle von ihrem Gespräch mit der Sekretärin erzählt hatte.

Therese Grabingers Mund war an diesem Vormittag noch schmaler als sonst. Ihr Mann war am Abend zuvor nicht nur viel zu spät und viel zu betrunken nach Hause gekommen, er hatte auch noch den Jägerzaun mit der Garage verwechselt und einen gehörigen Holz- und Blechschaden angerichtet.

Als Fritz in das Büro eintrat, schaute sie ihn giftig über ihre randlose Brille an. »Was wollen Sie von mir?« Sie war an diesem Tag mit dem falschen Fuß aufgestanden. Definitiv.

Fritz nahm unaufgefordert auf dem Stuhl vor Grabingers Schreibtisch Platz und blickte sich erst einmal um, als würde er nach versteckten Kameras oder Mikrophonen Ausschau halten.

»Sie erinnern sich an die beiden Polizisten, die neulich bei Ihnen waren?«, fragte er schließlich.

»Ja freilich. Ist ja erst zwei Tage her. Schau ich aus, als wäre ich schon verkalkt?«, keifte die Sekretärin zurück.

»Natürlich nicht«, beschwichtigte Fritz, sprach dann aber leise und geheimnisvoll. »Gleich vorweg, dieser Weinrich, der darf nicht wissen, dass ich hier bin.«

»Dieser eitle Pinsel? Der erfährt von mir gar nie nichts!«, entgegnete Therese Grabinger mit eiserner Entschlossenheit. Sie klang schon nicht mehr ganz so abweisend wie zu Beginn.

»Mich schickt die Sibylle, die nette Polizistin.«

»Ja, das ist eine sympathische Person.« Die Sekretärin bewies zum ersten Mal an diesem Tag, dass sie auch zu einem Lächeln fähig war.

»Wir haben ein Problem«, raunte Fritz weiter. »Jo Deister.« Fritz ließ einfach einen Ballon steigen und schaute, welche Reaktion kam.

»Der Ossi? Das ist schon ein komischer Heiliger.«

»Auf jeden Fall«, pflichtete Fritz bei.

»Stellen Sie sich vor, gestern wollte der unbedingt dieses Packerl ausfahren.« Therese Grabinger schüttelte den Kopf ob dieser abstrusen Idee.

»Welches Paket denn?«, fragte Fritz nach.

»Naja, das bleibt aber jetzt unter uns.«

Fritz sicherte sein Stillschweigen bis ans Ende aller Tage zu.

»Es ist so«, fuhr die Sekretärin flüsternd fort, »der Chef hat mir dieses Packerl gegeben, das ich wegschicken soll, wenn ihm was zustoßen täte.«

Fritz stutzte. »Haben Sie eine Ahnung, was darin war?«

»Nein. Aber auf jeden Fall etwas Leichtes. Das hat nichts gewogen.«

›Papier und Silberfäden‹, dachte sich Fritz, ›die wiegen wenig.‹ Lupolenz könnte seine Fundstücke beim Tonnendurchsuchen im Büro deponiert haben.

»Und der Jo Deister wollte das Paket auf die Post bringen?«

»Genau. Unbedingt sogar. Obwohl der Heini schon da war, unser Haus- und Hofbote. Dem hab ich das Packerl auch gegeben und der hat's gestern auf die Post gebracht, wie es sich gehört.«

»Und an wen war die Sendung adressiert?« Fritz platzte fast vor Neugier, hatte aber seinen Verdacht. Und der wurde bestätigt.

Weinrich war sauer wie eine Steige Limetten. Er würdigte Sibylle keines Blicks, als sie die Einsatzzentrale betrat. Ungeniert sprach er weiter mit einem seiner Kommissare und wies die Polizistin mit einer Geste an, sich zu setzen. Er ließ sie ein paar Minuten zappeln, bevor er sich ihr gegenüber platzierte und sie mit funkelnden Augen ansah.

»Halten Sie mich für blöd?«, raunzte er sie an. Seine Stirn war von Gewitterwolken umkränzt.

»Nein. Wie kommen Sie darauf?«, fragte Sibylle überrascht zurück. Weinrich konnte wohl kaum eine Wanze am Tisch im *Tucha* platziert haben. Ansonsten hatte sie sich mit ihrer Meinung über den Oberkommissar bedeckt gehalten.

»Habe ich Ihnen nicht den Auftrag erteilt, Sie sollten anhand der drei Profile Nachforschungen im Ort anstellen, wer für die Haberfeldtreiber in Frage kommt?«, schnaubte Weinrich. Sibylle hatte ihn noch nie so erregt gesehen.

»Ja sicher, aber …«, versuchte sie sich zu rechtfertigen, wurde aber sofort unterbrochen.

»Aber Sie haben ja immer wichtigere Dinge zu tun.« Dann nahm Weinrich einen Ordner von seinem Schreibtisch, klappte ihn auf und entnahm ein paar Seiten. »Ich misstraue Ihnen schon länger. Deshalb habe ich Ihren Kollegen Frevert und Ihren Vorgesetzten Clemens Mesner beauftragt, Verdächtige zu ermitteln. Das sind die Ergebnisse.« Weinrich legte Sibylle vier Seiten vor, alle waren mit Fotos und kurzen Beschreibungen von mehr oder weniger ortsansässigen Personen, genauer genommen Männern versehen. »Diese beiden sind die heißesten Kandidaten für den schlagkräftigen, etwas kleineren Haberer. Kennen Sie einen?«

»Ich kenne beide«, gab Sibylle etwas kleinlaut zu. Einer war Simon Obermeier, ein Kerndlgefütterter, ein vierschrötiger Bauernsohn, der schon mehrmals beim Steinheben triumphiert hatte. Und der andere war natürlich Charlie Strohball.

»Und hier haben wir die beiden heißesten Kandidaten für den Chef bei den Haberern. Kennen Sie einen?« Böse, fast gehässig grinste Weinrich sie an.

Sibylle nickte nur. Einer der beiden Verdächtigen war Samuel Hart, der Inhaber einer großen Elektrofirma, der andere Fritz Biber. Sie fühlte sich ertappt, durfte sich aber nichts anmerken lassen. Wenn sie Fritz in Schutz nahm, würde sie sich aber verdächtig machen. »Fritz? Wirklich? Ich kann mir das nicht vorstellen. Aber auch Hart«, eierte Sibylle herum. »Er macht so einen integren Eindruck.«

»Wissen Sie, wer keinen integren Eindruck macht?« Weinrich lehnte sich zurück und legte die Stirn in Falten. »Sie, Polizeimeisterin Schwinghammer. Ich habe mir Ihre Berichte noch einmal angesehen. Pure Schlamperei, dabei gelten Sie ansonsten für sehr akkurat.« Dann beugte sich Weinrich nach vorne, so nahe an Sibylles Gesicht, dass es ihr unangenehm wurde und sie ein wenig nach hinten wich. »Vielleicht wussten oder ahnten Sie, dass Fritz Biber Dreck am Stecken hat und haben ihn geschützt.«

»Das ist nicht wahr«, rief Sibylle empört aus.

»Mag sein. Ihr besserwisserisches Getue geht mir schon länger auf den Senkel. Sie sind hiermit von allen Ermittlungen ausgeschlossen.« Weinrich sammelte die vier Seiten wieder ein und legte sie zurück in den Ordner. Sibylles Proteste verhallten ungehört.

»Heute haben Sie für den Rest des Tages Telefon- und Türdienst. So ist es mit Ihrem Vorgesetzten abgesprochen. Abmarsch.« Mit bösem Blick, in dem aber auch etwas Genugtuung lag, wies ihr Weinrich den Weg. Sibylle wusste, dass sie nichts mehr gegen diese Maßnahme ausrichten konnte. Schweren Herzens stand sie auf und ging hinaus, um den Dienst am Eingang der Polizeiinspektion anzutreten. Nun hatte sie keinen Einfluss mehr auf die Ermittlungen, ja, sie konnte nicht einmal mit Fritz Kontakt aufnehmen. Der Akku ihres Handys war leer und von der Zentrale durfte sie nicht anrufen, ohne aufzufallen. Es war gerade einmal halb 10 Uhr. Das versprach ein langer Tag zu werden.

Als Fritz Biber gerade das grüne Ortsschild von Wien passierte, kam ihm ein blauer Hermes-Wagen entgegen. Vermutlich war das Paket eben zugestellt worden. Fritz bog zur Antonius Kapelle ab, nahm den Feldweg bis zu dem alten Schuppen, an dem Laura ihre Sicherheitskamera angebracht hatte. Er sah sich um. Kein anderer Wagen war in Sicht. Deister war also noch nicht hier, um sich das belastende Material zu schnappen.

Fritz sprang aus seinem Touran und eilte den Feldweg entlang bis zu dem Hang. Auch diesen nahm er mit Tempo, landete aber prompt auf dem Hosenboden. Sofort rappelte er sich wieder hoch und ging zielstrebig auf das alte Hexenhaus zu. Bienen und Hummeln summten und surrten um ihn herum, aber die Natur interessierte ihn im Moment nicht. Seine ganze Sorge galt Laura.

Vor dem Gartenzaun oder der Eingangstür lag kein Paket. Laura musste es also angenommen haben. Allerdings wunderte es ihn, dass sie ihn nicht draußen empfing. Eigentlich müsste sie ihn über die Kamera gesehen haben. Ohne zu rufen oder anderweitig auf sich aufmerksam zu machen, marschierte Fritz durch das Gartentor auf das Anwesen. Er ersparte es sich anzuklopfen und öffnete sofort die Tür. Dann hielt er inne. Kein Laut war zu hören. Nichts. War Laura vielleicht nicht zu Hause?

Fritz rief ihren Namen, dass die Wände wackelten. Doch es kam keine Antwort. Vorsichtig ging er den Flur entlang und fand die Wohnzimmertür verschlossen vor. Er blieb kurz stehen und überlegte, was er tun sollte. Dann drückte er leise die Klinke und öffnete die alte Holztür.

»Komm rein, Biber«, sagte eine bekannte Stimme. Fritz erschauderte. Da stand Jo Deister, ein großes, scharfes Metzgermesser in der Hand, das er an den Hals von Laura Endorfin hielt. Sie schaute Fritz mit weit aufgerissenen Augen an, sagen konnte sie freilich nichts, denn ihr Mund war mit einem starken Gewebeband zugeklebt. Ihre Hände und Beine hingegen waren mit Kabelbindern an einen Stuhl gefesselt.

Langsam ging Fritz in das Zimmer und fixierte Deister. Am liebsten wäre er ihm an die Gurgel gegangen, aber das hätte für Laura das Todesurteil bedeutet. Und vielleicht auch für ihn. Denn Fritz war dem Chemiker körperlich zwar überlegen, ein Messer aber war eine tödliche Waffe. Und Deister hatte schon zweimal gemordet.

»Das wird ja een richtiges Kaffeekränzchen«, scherzte Deister. »Nur ohne Kaffee und Kuchen.«

»Du hast Lupolenz und Arlberger umgebracht«, knurrte Fritz.

»Was blieb mir anderes übrig? Außerdem bist du nicht ganz unschuldig daran.« Deister grinste weiter. Er fühlte sich überlegen. Es gefiel ihm, Macht über zwei Menschen zu haben, Herr über Leben und Tod zu spielen.

»Wieso?«, fragte Fritz nach und schaute Deister wütend an.

»Ich habe ein extrem gutes Gehör und habe belauscht, was ihr vorletzte Nacht gesprochen habt. Mir war klar, dass ihr Arlberger am Wickel hattet. Also musste ich ihn ausschalten. Und so gibt es keinen lästigen Zeugen mehr.«

»Dich erwischen wir auch noch«, drohte Fritz.

»Spuck mal keine großen Töne«, blaffte Deister zurück. In diesem Moment erklang ein Martinshorn. Kurz zuckte der Doppelmörder zusammen, bis ihm schließlich klar wurde, woher die Sirene kam.

»Du hast aber nen schrägen Klingelton«, lachte er. »Wag aber ja nicht ranzugehen.«

Sibylle oder Andi Wagner, einer der beiden rief gerade an. Denn nur für die beiden Polizisten hatte er diesen personalisierten Klingelton eingerichtet. Ein paar Minuten früher und er hätte ihnen gesagt, was er vorhatte. So aber war er hier verloren.

»Was machst du eigentlich hier?«, fragte Fritz Deister.

»Das erkläre ich dir, während ich dich ein wenig dingfest mache.« Dann nahm er einen Stuhl und stellte ihn neben den von Laura.

Sogleich bat er Fritz, Platz zu nehmen. Kaum saß der Wirt, holte Deister Kabelbinder aus seiner Hosentasche. Er gab Fritz zwei Stück und forderte ihn auf, sich selbst die Beine festzuzurren. Nur locker fesselte sich Fritz, da spürte er den kalten Stahl an seinem Hals.

»Zieh richtig fest an, sonst schneid ich dir die Kehle durch«, befahl der Chemiker mit heiserer Stimme. Fritz tat, wie ihm geheißen. Dann musste er die Hände nach hinten an die Lehne halten, sodass ihm Deister ein Handgelenk nach dem anderen fixieren konnte, ohne das Messer vom Hals zu nehmen.

»Auch das zweite Paket ist verschnürt«, rief Deister triumphierend aus.

»So ist es schön. Ach ja, ich bin dir noch eine Antwort schuldig. Ich warte auf ein Paket, das gestern hierher geschickt worden ist. Da sind die Sachen drin, die Lupolenz in Arlbergers Mülltonne gefunden hat. Dieser Idiot hat den Abfall nicht richtig entsorgt, obwohl ich es ihm 100 Mal gesagt habe. Zum Glück hat mich Lupolenz gefragt, was ich von seinen Funden halten würde. Der hatte natürlich keine Ahnung, dass ich mit Luis unter einer Decke stecke. Dabei hegte er den Verdacht, dass Arlberger Geldfälscher sei.« Deister lachte heiser auf, dann schaute er auf das Paket. »Das sind die letzten Beweise gegen mich. Wenn die vernichtet sind, kann mir keener mehr was anhängen.«

»Aber Hermes war doch gerade da?«, fragte Fritz stirnrunzelnd.

»Mag sein, *LupoBiola* verschickt seine Pakete klassisch mit DHL. Die kommen heute noch. Expressversand, weeßte. Allerdings haben die ein paar gewissenhafte Boten, die nur gegen Unterschrift ausliefern, sonst geht die Sendung wieder zurück. Also muss Laura das Paket annehmen. Und weeßte, Fritz, dein Kommen macht es mir viel leichter. Jetzt habe ich einen Grund, warum sie ganz brav unterschreibt und das Päckchen annimmt. Sonst schneide ich nämlich dir die Kehle durch.«

›Das machst du, wenn du die Sendung hast‹, dachte sich Fritz. Deister würde die beiden Zeugen gnadenlos ausschalten.

»Und damit du mir nicht dazwischen funkst, bekommst du auch deinen Maulkorb.« Dann nahm Deister das Gewebeband und klebte Fritz den Mund zu.

23

Zwei Kühe waren entlaufen. Das war der spannendste Anruf, den Sibylle an diesem Vormittag bis 11 Uhr bekommen hatte. Weil die Seehofer-Bäuerin das Gatter nicht richtig zugemacht hatte, konnten zwei Stück Milchvieh entwischen und der Bauer bat die Polizei tatsächlich um Hilfe.

»Lassodienste sollen wir jetzt auch noch leisten«, schimpfte ihr Kollege Frevert. »Wir sind doch nicht beim Rodeo.«

»Die Kühe könnten Passanten angreifen«, seufzte Sibylle. Normalerweise hätte sie sich bei dem Satz ein Grinsen nicht verkneifen können, aber danach war ihr nicht zumute.

»Klarer Fall von Rinderwahn«, konstatierte Frevert, schwang sich in seinen Wagen und fuhr zum Hof. Sibylle saß weiterhin am Eingang. Sie hatte ihre Uniform aus ihrem Spind angezogen und erledigte brav Büroarbeiten. Kurz hatte sich Natasha zu ihr gesellt. Am liebsten hätte sie Sibylle umarmt und ihr mit ihren Tränen die Bluse genässt, so elendig fühlte sie sich.

»Ich habe alles mitbekommen«, sagte Natasha. »Weinrich ist ein noch größerer Idiot, als ich dachte, aber wir können nichts gegen ihn machen.«

Sibylle nickte stumm.

»Leider muss ich los. Der Depp will noch ein paar Informationen von mir und dann geht's leider ab nach München.« Natasha beugte sich vor, ganz nah an Sibylles Ohr, sodass sie deren heißen Atem spüren konnte. »Ich warte auf dich, egal wann du kommst.«

»Bald«, flüsterte Sibylle. »Bald.«

Natasha blickte sich um, aber leider war Clemens Mesner in Sichtweite. Deshalb wagte sie keinen Abschiedskuss. Stattdessen streifte sie zärtlich Sibylles Hals.

Die Polizistin schloss kurz die Augen, um die sanfte Berührung intensiv zu spüren. Dann läutete das Telefon und riss sie aus ihren romantischen Anwandlungen. Sibylle seufzte. Was mochte nun kommen? Eine Rotte Wildschweine, die einen Porsche angriff?

»Polizeiinspektion Obernstall«, meldete sie sich sachlich. Und stutzte, als sie vernahm, wer da anrief.

Murat Sözer war ein gemütlicher Zeitgenosse, was auch ein wenig seiner Körperfülle geschuldet war. Seinen Bauch konnte man getrost als Dönerfriedhof bezeichnen. Hast, Hektik und schnelle Bewegungen, von Sport gar nicht zu reden, waren nicht sein Ding. Deshalb hasste er es auch, ein Paket an Laura Endorfin auszuliefern. Dieser elendige Weg lag ihm jedes Mal schwer im Magen. Erst diesen Abhang hinunter und dann über die ungemähte kniehohe Wiese. Zudem gab es keine Klingel. Wenigstens hatte sie keinen bissigen Wachhund.

An diesem Tag roch es auch noch nach Regen. Es war bewölkt und nur mäßig warm, als Murat Sözer auf das verwunschene Anwesen zuging. Deister hatte den DHL-Boten auf dem Überwachungsbildschirm beobachtet, als dieser seinen gelben Wagen hinter dem von Fritz Biber geparkt hatte.

»Der letzte Akt hat begonnen«, sagte er feixend zu Fritz und Laura. Die beiden lehnten mit ihren Stühlen an der Wand neben dem Fenster, das zum Gartentor zeigte. Sie waren ganz nah nebeneinander, sodass sich ihre Finger berühren konnten. Und das taten sie auch. Sanft streichelte Fritz den kleinen Finger von Laura und diese erwiderte die Berührung. Es war nicht rational, aber doch beruhigend zu wissen, dass man in dieser Stunde der Gefahr nicht allein war.

Als Murat schwer atmend auf das Gartentor zumarschierte, riss Deister Laura das Gewebeband ab. Kurz schrie sie vor Schmerz auf, aber der Chemiker hielt ihr sofort das Messer an die Kehle.

»Hör gut zu. Wenn der Postbote klopft, öffne ich das Fenster und du sagst, du seist krank und könntest nicht hinausgehen, er solle das Paket einfach vor die Tür legen. Kapiert?«

Laura nickte.

»Wenn du irgendwelche Tricks machst, steche ich dich sofort ab. Und dann ist Biber dran. Kapiert?« Seine funkelnden Augen ließen keinen Zweifel daran, wie blutig ernst er seine Worte meinte.

Wiederum nickte Laura. Ihre Lippen brannten, um ihren Mund hatte sich die Haut gerötet.

»Wenn du aber mitspielst, lasse ich euch am Leben.«

Fritz glaubte ihm kein Wort. In dem Paket befanden sich die letzten Beweise für Deisters kriminelle Machenschaften. Zwei Zeugen hatte er schon ausgeschaltet, wieso sollte er ausgerechnet sie verschonen? Er war zum Äußersten entschlossen. Seine Hände und Beine waren zwar festgebunden, aber er konnte sich ruckelnd mit dem Stuhl bewegen. Er wollte sich mit dem Kopf voran auf Deister stürzen, und zwar nachdem dieser das Paket geholt hatte. ›Dann‹, so dachte sich Fritz, ›wäre er sicherlich kurz abgelenkt.‹ Und mit voller Wucht und seinem Körpergewicht von knapp 100 Kilo könnte er Deister überwältigen.

Dumpf klopfte es an der Tür. Fritz spürte sein Herz wie wild schlagen. Sein ganzer Kopf schien zu dröhnen. Nach wenigen Sekunden öffnete Deister das Fenster und wies Laura mit einer Kopfbewegung an, ihren Text herunterzusagen, was sie sogleich tat.

»Aber ich bräuchte ein Autogramm von Ihnen«, sagte Murat Sözer.

Fragend blickte Laura Deister an, der jedoch nur den Kopf schüttelte.

»Ich quittiere den Erhalt des Pakets, wenn ich heute Nachmittag in die Stadt komme. Geht das auch?« Laura bemühte sich, mit starker Stimme zu sprechen, aber ein leichtes Zittern war nicht zu verbergen.

»Ist in Ordnung«, entgegnete Sözer und legte seine Sendung ab. Dann machte er einen Vermerk und trat den Rückweg ab, froh, von diesem verwunschenen Ort wieder wegzukommen. Deister schloss das Fenster und beobachtete den Boten. Als dieser keuchend über den Hang hinaufgestiefelt war, ging Deister vor die Tür und holte das Paket.

Fritz blickte Laura an. Sie hatte müde, ja leere Augen.

»Warum muss mir so etwas noch einmal passieren«, flüsterte sie.

Gern hätte Fritz etwas geantwortet, aber das war nicht möglich. Deshalb versuchte er mit seinen Fingern zu signalisieren, sie würden es schaffen und heil aus der Geschichte kommen.

»So schwere Beweise und doch so leicht«, versuchte Deister zu scherzen. Er hielt das Paket in beiden Händen, das Messer hatte er darauf gelegt. So ging er in das Wohnzimmer zurück. »Wisst ihr was, ich öffne es gar nicht, sondern verbrenne die Schachtel mitsamt Inhalt. Und dann bin ich ein freier Mann!«

Er stellte sich breitbeinig vor Laura und Fritz und grinste seine Gefangenen an. In diesem Moment stemmte sich Fritz mit den Füßen vom Boden ab und machte einen kleinen Satz nach vorn. Mit dem Kopf stieß er gegen das Paket, das Deister fallen ließ. Ebenso das Messer. Durch die Wucht konnte sich der schmächtige Deister nicht mehr auf den Beinen halten, torkelte kurz und fiel schließlich um. Allerdings lag Fritz nicht auf ihm, womit er gerechnet, zumindest worauf er gehofft hatte. So blieb er seitlich am Boden und versuchte, wenigstens auf die Knie zu kommen, während Deister schnell wieder aufstand und laut fluchte.

»Biber, was soll das?«, keuchte der Chemiker. Laura schrie sich indes die Seele aus dem Leib. Deister hatte ihren Mund noch nicht wieder zugeklebt. »Halt's Maul«, schrie sie Deister an. Dann ging er auf sie zu und schlug ihr mit dem Handrücken ins Gesicht. Fritz hatte es mittlerweile geschafft, sich auf die Knie zu drehen. Er versuchte, mit dem Messer das Gewebeband zu durchtrennen. Deister lachte, als er den Wirt sah.

»Fritz Biber, der Maulheld. Willst du mich so erstechen?«, spottete er.

Fritz wusste, wie sinnlos seine Aktion war, aber er wollte nicht aufgeben. Da trat ihm Deister gegen die Hüfte, sodass er wieder umfiel. Blitzschnell hatte Deister das Messer wieder an sich genommen. Sofort hielt er es der schreienden Laura an den Hals.

»Halt jetzt endlich die Klappe, sonst steche ich dich sofort ab.«

»Das machst du doch sowieso«, erwiderte Laura bitter.

Deister gab keine Antwort. Stattdessen nahm er das Gewebeband und klebte Laura wieder den Mund zu. Dann fuhr er sich durchs Haar und ging aufgeregt umher.

»Ich kann euch nicht laufen lassen, das seht ihr doch selbst ein?«, sagte er mehr zu sich als zu seinen Opfern. »Nur wie?« Deister blieb vor dem Fenster stehen und überlegte. Fritz hatte sich wieder auf die Knie gestellt. Wenn er jetzt hoch käme, könnte er Deister so stoßen, dass dieser in das Fenster fiel und sich vielleicht an den Scherben schnitt. Doch Deister schien seine Gedanken zu lesen, drehte sich um und verpasste Fritz noch einmal einen Tritt.

»Lass mich in Ruhe überlegen, Biber.« Deisters Blick fiel auf ein paar Teelichter und einen Kandelaber neben einem grauen Buddha. »Ein kleines Feuerchen wäre doch eine schöne Sache. Wie schnell kann es passieren, dass eine Kerze umfällt und so ein altes Gebäude in Brand setzt.« Deister lachte teuflisch auf. »Meinem Lieblingswirt die Kehle aufzuschneiden, das wäre nicht schön gewesen. Und die Polizei hätte es sicher auch bemerkt. Aber so …Die Kabelbinder müssten verbrennen.«

Dann ging Deister zu dem fünfarmigen Kandelaber, zückte sein Feuerzeug und zündete die fünf Kerzen an. Nur wenige Meter daneben befand sich das Bücherregal. Deister schaute sich ein paar Buchrücken an. »Was liest du denn für einen Mist? Die moderne Hexe, Kräuter für die Hexenküche. Du bist also eine Hexe?«, fragte er zu Laura gewandt. »Dann passt es ja, wenn ich dich auf dem Scheiterhaufen verbrenne.« Deister lachte teuflisch auf, dann kniete er sich nieder, nahm ein Buch aus dem untersten Fach und zündete es an. Schnell fingen die Seiten Feuer und nach kurzer Zeit stand das Regal in Flammen. Deister ging ein paar Schritte zurück. Er wollte sicher sein, dass das Haus wirklich brannte, bevor er es verließ.

Fritz bewegte sich mehr oder weniger robbend auf Laura zu. Deister konnte er nicht mehr überwältigen, das hatte er abgehakt. Aber mit etwas Glück konnte er sich aufrichten und mit dem Kopf die Scheibe einschlagen. Vielleicht waren Spaziergänger in der Nähe, die das Klirren hörten. Nichts war ausgeschlossen. Außerdem hatte er das Gewebeband halb durchtrennen können, sodass er es mit viel Kraft vielleicht schaffte, den Mund freizubekommen.

»Du gibst wohl nie auf«, keifte Deister. Er packte die Lehne von Fritz' Stuhl und zog ihn mit aller Kraft in die Mitte des Raums. Die Flammen waren bereits auf das Sofa und ein weiteres Regal übergegangen. Eine mörderische Hitze breitete sich aus und dichter Rauch füllte den Raum. Nicht mehr lang und alle würden qualvoll ersticken.

Deister hielt sich sein T-Shirt vor das Gesicht, dann versetzte er Fritz einen weiteren Tritt, sodass dieser auf den Rücken gedreht wurde. Hasserfüllt schaute er ihm ins Gesicht.

»Ihr habt mich doch nie ernst genommen. Für euch war ich doch immer der blöde Ossi, den man belächelte. Das ist meine Rache.« Dann schaute er kurz zu Laura hin. »Ich stech ihn jetzt doch ab, deinen Freund. Das hast du schon einmal gesehen. Und dann hau ich ab.« Purer Hass funkelte in Deisters Augen. Er hob das Messer, um es Fritz in die Kehle zu rammen.

Biber wandte seinen Blick nicht ab. Er schaute Deister mit Abscheu an, kühl, furchtlos. Er spürte keine Todesangst, dafür wurde ihm allmählich schwummrig, er bekam kaum noch Luft. Der Rauch brannte in seinen Lungen. Bevor die todbringende Klinge auf ihn niedersauste, wurden ihm die Lider schwer und er verlor das Bewusstsein.

Laura Endorfin schloss die Augen, aber nicht weil ihr der Qualm zusetzte. Sie hatte als Meditationsübung eine flache Atmung erlernt, sodass ihr der Sauerstoffentzug nicht so zu schaffen machte wie einem starken Raucher. Sie schloss die Augen, weil sie nicht mitansehen wollte, wie Fritz hingerichtet wurde. In ihr kamen die schlimmsten Momente ihres Lebens hoch, als ihr Mann direkt vor ihr abgeschlachtet wurde. Die grauenhaften Bilder von der Yacht vor Osttimor tauchten wieder auf. Sie sah also nichts, hörte aber plötzlich ein Geräusch. Es rumste kurz, dann schrie jemand vier Wörter. Konnte das die Möglichkeit sein?

Laura riss die Augen auf und sah Sibylle Schwinghammer. »Polizei, Waffe fallen lassen!«, rief die Polizistin, ihre Dienstpistole im Anschlag auf Deister gerichtet. Dieser hielt kurz inne, brüllte dann jedoch los und hob das Messer, um zuzustechen. Da streckten ihn zwei Schüsse nieder. Sie trafen Deister in die rechte Schulter und in den Oberschenkel und rissen ihn um, das Messer musste er fallen lassen. Blitzschnell lief Sibylle auf ihn zu, nahm die Stichwaffe an sich und riss ein Fenster auf. Dann schnitt sie Laura Endorfin los, die schwach, aber bei Bewusstsein war. Sie half ihr auf und wollte sie stützend hinausführen, doch Laura riss sich das Band vom Mund.

»Ich kann mich allein bewegen, bitte helfen Sie Fritz«, rief sie.

Sofort drehte sich Sibylle um und schnitt ihren Kumpel los. Der war ohnmächtig und rund 100 Kilo schwer. Mit letzter Kraft schleifte ihn Sibylle zur Tür. Deister versuchte sich aufzurichten, aber die beiden Kugeln hatten ihm schwere Verletzungen zugefügt. Außerdem bekam auch er kaum mehr Luft. Gestützt auf eine Hand und ein Knie robbte er zur Tür. Er wusste, dass er verloren hatte. Aber er wollte nicht alleine untergehen.

Sibylle hatte Fritz unter die Arme gegriffen und ihn nach draußen gezogen, wo Laura hustend stand. Sibylle schleifte ihn noch bis zum Gartentor und bedeutete Laura, sie solle bei Fritz eine Mund-zu-Mund-Beatmung durchführen. Dann zog sie kurzerhand ihr Diensthemd aus und band es sich um Mund und Nase. Trotz des geöffneten Fensters waren Hitze und Rauch im Wohnzimmer mittlerweile unerträglich geworden. Sie musste aber Deister retten. Das war ihre Pflicht als Polizistin.

Den Oberkörper nur mit ihrem schwarzen Spitzen-BH bekleidet, stürzte sie zurück ins brennende Haus. Als sie vor die Wohnzimmertür kam, sah sie das flammende Inferno, aber Deister nicht. Sie hielt kurz inne und nahm ihre Pistole zur Hand. Mit einer schnellen Bewegung sprang sie in den Raum und drehte sich blitzschnell nach rechts. Dort hatte Deister auf sie gelauert, den Stuhl, an den er Fritz gefesselt hatte, in der Hand. Es brannte nur die Lehne, sodass man ihn problemlos an den Beinen halten konnte. Gerade wollte Deister mit einem Schrei auf die Polizistin einschlagen, da drückte diese den Abzug und schoss ihm ins Gesicht. Deister kippte sofort tot um. Der brennende Stuhl fiel auf seinen Kopf, sodass seine Haare Feuer fingen.

Sibylle haderte kurz mit sich, was sie tun sollte. Die Wände knackten, ächzten, krachten, dennoch packte sie den Toten kurzentschlossen an den Beinen und schleifte ihn hinaus, was diesmal deutlich leichter war, denn Deister wog rund 40 Kilo weniger als Fritz. Sein Anblick war allerdings mehr als bizarr. Die Haare waren verbrannt, die Nase weggeschossen.

Mit letzter Kraft zog sie den Leichnam ins Freie. Dann riss sie sich das Hemd vom Gesicht, hustete sich die Lunge aus dem Leib und legte sich zu Fritz und Laura ins Gras. Die beiden atmeten schwer, waren aber am Leben und unversehrt.

Erschöpft sank Sibylle ins hohe Gras, spürte um sich ein weiches Bett aus Halmen, wildem Weizen, Spitzwegerich und Kamille. Ihr Blick richtete sich zum graubewölkten Himmel. Die ersten Tropfen kamen bereits herunter. Regen. Nur ein leichter Sommerregen. Erfrischend, kühlend. Sie spürte die Tropfen auf ihrem Gesicht, auf ihrem Bauch, ihrer Brust. Innerlich aber fühlte sie eine große Leere, als wäre sie betäubt. Deister war der erste Mensch, den sie getötet hatte. Sicher, es war Notwehr, es gab keine andere Möglichkeit. Dennoch würde sie den Moment, als sie ihm das halbe Gesicht weggeschossen hatte, nie in ihrem Leben vergessen. Es hatte sich in ihr Gedächtnis eingebrannt, unauslöschlich. Tränen aber nässten ihr Gesicht nicht, nur Regentropfen, die vereinzelt auf sie herabfielen.

Fritz hatten die Lippen von Laura wieder Leben eingehaucht. Die beiden saßen aufrecht im Gras und hielten sich gegenseitig im Arm. Aber auch sie sprachen kein Wort, betrachteten die gefräßigen Flammen, die Lauras Heim und all ihr Hab und Gut vernichteten. Es gab nichts mehr zu retten. Nichts. Keine Feuerwehr der Welt konnte hier mehr helfen.

Längst brannte auch der Stadl, also das Labor von Laura. Ihre Geräte, Töpfe und Behältnisse ließen sich wieder beschaffen. Nicht aber die persönlichen Gegenstände. Ihre Fotoalben mit den Bildern, wie sie stolz bei der Kommunion ihre weiße Kerze hielt oder wie Papa sie beim Urlaub in Südtirol auf den Schultern herumtrug. Oder ihre Tagebücher als Teenager, in die sie akribisch täglich eine Seite schrieb, all das wurde ein Opfer des Feuers. Verloren für immer. Ein Teil ihrer Vergangenheit ging unter.

Als die Flammen auf das Dach übergriffen, mahnte Fritz, man solle etwas nach hinten rücken. Er selbst ging noch einmal durch das Gartentor, packte den toten Deister und schleppte ihn auf die Wiese. Im nötigen Sicherheitsabstand sahen sie schließlich zu, wie das alte Hexenhäuschen aufächzte und in sich zusammenkrachte. Erst jetzt ertönten die Sirenen.

Die Feuerwehr bemühte sich um Schadensbegrenzung und versuchte wenigstens, dass sich die Flammen nicht ausbreiteten, was wegen der Uferlage aber eh kaum möglich war. Apathisch hatte sich Sibylle ihr Diensthemd wieder angezogen. Bereitwillig war sie mit Fritz und Laura zu den Sanitätern auf die Anhöhe gegangen und hatte sich untersuchen lassen. Nach Deister hatte in der Zwischenzeit der Notarzt gesehen und den Tod festgestellt. Die Leiche durfte ansonsten aus polizeilichen Gründen noch nicht bewegt werden.

»Übrigens Danke für die Rettung«, sagte Fritz zu Sibylle, während er versorgt wurde. »Aber wie hast du uns gefunden?«

»Das ist eine längere Geschichte«, entgegnete Sibylle matt. Sie stand weiterhin unter Schock. Deshalb hatte ihr der Notarzt eine Beruhigungsspritze gegeben.

In diesem Moment fuhren zwei Autos vor, die Sibylle sehr genau kannte. Ein Einsatzwagen mit Frevert und ihrem Chef und der BMW von Weinrich. Der Oberkommissar stieg mit zwei seiner Kollegen aus. Er hatte einen hochroten Kopf auf, den der Sommerregen nicht abzukühlen vermochte.

Sogleich ging er auf Sibylle los. »Was erlauben Sie sich? Eigenmächtig Ihren Platz zu verlassen und den Sheriff zu spielen! Das wird Konsequenzen haben! Ich werde alles tun, damit Sie entlassen werden.«

Auch Clemens Mesner gab sich kleinlaut. Tatsächlich war Sibylle einfach von ihrem Arbeitsplatz gestürmt. Sie selbst brachte kein Wort der Rechtfertigung über die Lippen. Die Beruhigungsspritze hatte ihre volle Wirkung entfaltet, sodass sich die Polizistin kaum mehr auf den Beinen halten konnte. Sie nahm allerdings noch wahr, dass es langsam auf dem Feldweg eng wurde. Denn mehrere Fahrzeuge mit Münchner Kennzeichen fuhren vor.

Einen der Insassen kannte Fritz. Sein alter Spezl Andi Wagner stieg aus und kam schnellen Schrittes herbei. Er wedelte schon von Weitem mit seinem LKA-Ausweis.

»Wo ist unsere Heldin?«, fragte er.

»Sie meinen Polizeimeisterin Schwinghammer?« Weinrich war bass erstaunt.

»Meine Mitarbeiterin ist eine Heldin?« Mesner wusste nicht recht, ob er sich freuen sollte. Er war von Weinrichs forschem Auftreten noch eingeschüchtert.

»Genau.« Wagner sah, wie Sibylle von zwei Sanitätern auf eine Trage gebettet wurde. Sie war nicht mehr bei Bewusstsein. Besorgt ging der LKA-Kommissar zu ihr und fragte nach ihrem Befinden, war dann aber froh, als er hörte, sie hätte nur ein Sedativum bekommen.

»Was zum Teufel will das LKA hier? Und warum ist diese Schwinghammer eine Heldin? Was wird hier gespielt?«, plusterte sich Weinrich auf.

Wagner räusperte sich und berichtete kurz von dem Telefonat mit Fritz. »Ich habe ihm zwar erzählt, ich würde ein paar Tage brauchen, aber ich habe sofort die beiden Namen überprüft. Und ich hatte gleich einen Treffer. Karl Leibler, den wir verhaftet haben, weil er Prostituierte mit Falschgeld bezahlt hatte, war ein alter Schulfreund von Arlberger. Im Internet fand ich ein Foto vom 23. März. Da spielten beide in einem Dart-Turnier mit. In einem

Team wohlgemerkt. Damit hatten wir die Verbindung. Und der Verdacht war begründet.«

»Und dieser Deister? Was war mit dem?«, fragte Weinrich mufflig nach.

»Deister hat in seiner Heimat eine Zigarette zu viel geraucht«, fuhr Wagner fort. »Bei seinem letzten Arbeitgeber wurden ein paar Kanister mit Chemikalien nicht vorschriftsgemäß entsorgt und Deister hat sie mit einer Kippe in Brand gesetzt. Das halbe Labor ist dadurch abgefackelt worden. Er wurde nicht nur fristlos entlassen, sondern auch noch zu einer halben Million Schadensersatz verdonnert.«

»Das heißt, Deister war für den Rest seines Lebens pleite«, warf Fritz ein.

»Genau. Außer ihm würde etwas einfallen, wie er sein Taschengeld aufbessern könnte, ohne dass der Fiskus beziehungsweise das Inkassoamt davon Wind bekommen würde«, ergänzte der LKA-Kommissar. »Für mich war nach kurzer Recherche klar, dass mich Fritz auf eine heiße Spur geführt hatte. Also rief ich ihn an, er war aber nicht erreichbar.«

»Gefesselt und mit einem Messer am Hals lässt sich so schlecht telefonieren«, merkte Fritz ironisch an. Es war also nicht Sibylle, die ihn angerufen hatte, als er in das Hexenhaus gegangen war.

»Als Nächstes habe ich bei der Firma *LupoBiola* angerufen und mich nach Deister erkundigt. Und die Sekretärin von Lupolenz hat gemeint, dass Deister heute Urlaub genommen hätte. Außerdem hat sie mir das von dem Päckchen erzählt, und dass du wie ein geölter Blitz abgedampft bist, als du davon erfahren hast. Da musste ich nur noch eins und eins zusammenzählen. Da ich von München aber rund zwei Stunden hierher brauche, habe ich bei der lokalen Polizeiinspektion angerufen.«

Wagner wandte sich Mesner und Weinrich zu. »Meine Kollegen, ich muss mich entschuldigen. Aber Polizeimeisterin Schwinghammer hat auf meine ausdrückliche Anordnung hin gehandelt.« Das war eine etwas beschönigte Wahrheit. Sibylle hatte von sich aus am Telefon gesagt, sie würde sofort zu Laura Endorfin fahren, aber Wagner hatte sie nicht aufgehalten.

»Ich wusste doch, dass ich mich auf meine Sibylle verlassen kann«, freute sich Mesner, ohne sich seiner Heuchelei zu schämen.

Weinrich schüttelte den Kopf. »Mich überzeugt die ganze Geschichte noch nicht.«

»Das respektiere ich«, entgegnete Wagner. »Es spielt aber keine Rolle. Den Fall übernehmen nämlich jetzt wir.« Wagner winkte seinen Kollegen zu, die sofort ausschwärmten. Als Erstes befragten sie Fritz und Laura, die bereitwillig Auskunft gaben.

24

Eine Woche später war wieder Ruhe in Obernstall eingekehrt. Kriminalpolizei und LKA hatten den Ort verlassen. Bei der Aufklärung der Morde hatten die Behörden zusammengearbeitet. Beide Taten konnten lückenlos aufgearbeitet werden. Das Rohmaterial für die Fälschungen hatte Deister aus Bulgarien mitgenommen. Dort hatte er im Rahmen seiner Urlaube Kontakte in den einschlägigen Kreisen geknüpft.

Luis Arlberger hatte im Keller seines Hauses eine Werkstatt eingerichtet, wo die beiden sich auf die Herstellung von 20-Euro-Scheinen spezialisierten. Der Drucker sorgte für eine hohe Qualität, was beispielsweise Farbe anbelangte, der Chemiker hingegen kümmerte sich um die Stoffe, vor allem um das Wasserzeichen. Möglicherweise wäre der Schwindel lange nicht aufgeflogen, hätte Arlberger nicht einen großen Fehler gemacht. Er warf die Reste achtlos in die Mülltonne, ohne zu wissen, dass diese von Lupolenz durchsucht wurden. Als der ahnungslose Lupolenz ausgerechnet Deister von seinem Fund und seinem Verdacht berichtete, hatte sein letztes Stündlein geschlagen.

So beschlossen die beiden Fälscher, Lupolenz zu ermorden. Allerdings im Stil der Haberer, denen sie die Tat in die Schuhe zu schieben versuchten. Als Arlberger schließlich aufzufliegen drohte, brachte ihn Deister kurzerhand um. Er reinigte die komplette Werkstatt und vernichtete das bereits abgebaute und in Kisten verstaute Material. Doch das Päckchen wurde ihm letztendlich zum Verhängnis.

Der Fall der Haberfeldtreiber wurde wieder der Polizeiinspektion Obernstall übergeben, schließlich lag kein Kapitalverbrechen vor. Polizeimeisterin Schwinghammer nahm psychologische Betreuung in Anspruch. Nach wenigen Tagen hatte sie sich von ihrem Schock erholt. Zu ihrer schnellen Genesung trug sicherlich auch Natasha

Polcek bei. Die Fallanalytikerin kümmerte sich rührend um ihre Kollegin. Und Küsse haben bekanntlich eine starke heilende Wirkung.

Für ihren finalen Rettungsschuss, wie es im Polizeijargon heißt, wurde Sibylle nicht belangt. Es stand außer Zweifel, dass sie in Notwehr gehandelt hatte. Deshalb wurde sie für ihren mutigen Einsatz ausgezeichnet. Immerhin hatte sie zwei Menschen gerettet und einen Doppelmörder überführt.

Für Sibylle kehrten ruhigere Tage ein. Privat und beruflich. Allerdings zog sie eine Konsequenz aus den Vorfällen. Sie erklärte ihre Haberer-Zeit für beendet, was Fritz und Charlie einleuchtete. Die beiden Männer kamen ebenfalls zur Überzeugung, die Dreschflegel einzupacken und diese Form der Selbstjustiz zu begraben. Die vergangenen Turbulenzen hatten ihnen gereicht. Obernstall müsse fortan ohne die rächenden Haberfeldtreiber auskommen.

Charlie saß die kurze Zeit im Knast sowieso in den Knochen. Stadelheim war ein Ort, an den er nie wieder zurückkehren wollte. Lisa hatte ihn allerdings mit offenen Armen aufgenommen. Sie war froh, ihren Charlie wieder zu haben. Dieser versprach ihr, nie wieder zu viel Weißbier zu trinken und den *Fuchsbau* fortan weiträumig zu umfahren.

Laura Endorfin hatte schwer an dem Erlebnis mit Deister zu knabbern. Ihr früheres Trauma war wieder aufgebrochen, die grausigen Szenen vor der Küste von Osttimor waren wieder hochgekommen. Auch Laura suchte sich psychologische Hilfe und zwar bei ihrer alten Yogalehrerin. Nach einer langen Nachtsitzung bei Kerzenschein, Räucherstäbchen und Mate-Tee ging es Laura schon deutlich besser. Zu schaffen machte ihr natürlich auch, dass all ihr Hab und Gut vernichtet war. Aber sie hing nicht so am Materiellen. Es bereitete ihr wenig Mühe loszulassen und zu akzeptieren, dass Dinge weg waren, auch wenn sie ihr etwas bedeuteten.

Die Frage, wo sie sich niederlassen sollte, ließ sie offen und quartierte sich im *Hotel Klosterhof* bei Bayerisch Gmain ein. Dort gab es ein Angebot an Yoga und sie war abseits der Zivilisation. Genauso wollte sie es. An jenem Montagmorgen wachte sie allerdings in einem anderen Bett auf. Nicht vom Schnarchen wohlgemerkt. Das hatte sie in der Nacht eine Zeit wachgehalten, aber sie konnte mit einer bestimmten Atemmeditation den Körper herunterfahren und die Außenwelt ausblenden, sodass sie nicht einmal das laute Gesäge von Fritz Biber störte.

Laura genoss es, wie Fritz ihren Rücken mit den Lippen liebkoste. Wie sehr sie Liebe, körperliche wie seelische, vermisst hatte, wurde ihr erst in der letzten Nacht bewusst. Sie war einfach im *Fuchsbau* sitzengeblieben. Nach dem dritten Glas Rotwein wäre sie auch nicht mehr fahrtauglich gewesen. Also nahm sie gern das Angebot von Fritz an, bei ihr zu nächtigen.

Fritz spürte schon seit mehreren Tagen, wie sich in seinem Bauch Schmetterlinge breitmachten. Als Laura an jedem Abend bei ihm hereinschneite und sich an die Theke setzte, wusste er, dass die Nacht der Nächte gekommen war. Er hatte sogar kurz daran gedacht, die letzten Tropfen des Liebeselixiers aufzubrauchen, ließ aber das Fläschchen verschlossen. Es war nicht notwendig. Als Fritz an jenem Morgen aufwachte und sanft Lauras Schulter küsste, ihre weiche, von chemischen Produkten völlig unbeleckte Haut spürte und den natürlichen Geruch ihrer Haare einsog, war er mit der Welt wieder im Reinen. Er wusste, wo er hingehörte. Mehr denn je.

In diesem Moment der völligen Entspannung erklangen Kuhglocken. Das war der Klingelton von Charlie Strohball.

»Geh ruhig ran«, sagte Laura, drehte sich um und gab ihm einen Kuss. Dann griff Fritz zum Handy.

»Was gibt's?«, fragte er seinen Kumpel.

»Hast du das vom Hausberger Toni gehört?« Charlie klang angefressen.

»Nein, was ist los mit dem?«

»Der hat seine Mutter entmündigen lassen, obwohl die noch total klar in der Birne ist. Nur um an ihren Besitz ranzukommen.«

»Die haben doch das Grundstück neben dem Kindergarten«, ergänzte Fritz.

»Genau. Und die Alte hat versprochen, dass der Anbau auf ihrem Grund erfolgen kann. Der Hausberger, diese Flitzpiepe, hat jetzt nein gesagt. Der will einen Bauplatz daraus machen.«

»Aber wir brauchen unbedingt die Erweiterung des Kindergartens. Der platzt jetzt schon aus allen Nähten«, schimpfte Fritz.

»Eben«, bekräftigte Charlie. »Dieser Sauerei können wir doch nicht tatenlos zuschauen.«

»Wo sind die Dreschflegel?«, fragte Fritz.

»Schon ausgepackt und geölt«, grinste Charlie.